Lilly Lindner hat keine Ahnung von Teilchenphysik und bipolaren Zwischenströmungen. Sie weiß auch nicht, wie viel Wasser man in einen Teich kippen muss, um einen See zu erhalten; aber wie man Bücher schreibt – das weiß sie. Ihr Debüt »Splitterfasernackt« stand monatelang auf der Bestsellerliste.

Weitere Informationen zum Kinder- und Jugendbuchprogramm der S. Fischer Verlage finden sich auf *www.fischerverlage.de*

Lilly Lindner

Was fehlt, wenn ich verschwunden bin

FISCHER Taschenbuch

Aus Verantwortung für die Umwelt hat sich der Fischer Kinder- und Jugendbuch Verlag zu einer nachhaltigen Buchproduktion verpflichtet. Der bewusste Umgang mit unseren Ressourcen, der Schutz unseres Klimas und der Natur gehören zu unseren obersten Unternehmenszielen.

Gemeinsam mit unseren Partnern und Lieferanten setzen wir uns für eine klimaneutrale Buchproduktion ein, die den Erwerb von Klimazertifikaten zur Kompensation des CO_2-Ausstoßes einschließt.

Weitere Informationen finden Sie unter:
www.klimaneutralerverlag.de

MIX
Papier aus verantwortungsvollen Quellen
FSC www.fsc.org FSC® C083411

2. Auflage: Mai 2020

Erschienen bei FISCHER Kinder- und Jugendtaschenbuch
Frankfurt am Main, März 2017

Die Originalausgabe erschien 2014 bei
FISCHER Kinder- und Jugendtaschenbuch

Hedderichstr. 114, D-60596 Frankfurt am Main
Covergestaltung: www.buerosued.de
Satz: Dörlemann Satz, Lemförde
Druck und Bindung: CPI books GmbH, Leck
Printed in Germany
ISBN 978-3-7335-0040-5

Für Harry Olechnowitz,
Fänger in meinem Wortschatz

Winter without April

Liebe April,

du bist jetzt schon fast eine Woche weg, und ohne dich ist es schrecklich langweilig hier. Mama weint ständig, und Papa arbeitet jetzt immer ganz lange, und wenn er nach Hause kommt, dann guckt er traurig. Beim Abendessen sitzen die beiden nur schweigend am Tisch und erzählen sich gar nicht mehr, was sie für einen Tag hatten.

Papa macht keine Witze mehr über Tante Magda.

Und Mama regt sich nicht mehr auf, weil Papa ständig Witze über Tante Magda macht.

Stattdessen sitzen sie nur auf ihren Stühlen und warten stumm, bis ich aufgegessen habe. Und ich esse mit Absicht sehr, sehr langsam. So, wie du es früher getan hast. Ich will nämlich, dass die Zeit länger bleibt, damit wir so viele Minuten wie möglich gemeinsam am Esstisch verbringen – als wären wir eine ganz normale Familie. Dabei sind wir doch nur eine halbe Familie ohne dich. Und normal sind wir auch nicht. Denn wenn das Abendessen vorbei ist, schließt Mama sich im Bad ein und weint, und Papa schließt sich im Büro ein und schiebt Ordner und Kugelschreiber auf seinem Schreibtisch hin und her.

Ich würde so gerne meine Sachen packen und abhauen.

Aber wenn ich gehe, sind Mama und Papa ganz alleine. Und das wäre bestimmt keine gute Ausgangssituation für ein gutes Ende.

Die Stimmung hier ist wie in einer Regenwolke. Es ist grau und kalt, und jeden Moment kann es losgehen: Das unruhige Donnergrollen. Der erste Blitz. Und schließlich das gewaltige Gewitter.

Sogar Fork hat keine Lust mehr zu bellen. Er trottet nur noch um die Kastanie im Garten herum, als wäre er der Sekundenzeiger einer Sonnenuhr. Vielleicht jagt er ja seinem Schatten hinterher. Aber irgendwann muss er doch begreifen, dass er ihn niemals einholen kann.

Heute habe ich Mama gefragt, ob ich dich bald besuchen darf.

Aber Mama hat den Kopf geschüttelt. Dreimal hintereinander. Vielleicht sogar viermal oder fünfmal – so genau habe ich nicht gezählt. Einmal hätte mir vollkommen gereicht.

Und dann hat Mama gesagt, dass du sehr krank bist und dass du viel Ruhe brauchst, und dass ich dich erst besuchen kann, wenn du wieder etwas gesünder bist.

Das finde ich schade, denn ich wäre so gerne zu dir gekommen. Sobald ich darf, mache ich das auch, April.

Ich freue mich schon ganz riesig darauf, dich wiederzusehen!

Außerdem wird man viel schneller gesund, wenn man seine Familie um sich hat und Blumen und Schokolade und Geschenke bekommt. So ist das jedenfalls bei mir.

Aber ich bin ja eh meistens gesund.

Vermisst du mich auch ein bisschen?

Und denkst du auch so viel an mich wie ich an dich?

Wenn du magst, kann ich dir ein Foto schicken, auf dem wir beide zusammen drauf sind. Dann hast du eine Erinnerung bei dir. Aber ich glaube, du hast sowieso genug Bilder von uns beiden in deinem Kopf, dafür brauchst du gar kein Foto.

Hoffentlich schreibst du mir einen Antwortbrief.

Doch wenn nicht, dann ist das auch nicht schlimm – ich werde dir trotzdem weiter schreiben, versprochen! Ich verstehe es, wenn du keine Lust hast, Briefe zu beantworten, solange es dir so schlecht geht.

Als ich nämlich einmal krank war, da wollte ich meiner Freundin Paula auch keine Briefe zurückschreiben, da wollte ich lieber schlafen.

Ich hab dich schrecklich lieb!

Bis bald,
deine Phoebe

Liebe April,

ich bin gerade aus der Schule gekommen und habe ganz viele Hausaufgaben auf, aber ich habe jetzt keine Lust, sie zu machen. Ich will dir lieber schreiben, das ist viel schöner.

Es ist jetzt schon fünf Tage her, seit ich den ersten Brief abgeschickt habe, und du hast noch nicht geantwortet. Das finde ich ein bisschen traurig, aber nicht wirklich schlimm. Ich habe dir ja schon geschrieben, dass ich das verstehe. Es geht auch so. Und du freust dich bestimmt trotzdem über meine Briefe, oder?

Fork sitzt bei mir auf dem Bett. Wenn Mama das sieht, schimpft sie bestimmt wieder. Aber er möchte so gerne dabei sein, wenn ich dir schreibe; ich glaube, er fühlt, dass der Brief für dich ist, auch wenn er nur ein Hund ist. Er guckt nämlich ganz gespannt auf das Papier und wedelt dabei mit dem Schwanz. Hoffentlich darf ich Fork mitbringen, wenn ich zu dir komme.

Wie geht es dir denn jetzt?

Bist du schon etwas gesünder?

Das wünsche ich mir ganz doll. Auch wenn ich gar nicht so richtig verstehe, was du eigentlich hast. Mama sagt, du hast Magersucht, und dass du deswegen nicht richtig essen kannst, und dass das sehr gefährlich ist. Ich habe Mama gefragt, ob Magersucht ansteckend ist, und sie hat gesagt, dass es eine sehr komplizierte Krankheit ist, die durchaus ansteckend sein kann, aber nicht so wie Schnupfen oder Windpocken, sondern ganz anders.

Das habe ich nicht verstanden. Und dass du nicht richtig essen kannst, habe ich auch nicht verstanden. Vielleicht ist dir ja so schlecht, dass es nicht geht, oder du hast ständig Bauchschmerzen. So wie damals, als wir am Meer waren und die komischen Muscheln gegessen haben und alle ganz grün im Gesicht geworden sind.

Ich hoffe auf jeden Fall, dass es bald vorbei geht, dein Bauchweh. Dann können wir zusammen ein Eis essen gehen oder so. Aber nur, wenn du willst – vielleicht findest du Eisessen ja langweilig, dann können wir auch etwas anderes machen. Zum Beispiel schwimmen gehen oder ins Kino.

Mama hat gesagt, ich soll dich nicht nerven, wegen deiner Krankheit. Sie sagt ständig, dass ich vorsichtig sein muss, damit ich dich nicht verletze, weil das alles sehr schwer für dich ist.

Sie sagt das so, dass ich jetzt schrecklich Angst habe, irgendetwas falsch zu machen und dass es dir dann meinetwegen noch viel schlechter geht. Das will ich auf gar keinen Fall. Ich bin doch traurig, wenn es dir schlecht geht. Du bist nämlich der liebste Mensch in meinem Leben, und ich will, dass du den ganzen Tag lang lachst.

Das hättest du wirklich verdient.

Ich habe meine Freundin Paula gefragt, und sie hat auch gesagt, dass sie dich super lieb findet. Und Paula sagt immer die Wahrheit, weil ihre Mama nämlich Schauspielerin ist, und die merkt es sofort, wenn Paula einen unechten Gesichtsausdruck hat oder wenn ihre Stimme anders klingt als sonst.

Früher haben Paula und ich manchmal Lügen vor dem Spiegel geübt. Dann sind wir zu Paulas Mama gegangen und haben drei wahre Sätze und drei gelogene Sätze gesagt – Paulas Mama wusste immer sofort, welche die richtigen und welche die falschen Sätze waren. Da haben wir aufgegeben und uns für die Wahrheit entschieden. Die ist sowieso meistens am besten.

Himmel! Jetzt tut meine Hand weh, weil ich so viel geschrieben habe, aber es hat trotzdem Spaß gemacht. Und ich schreibe dir bald wieder. Versprochen!

Ich drück dich ganz fest,
deine Phoebe

Liebe April,

ich liege schon im Bett, weil ich ziemlich müde bin. Mama und Papa sitzen noch auf dem Balkon und trinken Rotwein. Ich finde, der schmeckt eklig. Das habe ich ihnen auch gesagt. Da hat Mama gelacht, obwohl das gar nicht lustig ist.

Sie lacht zurzeit übrigens sehr selten oder im falschen Moment. Vielleicht male ich ihr morgen ein Bild, dann freut sie sich ein bisschen. Was meinst du?

Aber immerhin lacht Mama überhaupt.

Papa lacht nämlich nur noch, wenn ich ihn darum bitte. Und dann sieht man sofort, dass es ein gefälschtes Lachen ist – dafür braucht man nicht einmal Paulas Mama zu sein.

Aber um ein Lachen sollte man normalerweise auch nicht bitten müssen. Ein Lachen sollte man geschenkt bekommen.

So wie Liebe.

Und Ostereier.

Heute war Mamas Geburtstag. Wir sind alle zusammen im Tierpark spazieren gegangen, und ich habe eine kleine weiße Ziege gestreichelt. Die sah so süß aus!

Wir waren ziemlich lange im Park und danach noch in Mamas Lieblingspizzeria. Ich habe eine Salami-Pizza bestellt mit Oliven drauf. Und weißt du was? Der Koch hat mir die Oliven in Herzform auf die Pizza gelegt, das war, als wären wir italienische Freunde.

Papa hat ein Foto davon gemacht, mit seinem Handy. Er hat es auf dem Computer gespeichert, damit ich es dir zeigen kann, wenn du wieder bei uns bist.

Schade, dass du nicht dabei warst.

Mama und Papa haben dich auch vermisst. Weißt du, sie sagen es nicht so oft wie ich, aber ich merke es trotzdem.

Oh, was den Computer betrifft: Ich kann jetzt schon ganz alleine Dokumente öffnen und Computerspiele starten und Musik in einen anderen Ordner machen. Und der Computer stürzt dabei nicht mehr ständig ab, weil ich aus Versehen auf den falschen Knopf drücke. Vielleicht werde ich mal Programmiererin. Dann könnte ich tolle Sachen erfinden, die man dann auf die Festplatte machen und öffnen kann.

Vielleicht werde ich aber auch Chef, so wie Papa. Dann sind alle Menschen höflich zu mir, weil sie Angst haben, dass ich sie sonst kündige. Aber eigentlich ist das doof, oder? Ich meine, wenn alle nur nett sind, weil sie etwas von dir wollen, oder weil sie Geld von dir bekommen. Ich muss Papa mal fragen, ob er trotzdem glücklich ist, und ob es auch Menschen gibt, die freundlich zu ihm sind, weil sie ihn mögen.

Ich denke schon.

Denn Papa ist ja ziemlich lieb.

Fork darf heute ausnahmsweise in meinem Zimmer schlafen, weil ich so lange gebettelt habe, dass Mama und Papa irgendwann nachgegeben haben. Papa hat Forks Korb in mein Zimmer getragen und die Kuscheldecke auch. Aber nachdem Papa und Mama mir Gute

Nacht gesagt haben und wieder auf den Balkon gegangen sind, um weiter den ekligen Wein zu trinken, ist Fork zu mir ins Bett gekrochen. Jetzt liegt er zusammengekuschelt unter der Decke und wärmt meine Füße. Das fühlt sich schön an.

Früher hat Fork manchmal heimlich bei dir geschlafen. Ich habe ihn immer durch den Flur bis hin zu deinem Zimmer tappen gehört, und da wusste ich, dass er wieder zu dir ins Bett schleicht. Aber ich hätte euch beide nie verraten. Selbst dann nicht, wenn wir gerade zerstritten waren. Schwestern müssen schließlich zusammenhalten, weil man zusammen viel mehr halten kann als alleine. Gerade, wenn man so viel zu tragen hat wie du, ist das wichtig.

Ich hoffe, du bist nicht zu schlimm traurig, weil du im Krankenhaus wohnen musst. An deiner Stelle wäre ich bestimmt lieber woanders. Damals, als ich mir den Finger gebrochen hatte, war ich froh, dass ich nur kurz bleiben musste, ohne Übernachten und so.

Ist es denn wenigstens schön in deinem Krankenhaus? Und sind alle Menschen nett zu dir? Hast du eigentlich ein Einzelzimmer? Und was machst du, wenn dir langweilig wird? Hast du schon viele neue Freunde gefunden? Sind da viele Mädchen in deinem Alter?

Wenn es nur alte Menschen gäbe, wäre das ja ziemlich blöd für dich, weil du dann niemanden zum Spielen hättest.

Ich habe Mama und Papa gefragt, ob wir dich bald besuchen können, aber Mama hat gesagt, ich muss mich noch ein bisschen gedulden. Das finde ich anstrengend. Geduldig sein, meine ich. Aber damit du in Ruhe gesund werden kannst, bin ich gerne ein bisschen geduldig. Und wenn du wieder zu Hause bist, können wir ja zusammen in den Tierpark gehen, dann zeige ich dir die kleine Ziege. Weißt du, die ist noch richtig winzig, und sie hat einen schwarzen Fleck auf der Nase, das sieht lustig aus.

Vielleicht träume ich heute Nacht von dir, das sind immer meine Lieblingsträume. Und morgen früh bringe ich gleich den Brief zum Briefkasten, dann ist er schon ganz bald bei dir!

Träumst du eigentlich auch manchmal von mir? Das wäre schön. Und vielleicht träumen wir ja hin und wieder gleichzeitig voneinander, das wäre etwas ganz Besonderes.

Schlaf gut, April,
deine Phoebe

P. S.: Hast du schon gesehen, dass ich dir ein Himbeerbonbon mit in den Brief getan habe? Das sind jetzt meine Lieblingsbonbons, immer nur Zitrone ist mir zu langweilig geworden. Ich weiß ja, dass du noch krank bist, und deshalb kannst du das Bonbon wahrscheinlich gar nicht essen, aber ich wollte dir gerne eins abgeben. Vielleicht freust du dich ja darüber. Du kannst es auch einfach aufheben, wenn du das lieber willst – es hält sich ganz lange.

Liebe April,

der Sommer ist ganz schön heiß, obwohl eigentlich schon fast Herbst ist. Aber das brauche ich dir wahrscheinlich nicht zu schreiben, denn du hast ja schließlich die gleiche Luft um dich herum. Und weil wir Schwestern sind, fühlen wir ähnlich, auch wenn es um die Temperatur geht.

Ich hatte heute nach der dritten Stunde hitzefrei. Der Rektor hatte keine Lust mehr auf Schule und wollte lieber etwas anderes machen, am liebsten mit meiner Biolehrerin. In die ist er nämlich verliebt, und zwar schon ganz lange. Das weiß ich, weil er sie immer so anguckt. Und alle anderen in der Schule wissen das auch. Nur er weiß nicht, dass es alle wissen. Sonst würde er bestimmt sehr rot im Gesicht werden.

Jedenfalls hat er uns hitzefrei gegeben, damit er zum See gehen kann. Da ist meine Biolehrerin oft, wenn es so heiß ist. Und der Rektor natürlich auch! Er legt sein Handtuch immer ganz nah an ihres.

Ich war heute nicht am See, stattdessen bin ich mit Paula Inlineskates gefahren. Wir sind beide dreimal hingefallen. Ich bin etwas schlimmer gestürzt als sie, und jetzt ist mein Arm am Ellenbogen aufgeschürft. Das sieht cool aus.

Wenn ich die Verletzung morgen in der Schule zeige, ist Devon garantiert beeindruckt. Er hat nämlich auch immer Kratzer, weil er ständig irgendwo dagegenrennt oder von irgendetwas herunterfällt.

Einmal ist er sogar aus dem Klassenzimmerfenster gefallen! Zum Glück ist das im Erdgeschoss. Aber Frau Neumann, unsere Klassenlehrerin, war trotzdem schrecklich aufgeregt. Also, zuerst war sie aufgeregt. Dann war sie erleichtert. Und ganz zum Schluss war sie wütend und hat gesagt, wir sollten vielleicht ab und zu mal nachdenken, bevor wir einfach irgendetwas tun.

Und weißt du, was Devon da geantwortet hat? Sein Vater hätte gesagt, dass es schon ziemlich beeindruckend ist, dass Menschen in der heutigen Zeit überhaupt noch denken, ob sie das nun vorher machen oder nachher, wäre da ja wohl nicht so relevant.

Frau Neumann hat daraufhin gesagt, dass Devons Vater vielleicht zu klug für diese Welt ist.

Das fand Devon gut.

Und dann hat Jenny sich gemeldet und wollte wissen, was *relevant* eigentlich bedeutet. Da hat Frau Neumann sich an die Tafel gestellt und es uns bis zum Ende der Stunde in mehreren Beispielsätzen erklärt.

Jetzt benutzen alle aus meiner Klasse das Wort so oft, dass Frau Neumann uns gar nicht mehr unterrichten will. Aber sie muss ja, weil sie unsere Klassenlehrerin ist. Und ich glaube, sie hat das auch nur zum Spaß gesagt, denn eigentlich mag sie uns alle sehr gerne. Das sieht man in ihren Augen, wenn wir mal einen Tag lang nicht so anstrengend sind, gut mitarbeiten und kluge Sachen sagen, dann lächelt sie nämlich und freut sich, weil sie uns etwas mitgeben kann, auf den Weg zum Großwerden.

Guck mal, jetzt habe ich fast eine Seite über die Schule geschrieben! Wenn das die Neumann wüsste, dann würde ich bestimmt eine Eins auf dem Zeugnis bekommen. Vielleicht erzähle ich es ihr morgen. Aber im nächsten Brief schreibe ich dir etwas Spannenderes, versprochen! Ich weiß noch nicht was, aber ich überlege mir etwas Gutes. Und du liest ja gerne, also kann ich auch ganz viel schreiben, ohne dass du dich langweilst.

Darf ich eigentlich in dein Zimmer gehen und mir Bücher von dir ausleihen? Mama hat gesagt, ich darf, aber es ist ja schließlich dein Zimmer, also wollte ich dich auch fragen, bevor ich mir einfach eines nehme. Die meisten deiner Bücher verstehe ich sowieso noch nicht richtig, und eigentlich möchte ich auch nur irgendein Buch von dir in meinem Bett haben, damit ich nicht so alleine bin.

Werde schnell wieder gesund, okay, April? Denn wir vermissen dich alle sehr. Nicht nur Mama, Papa, Paula und ich, sondern auch deine Klasse und sogar die Lehrer. Sie haben alle zusammen eine ganz große Karte für dich gemacht und dann in unterschiedlichen Farben unterschrieben.

Mama hat die Karte in einen DIN-A4-Umschlag gesteckt, und da kommt jetzt auch mein Brief mit rein, damit er nicht alleine auf die Reise zu dir gehen muss.

Bis bald, meine liebe Schwester,
ich umarme dich so fest ich kann!

Deine Phoebe

Liebe April,

es ist schwer, einen Anfang für diesen Brief zu finden, weil ich ja versprochen habe, dass ich dir diesmal etwas Spannendes schreibe … und jetzt fällt mir einfach nichts ein.

Außerdem findest du vielleicht sowieso alle meine Briefe doof? Ich meine, weil du nie antwortest. Wie soll ich denn da wissen, ob du dich über meine Worte freust? Manchmal habe ich Angst, dass ich dich ganz furchtbar nerve. Aber du musst die Briefe ja nicht aufmachen, wenn du sie nicht magst. Oder du kannst sie an ein anderes Mädchen weitergeben, das keine kleine Schwester hat. Die würde sich vielleicht darüber freuen.

Aber na ja. Es kann ja auch sein, dass ich mir die ganze Zeit unnötig Gedanken mache und du dich riesig über meine Worte freust. Wir sind schließlich ein bisschen Freundinnen, nicht wahr? Also nicht so wie Paula und ich Freundinnen sind, oder wie du und River. Aber halt Schwesternfreundinnen. Und das ist ganz viel wert.

Brüder sind nicht so. Devon und seine Brüder hauen sich ständig und sagen schlimme Sachen zueinander. So etwas würden wir nie machen, oder?

Paula hat einmal zu mir gesagt, dass sie auch gerne so eine große Schwester wie dich hätte. Das kann ich gut verstehen.

Ach ja, und Papa hat heute gesagt, er hätte gerne einen kleinen Sohn, der mit ihm Fußball spielen würde. Da habe ich Papa an die Hand genommen und den Ball von unseren Nachbarn aus dem Garten geklaut (nicht richtig geklaut – denn ich habe ihn später ja wieder zurückgebracht). Anschließend bin ich mit Papa in den Park gegangen, und wir haben so lange hin und her geschossen, bis es dunkel geworden ist und ich über den Ball gestolpert bin, weil ich ihn kaum noch sehen konnte.

»Danke, Phoebe«, hat Papa gesagt. »Ich glaube, ich brauche doch keinen Sohn.«

Dann hat er mich auf seine starken Arme gehoben und den Ball auch und hat uns beide nach Hause getragen, die ganze lange Strecke, obwohl das bestimmt nicht leicht für ihn war.

Erinnerst du dich noch, früher, da waren wir auch manchmal zusammen im Park. Ich meine nicht den Park mit dem komischen Brunnen, sondern den mit dem Abenteuerspielplatz, wo auch die Indianerholzpfähle stehen.

Als ich ganz klein war, da sind wir immer um die Indianerpfähle herumgerannt, bis uns schwindlig war und ich Seitenstechen bekommen habe. Mittlerweile weiß ich, dass du das nur für mich gemacht hast, denn du warst eigentlich schon viel zu groß dafür.

Heute ging es mir wie dir damals, weil ich nur für Papa Fußball gespielt habe, obwohl ich das gar nicht so toll finde. Aber das machen schließlich alle Menschen für diejenigen, die sie lieb haben, oder?

Mama tut das ja auch: Sie spielt manchmal Karten mit mir, obwohl sie Mau-Mau überhaupt nicht mag, und obwohl sie jedes Mal verliert; außerdem kauft sie für Tante Magda Lebensmittel ein, obwohl sie nicht gerne in den Supermarkt geht.

Und Paula holt mich jedes Mal von der Klavierstunde ab, obwohl sie Angst vor der Straße hat, weil da Greg wohnt. Weißt du, Greg ist der blöde Junge aus unserer Klasse, von dem ich dir erzählt habe. Und während

Paula vor der Klavierschule auf mich wartet, kommt Greg manchmal vorbei und sagt gemeine Sachen zu ihr. Paula hält sich dann die Ohren zu, und einmal hat sie sogar geweint, als ich mit der Notenmappe aus dem Gebäude gekommen bin.

Aber trotzdem ist Paula jeden Mittwoch und Freitag ganz pünktlich da und wartet auf mich, auch wenn es regnet und schneit – sogar wenn ihr Cousin aus Frankreich zu Besuch ist, und der hat blonde Locken!

Paula ist immer da.

Weil wir beste Freundinnen sind.

Deine beste Freundin River ist übrigens manchmal bei uns. Sie kommt her, obwohl du gar nicht hier bist, weil sie dich so furchtbar vermisst. Und sie will dich auch sofort besuchen, sobald das geht. River erzählt immer von der Schule. Mama hört zu und guckt ganz unglücklich, wahrscheinlich weil sie nicht will, dass du so viel verpasst.

Also nicht wegen dem Lernstoff. Denn du bist ja schlau und sowieso immer die Beste, da kannst du ruhig eine Klasse überspringen, das hat sogar dein Klassenlehrer gesagt, er war extra hier deswegen und hat Formulare mitgebracht und Übungen für dich. Nein, es sind nicht die Schulsachen – Mama ist traurig, weil sie Angst hat, dass du die anderen Sachen verpasst: das Glück und die Sonne und deine Freunde und den Wandertag und hitzefrei und vielleicht auch die blöden Kontrolltermine beim Zahnarzt.

Na ja. Dafür haben wir beide wenigstens keine Löcher in den Zähnen.

Paula hat drei!

Wenn River hier ist, kocht Mama immer Kakao und holt die blaue Keksdose aus dem Schrank. Wir sitzen dann zu dritt im Wohnzimmer, und River ist sehr nett zu mir, obwohl ich euch früher manchmal genervt habe, wenn ich ohne anzuklopfen in dein Zimmer gestürmt bin.

O je, sieh nur, April, jetzt habe ich schon wieder nichts Spannendes geschrieben! Aber egal, ich bin ja keine Schriftstellerin, und ich will auch nie eine werden. Das ist mir zu blöd, immer nur nachzudenken über Wörter. Weißt du, ich rede lieber den ganzen Tag.

Papa hat heute vorgeschlagen, dass ich doch einmal ausprobieren soll, jeden Tag fünf Minuten lang den Mund zu halten, nur um zu hören, was andere so zu sagen haben. Da habe ich zu Papa gesagt, dass er seine Worte etwas sorgfältiger wählen muss, weil ich eine Tochter bin und kein Sohn, obwohl wir mittlerweile manchmal in den Park gehen zum Fußballspielen, und dass Töchter nun mal sensibler sind als Söhne. Denen kann man vielleicht sagen, dass sie den Mund halten sollen, ohne dass sie das stört, aber ich fühle mich zum Weinen, wenn er sagt, dass ich still sein soll, obwohl ich doch so viel zu sagen habe, und keine Schwester mehr da ist, der ich alles, alles erzählen kann.

Papa hat sich entschuldigt. Er hat mich sogar einmal durch die Luft gewirbelt und ist dabei fast über Fork gestolpert. Und dann meinte er, dass ich eigentlich recht habe, und dass ich ruhig weiterhin ohne Unterlass reden soll, denn wenn ich plötzlich damit aufhören würde, müsste er sich schreckliche Sorgen machen. Weil er dann gleich zwei Töchter hätte, die nicht mehr mit ihm reden.

Aber keine Angst, April, Papa ist nicht dumm. Er ist sogar ziemlich klug, sonst hätte er ja nicht den Chefjob. Und deshalb weiß Papa auch, dass du es nicht böse meinst, wenn du nicht mehr mit ihm und Mama redest. Dafür hast du ja manchmal etwas zu mir gesagt. In letzter Zeit zwar immer weniger, aber wir haben uns auch ohne Worte verstanden.

Ach, April. Ich vermisse dich so sehr. Und bis du wieder gesund bist, nehme ich alle deine Worte und sage sie für dich. Nur wenn du magst natürlich. Jedenfalls sind sie bei mir gut aufgehoben.

Bis bald,
deine Phoebe

Liebe April,

plötzlich ging es ganz schnell, und auf einen Schlag war der Sommer vorbei. Es ist nicht einmal zwei Wochen her, da war ich noch mit Paula und Fork am Wannsee und wir haben alle zusammen gebadet. Anschließend haben wir ein Picknick gemacht, mit Würstchen und Ketchup und Kartoffelsalat und Süßigkeiten und Gurken und Paprika und Brötchen und Limonade. Bevor wir losgegangen sind, hatte Mama noch gesagt, dass wir nicht alles durcheinanderessen sollten. Aber das haben wir leider vergessen, und es ist uns erst hinterher wieder eingefallen. Da war es schon zu spät, weil nur ein paar Gurkenscheiben übrig geblieben sind. An diesem Tag war es übrigens so warm, dass auch die Limonade warm geworden ist, das war ziemlich scheußlich!

Aber heute ist schon Herbst. Die Blätter verfärben sich so schnell, dass man unter dem Baum stehen und zugucken kann. Das hat Papa jedenfalls gesagt.

Ich bin raus in den Garten gegangen und habe es ausprobiert, aber bei mir hat es nicht funktioniert. Vielleicht hat Papa bessere Augen als ich, oder mit meinen stimmt etwas nicht. Oder er hat einfach nur übertrieben. Erwachsene übertreiben ja ständig. Und sie sagen Sätze, die keiner hören will. Vor allem Politiker und Menschen von der Stromgesellschaft und die mit den Versicherungen.

Ich will später einmal ein guter Erwachsener sein, weißt du. Und wenn ich irgendwo auf der Straße ein Kind sehe, das verloren herumsteht, dann werde ich nicht einfach vorbeigehen und so tun, als würde ich es nicht sehen. Das ist nämlich Hazel einmal passiert. Sie hat es in der Schule erzählt. Und das war ganz schön gruselig.

Soll ich es dir weitererzählen? Ja?

Also: Hazel war in den Sommerferien in England. Direkt um die Ecke von ihrem Hotel gab es einen Spielplatz, dort ist Hazel immer mit ihrer Mama hingegangen. Aber einmal hatte ihre Mama keine Lust mehr auf Spielplatz und ging schon einmal vor in Richtung Hotel. Sie sagte, dass Hazel in einer Stunde nachkommen soll. Aber während der Stunde hatte Hazel auf einmal vergessen, in welcher Straße das Hotel war. Blöderweise konnte sie kaum Englisch, und alle Erwachsenen, die sie fragte, schüttelten nur den Kopf und waren viel zu gestresst vom Leben, um Hazel zu helfen. Und weißt du, was sie dann gemacht hat? Sie hat sich mitten auf den Platz gestellt und angefangen zu weinen.

Aber es sind trotzdem einfach alle weiter vorbeigelaufen. Und Hazel dachte schon, sie würde ihre Mama und ihren Papa nie wiedersehen und müsste Engländerin werden.

Dann ist zum Glück ein junges Mädchen vorbeigekommen, das war noch gar nicht erwachsen, sondern so alt wie du – sechzehn. Und das Mädchen hat sich zu

Hazel auf den Boden gekniet und sie gefragt, ob sie Hilfe braucht. Da hat Hazel genickt und den Namen von dem Hotel gesagt, und das Mädchen hat gelächelt und sie an die Hand genommen und Hazel bis zu ihrer Mama gebracht.

Das Ganze hat fünf Minuten gedauert! Wenn es nur fünf Minuten dauert, um einem Kind zu helfen, damit es nicht für immer in England verlorengeht, dann sollte doch jeder Mensch fünf Minuten von seiner Zeit übrig haben, um ein bisschen Achtsamkeit zu verschenken.

Dazu haben wir doch Augen, oder? Um hinzugucken, wenn da etwas ist, das gesehen werden muss.

Und Kinder darf man nicht einfach übersehen.

Sonst werden sie nicht groß.

Oder sie werden groß und unglücklich, und dann müssen sie zum Psychologen. So wie Tante Magda. Die nimmt sogar Tabletten gegen das Unglück in ihrem Kopf, hast du das gewusst? Der Arzt hat sie ihr verschrieben. Ich glaube aber nicht, dass es funktioniert. Denn Tante Magda ist noch gar nicht glücklicher geworden, obwohl sie die ganzen Pillen schluckt. Und sie häkelt immer noch diese hässlichen Topflappen, dabei hat sie schon ein ganzes Zimmer voll davon.

Du hättest Hazel bestimmt auch geholfen. Du hättest das englische Mädchen sein können. Denn du bist kein Mensch, der einfach weitergeht.

Das weiß ich ganz genau, weil wir schon immer Schwestern sind. Seit ich lebe.

Komm gut durch die Zeit.

Auch wenn sie weh tut.

Deine Phoebe

Liebe April,

heute schreibe ich mit dem Computer. Weil ich gelernt habe, wie man den Drucker benutzt. Es ist ganz einfach, man muss nur auf das Zeichen oben auf der Leiste drücken und dann noch bestätigen, auf so einem Feld, das plötzlich aufgeht, und schon kann man losdrucken.

Ach ja, vorher muss man natürlich noch den Drucker anschalten. Papa hat gesagt, Mama würde das immer vergessen, und dann würde sie ihn im Büro anrufen und fragen, warum der Drucker kaputt ist.

Da hat er recht, das habe ich auch schon mitbekommen. Sie wird ganz hektisch, wenn das mit dem Ausdrucken nicht funktioniert, und schnauzt Papa gleich zur Begrüßung an, wenn er den Hörer abnimmt.

Papa sagt dann immer ganz ruhig: »Schatz, wenn du den Stecker in die Steckdose steckst und auf den Startknopf drückst, dann wird der Drucker bestimmt ganz hervorragend seine Bestimmung erfüllen und dir jede Seite ausdrucken, die du möchtest.«

Und Mama schnaubt dann ins Telefon: »Schatz, wenn du nicht ständig den Stecker aus der Steckdose ziehen würdest, dann würde ich nicht vergebens auf dem Startknopf herumdrücken und müsste jetzt nicht unter dem Schreibtisch in einem Wirrwarr von Kabeln herumkriechen!«

Die beiden sind manchmal komisch. Wie Eltern halt so sind.

Vor allem in letzter Zeit, da schweigen sie sich manchmal an oder streiten wegen Sachen, die gar nicht wichtig sind.

Mama weint auch viel. Neulich kam sie von der Arbeit nach Hause und hat erzählt, dass eines der Pflegekinder, auf das sie aufpasst, gelernt hat, wie man teilt.

Ich habe das zuerst nicht kapiert. Denn Teilen ist ja nicht schwer und außerdem macht es Spaß, weil man viel mehr von etwas hat, wenn man jemand anderem etwas davon abgeben kann. Der andere freut sich dann nämlich auch, und wenn man sich zu zweit freut, ist die Zeit immer schöner als alleine.

Aber dann hat Mama mir erklärt, dass Karin erst sechs Jahre alt war, als ihre Mama gestorben ist, und dass Karin nie einen Papa hatte und von ihrer Mama auch nie gut behandelt worden ist, weil die Drogen genommen hat. Und wenn man Drogen nimmt, dann kann man keine so gute Mutter sein, auch wenn man es versucht. Weil die Drogen irgendwann mehr Aufmerksamkeit brauchen als ein Kind, und dann muss man sich entscheiden. Und viele von den Drogen-Mamas entscheiden sich falsch. So wie Karins Mama.

Jedenfalls ist Karin dann in eine Pflegefamilie gekommen, und da ist sie nun seit vier Jahren. Vor einem halben Jahr hat sie noch einen Pflegebruder bekommen, der hat auch so eine unglückliche Geschichte wie Karin. Am Anfang haben die beiden sich nur gestritten, weil sie Angst hatten, dass auf der Welt nicht genug Platz für sie beide ist.

Dabei ist die Welt doch so groß.

Da können wir alle einen Platz finden.

Und Karin wollte Gevin nie etwas abgeben, weil sie doch so wenig hatte im Leben. Sie hat immer geschrien, wenn er sich etwas ausleihen wollte. Und dann ist Gevin weggerannt, weil er Angst bekommt, wenn Menschen schreien. Sein Papa und seine Mama haben nämlich ganz fürchterlich geschrien, bei dem Autounfall, bei dem sie ums Leben gekommen sind. Nur Gevin hat damals nicht geschrien. Der war unter Schock und hat zugeguckt, wie sie in dem Auto verbrannt sind. Bis ein Feuerwehrmann ihn hochgehoben und weggetragen hat.

Das ist so traurig, oder? Ich muss weinen, während ich das schreibe. Ich fürchte, Gevin wird für immer ganz schreckliche Angst vor Autos und schreienden Menschen haben. Und zu einem Lagerfeuer wird er auch nie gehen können.

Aber Karin kann jetzt immerhin ein bisschen teilen.

Mama arbeitet mittlerweile seit über einem Jahr mit ihr. Und letzte Woche, da hat Karin Gevin ihren Federballschläger ausgeliehen, damit Gevin mit seinem Freund spielen kann. Zuerst wollte sie nicht, aber Gevin hat ganz lieb gefragt und gesagt: »Bitte, Karin, bitte! Wir spielen auch hier direkt bei dir, wo du uns sehen kannst. Und wir machen ihn nicht kaputt. Bitte, Karin. Wir sind doch jetzt Geschwister, und wir werden zusammen aufwachsen, oder? Ich spiele so gerne Federball. Weißt du, mein Papa hat immer mit mir gespielt. Damals. Ach, bitte, Karin, bitte!«

Da hat Karin Mama angeguckt, und Mama hat Karin angeguckt und das hat ziemlich lange gedauert. Und dann hat Karin ganz leise »okay« gesagt. Und so konnte Gevin mit seinem Freund Federball spielen, während Karin mit Mama auf der Decke gesessen und zugesehen hat.

Mama hat ihren Arm um Karin gelegt und sie an sich gedrückt, weil Mama weiß, dass Kinder so etwas brauchen. Und auf einmal hat Karin gesagt: »Das ist so schön! Guck mal, ich habe gerade meinen Federballschläger verliehen! Dabei kann ich doch sonst nicht einmal ein Gummibärchen abgeben! Hast du das gesehen?«

Da hat Mama Karin noch fester umarmt, und Gevin hat gelacht und Karin zugewunken, als wären sie eine richtige Familie.

Und als Mama davon erzählt hat, da hat sie plötzlich geblinzelt, und dann ist eine Träne über ihre Wange gekugelt, und dann noch eine, und noch eine. Bis ihre ganze Bluse nass war.

Ich bin aufgestanden und habe ihr ein Taschentuch geholt. Das hat allerdings nicht gereicht. Also habe ich gleich die ganze Packung geholt.

So ist Mama, seit du nicht mehr hier bist. Manchmal steht sie in der Küche und fängt an zu kochen, und auf einmal macht sie die Herdplatte aus, hört auf, das Gemüse zu zerschneiden, legt das Messer beiseite und zieht die rote Schürze aus.

Dann setzt sie sich einfach an den Küchentisch und guckt aus dem Fenster. Ganz lange. Auch wenn es draußen nichts zu sehen gibt, außer vielleicht Fork, der den Garten verwüstet, wie immer.

Einmal habe ich mich zu ihr gesetzt, weil ich dachte, dann würde es ihr vielleicht bessergehen.

»Mama«, habe ich gesagt.

Aber sie hat mich gar nicht gehört. Sie hat nur weiter aus dem Fenster geguckt, bis es dunkel geworden ist und Papa nach Hause gekommen ist. Der hatte Hunger. Und da musste Mama weiterkochen, weil sie Papa lieb hat und nicht wollte, dass er hungrig ins Bett gehen muss.

Papa kann ja nicht selbst kochen. Außer Tütensuppe und Tiefkühlpizza. Und manchmal brennt ihm sogar die Pizza an, obwohl da eine Anleitung auf der Packung steht. Dann schmeißt er sie weg und ruft den Lieferservice an und bestellt sich eine neue.

Wir brauchen dich hier, April, ohne dich ist es nicht wie früher. Und auch wenn es nie wieder so werden kann, wie es einmal war, auch wenn sich alles für immer verändert – du musst doch hier sein.

Hier bei uns.

Wo du hingehörst.

Deine Phoebe

Liebe April,

jetzt bin ich ganz traurig, weil du schon fünf Wochen lang weg bist. Das ist mehr als ein Monat. Und ich darf dich immer noch nicht besuchen.

Gestern habe ich ein bisschen geweint deswegen, aber das hat auch nicht geholfen; anschließend ging es mir nur noch schlechter, weil Mama dann auch traurig war.

Ich verstehe das alles nicht.

Warum dauert es nur so lange?

Manchmal habe ich Angst, dass du gar nicht mehr wiederkommst, dabei weiß ich doch, dass du erst richtig gesund werden musst, bevor du wieder bei uns sein darfst.

Aber weißt du was? Ich habe gar keine Lust mehr, geduldig zu sein. Das ist so anstrengend. Mama sagt immer, dass ich ein großes, starkes Mädchen sein muss, aber das ist auch anstrengend. Außerdem bin ich nicht groß. Und ich vermisse dich so sehr.

Bitte, werde bald gesund, April!

Ich halte es nicht mehr aus ohne dich.

Und wenn du wieder da bist, dann brauchen wir auch nie wieder zu streiten, und ich ziehe nie mehr deine Sachen an, ohne vorher zu fragen, versprochen! Ich nehme dir nie wieder deinen Radiergummi weg und lasse ihn irgendwo liegen, wo ihn keiner mehr findet. Und am Wochenende komme ich auch nie mehr vor zehn Uhr in dein Zimmer! Ich wecke dich nicht einmal, wenn ich Bauchschmerzen habe. Oder verliebt bin. Oder Verstecken spielen will! Und ich renne auch nicht mehr so laut durch den Flur, dass die Wände wackeln.

Du kannst sogar Fork zurückhaben, wenn du nur wieder kommst! Er ist ja eigentlich dein Hund, und ich weiß, dass du manchmal sauer warst, weil ich immer mit ihm gespielt habe und weil Mama zu dir gesagt hat, dass du Rücksicht auf mich nehmen sollst, weil ich doch viel kleiner bin als du. Liebe April, das war alles gar nicht böse gemeint, bitte glaube mir. Und ab jetzt musst du auch nicht mehr auf mich zurück sichten. Sagt man das so? *Rücksicht nehmen* ist eine schöne Wortzusammensetzung. Weil es klingt, als würde man sich umdrehen, jemanden sichten und dann zurückgehen, um für ihn da zu sein.

Ich werde immer für dich zurückgucken. Und auch nach vorne und zur Seite. Überallhin wo du gerade bist! Und ich werde dich immer sichten, selbst wenn Tausende von Menschen um dich herumstehen und einige davon dir ganz ähnlich sehen. Ja. Sogar wenn du dich verkleidet hast. So wie letztes Jahr an Halloween, da habe ich auch gleich gewusst, welche von den Hexen du bist.

Meine liebe, liebe April – wenn du nur bald gesund wirst und endlich wieder bei uns bist. Ohne dich sind wir nämlich nicht ganz.

Wir sind ein halber Fork.
Eine halbe Mama.
Ein halber Papa.
Und nur noch ein ganz kleines Stück ich.
Ohne dich bin ich nämlich nicht einmal halb.

Du bist mehr, als ich schreiben könnte, denn in Deutsch habe ich nur eine Drei. Vielleicht könnte Paula mir helfen, die hat in Deutsch eine Eins und macht nie Fehler beim Kommasetzen. Ich glaube, Paula könnte auch mit geschlossenen Augen Kommas über einem Blatt Papier verteilen, und sie wären trotzdem alle an der richtigen Stelle.

Ich mache die Kommas immer da, wo ich Atempausen mache. Das fühlt sich literarisch an. Papa hat mir erklärt, was literarisch beutet: Das ist das Gefühl im Kopf, wenn man einen guten Satz liest und sich anschließend klüger fühlt als vorher, obwohl man das Gelesene eigentlich schon wusste. Aber Frau Neumann streicht immer mit einem roten Stift in meinen Sätzen herum, macht Fragezeichen und kritzelt Worte wie: *Textzusammenhang?? Bezug!?* an den Rand. Manchmal frage ich mich wirklich, wie sie Deutschlehrerin werden konnte, wenn sie nicht einmal meine Worte versteht. Die sind doch ganz einfach! Ich bin ja nicht Goethe.

Wenn Frau Neumann mir meine Aufsätze zurückgibt, dann sehen die überhaupt nicht mehr literarisch aus, und Mama fragt solche Sachen wie: »Phoebe!? Warum machst du denn an dieser Stelle ein Komma? Das ist doch total unlogisch!«

»Mama«, sage ich dann immer. »Sei froh, dass ich atme! Und solange ich atme, werden da irgendwo Kommas in meinen Sätzen stehen. Siehst du, sie sind sogar gleichmäßig verteilt!«

Aber das versteht Mama nicht.

Sie schreibt ja auch keine Aufsätze mehr, und sie muss auch nicht mehr zur Schule gehen.

Papa schreibt viel. Doch nur am Computer. Wenn ich in sein Zimmer komme und er gerade am Tippen ist, dann kann ich alles sagen, was ich will – er hört mir eh nicht zu. Sogar ungezogene Wörter kann ich sagen. Und fluchen.

Papa brummt dann nur: »Hm. Ja. Phoebe. Hm. Ja. Ja. Hm. Phoebe. Ja.«

Er hatte in Deutsch bestimmt auch nur eine Drei.

Machst du eigentlich Schulsachen in der Klinik? Oder ist das eher wie Urlaub? Gibt es einen Spielplatz und eine Sauna und einen Tennisplatz und sogar ein Schwimmbad? Sind da auch kleinere Kinder? Und Mädchen wie ich? Hast du vielleicht eine Ersatzschwester auf Zeit? Das fände ich gar nicht schlimm, obwohl ich, um ehrlich zu sein, schon etwas eifersüchtig wäre.

Aber ich habe ja auch River. Die kommt immer noch ab und zu vorbei, und ich glaube, vor allem für Mama ist das gut. Denn Mama ist es ja gewohnt, dass River ständig zu Besuch bei dir ist. Und was noch viel trauriger ist: Mama ist es auch gewohnt, zwei Töchter im Haus zu haben. Jetzt hat sie aber nur noch eine, und das bin ich, und ich bin nicht wie du, sondern viel lauter und viel anstrengender.

Und meine Freundin Paula ist ein Wirbelsturm.

Kein Frühlingswind.

Wie du.

Gestern hat River sogar eine Schachtel Pralinen für Mama mitgebracht. Ich durfte auch welche abhaben, aber nur die ohne Alkohol, damit mir nicht schlecht wird oder schwindlig. Vielleicht hätte ich ja auch angefangen zu grölen und merkwürdige Lieder zu singen. So wie Onkel Frank.

Warst du eigentlich schon einmal betrunken? So richtig?

Ich hoffe nicht. Weil das ja ziemlich gefährlich sein kann. Wenn man die Kontrolle verliert und umkippt. Dann fährt vielleicht ein Auto über einen drüber. Oder man muss kotzen. Und dann geht es einem ganz fürchterlich.

Devons Papa war früher Alkoholiker. Aber jetzt ist er in einem Programm, da haben sich alle lieb und hören sich zu und geben sich gute Ratschläge, wie man um die Bierflaschen herumkommt.

Devon hat gesagt, dass sein Papa sich endlich wieder rasieren würde, und einen neuen Job hat er auch! Beim letzten Klassenfest habe ich sogar gehört, wie Devons Vater Komplimente an Devons Mama gemacht hat. Ganz schüchtern hat er die Komplimente geflüstert, in einem Moment, in dem er dachte, dass ihn keiner außer Devons Mama hören kann – aber ich saß gerade unter dem Tisch, weil wir Verstecken gespielt haben, und deshalb habe ich jeden Satz gehört.

Es waren Worte, die man sich am Anfang sagt, wenn man noch ganz frisch verliebt ist, und wenn es darum geht, ein Herz warm zu machen, so dass es aufgeht. Damit man einen Platz dort drinnen bekommt, für später, wenn man zusammen in einem Haus lebt.

Vielleicht so wie bei unserer Familie.

Mit einem Hund.

Und mit zwei Kindern.

Jetzt werde ich schon wieder traurig.

Verstehst du: Zwei! Eine Familie mit zwei Kindern.

Ich bin kein Einzelkind. Ich bin eine Tochter von zwei Töchtern.

Und deshalb kann ich nicht ohne dich hier aufwachsen, das fühlt sich falsch an. Und Mama und Papa, die brauchen auch zwei Kinder im Haus. Weil Mama immer zu viel kocht und Papa immer zwei Geschenke mit nach Hause bringt, wenn er irgendwo etwas sieht, das uns gefallen könnte.

Ach, April. Diese Zeit ist ein Rasensprenger im Schnee. Es ist erst Herbst, ich weiß, und bis zum Winter bist du bestimmt wieder hier. Aber ich fühle mich, als würde der Regen um mich herum erfrieren und auf mich herabhageln, bis wir beide für immer verschwinden.

So wird es nicht sein, denn es gibt Regenschirme.

Aber Angst habe ich doch, wegen all der Löcher auf dieser Welt.

Und es gibt so viele Dinge, die ich dich fragen möchte, einfach nur, weil ich deine Stimme vermisse und deinen schönen Verstand.

Ist dein Herz eigentlich schon erobert?

Von einem Jungen, meine ich?

Das hat Paula mich gefragt, weil sie gerne solche Fragen stellt. Sie redet viel von Liebe und von Küssen und manchmal sogar von Lippenstift, dabei sind wir doch noch viel zu klein für solches Zeug! Aber das kommt alles von ihrer Mama. Die spielt nämlich manchmal komische Rollen im Fernsehen, und Paula guckt sich das heimlich an, weil sie gerne ihre Mama im Fernsehen sieht. Und dann benutzt Paula den Schminkkoffer von ihrer Mama und malt sich an wie ein buntes Gespenst!

Ich will noch warten, bevor ich mich verliebe. Ich will es so machen wie Mama: Ich warte, bis ein kluger Mann vorbeikommt, am besten so einer wie Papa, der immer schöne Krawatten trägt und viele Dinge kann. Es wäre auch gut, wenn er braune Haare hätte, weil ich braune Haare mag. Und er sollte Sachen sagen, über die ich lachen kann, bis mein Bauch sich wie Zuckerwatte anfühlt. Vielleicht hätte er ja sogar einen Hund, und wenn ich selbst auch einen Hund hätte, dann hätten wir zusammen zwei.

Wie auch immer.

Ich will auf jeden Fall warten, bis ich sicher bin.

Dann bin ich genau richtig alt zum Heiraten.

Weißt du, ich will es nämlich nicht so machen wie Tante Magda. Die hat nur geheiratet wegen dem Geld. Und jetzt ist sie unglücklich. Sagt Mama jedenfalls. Doch ich glaube, sie war auch vorher schon unglücklich.

Papa hat sogar gesagt: »Tante Magda wird immer unglücklich sein!«

Das wollte Mama aber nicht hören. Also hat er es nie wieder gesagt. Daran merkt man, dass unsere Eltern sehr rücksichtig zueinander sind. Und Mama und Papa werden auch immer in Sichtweite voneinander bleiben und sich nicht den Rücken zukehren.

Weil sie so sind wie wir.

Mit viel Rücksicht im Herzen.

Siehst du April, wir haben Glück zu Hause. Hier ist ein Ort, an dem es schön ist, groß zu werden. Paula findet das auch, sie ist ganz oft hier. Fast jeden Tag. Und River würde auch nicht ständig zu Besuch kommen, wenn es doof bei uns wäre.

Komm bald zurück, okay?

Alles Liebe,
deine Phoebe

Liebe April,

das mit dem letzten Brief tut mir leid, ganz ehrlich, ich habe ein paar blöde Sachen geschrieben, obwohl ich doch weiß, dass du krank bist. Ich wollte dich nicht drängen, mir zu antworten, und ich wollte dich auch nicht drängen, wieder zurück nach Hause zu kommen!

Entschuldigung, April. Du kannst dir natürlich so viel Zeit zum Gesundwerden nehmen, wie du brauchst. Auch wenn es viele Wochen dauert. Ehrlich. Ich werde hier warten. Und wenn du zurückkommst, dann bin ich für dich da.

Ich hoffe, dass ich dich nicht traurig gemacht habe mit meinem Brief? Bitte sei nicht sauer auf mich, denn ich hab es wirklich nicht böse gemeint. Ich war nur so verzweifelt – verstehst du das? Ohne dich bin ich nämlich gar nicht mehr richtig glücklich. Es ist so einsam hier in der Wohnung. Deine Zimmertür steht immer offen, aber du bist nie da.

Mama schüttelt jeden Tag deine Bettdecke auf, manchmal sitzt sie danach auf dem Bett und guckt deinen Schreibtisch an, als gäbe es da etwas zu sehen. Dabei ist da ja gar nichts, abgesehen von deinen Büchern und dem Schulkram und ein paar Stiften.

Mama ist bestimmt genauso traurig wie ich.

Und Papa sagt ständig, dass wir uns das Herz nicht so schwermachen sollen, weil du schon bald wieder zu uns zurückkommen wirst. Denn du bist stark, sagt er. Und du wirst deinen Weg schon finden. Er sagt es so oft, dass er wie eine kaputte CD mit einem Sprung klingt. Überhaupt redet er ziemlich komisch in letzter Zeit. So kenne ich ihn gar nicht.

Vielleicht geht er ja heimlich in die Kirche oder zu irgendeiner anderen Sekte; was auch immer Papa macht, ich hoffe trotzdem ganz fest, dass er recht behält und du bald wieder zu Hause bei uns bist.

Wenn ich weiß, wann genau du zurückkommst, dann kaufe ich von meinem Taschengeld einen riesengroßen Blumenstrauß, den stelle ich dir in dein Zimmer, damit es dort nach Frühling duftet.

Denn du magst doch den Frühling so gerne.

Wie könnte es anders sein. Wenn man April heißt?

Sei bitte nicht enttäuscht von mir, dass ich im letzten Brief so ungeduldig geschrieben habe. Ich bemühe mich jetzt wieder, vernünftig zu bleiben. Ich kann nämlich sehr geduldig sein, wenn ich will. Und wenn ich es gar nicht mehr aushalte und dich zu sehr vermisse, dann gehe ich einfach in dein Zimmer und lege mich auf dein Bett. Das riecht immer noch nach dir und ein bisschen nach deinen Vanillekerzen.

Das stört dich doch nicht, oder?

Ich mache auch nichts unordentlich und streiche danach sogar die Bettdecke wieder glatt. Und ich wühle auch nie in deinen Sachen herum, nicht einmal in deinem tollen Kleiderschrank. Früher habe ich das manchmal gemacht, wenn du mit River im Kino warst, aber seit du in der Klinik bist, habe ich dein Zimmer mit ganz viel Achtung behandelt.

Denkst du vielleicht ab und zu an mich? Also, es muss ja nicht die ganze Zeit sein, aber vielleicht hin und wieder, wenn du etwas siehst, das dich an mich erinnert?

Ich habe nämlich ständig Bilder von dir in meinem Kopf: Wie du von der Schule nach Hause kommst und erst einmal an mir vorbeirennst, zu deinem Computer wegen der E-Mails, die du so gerne magst. Oder wie du in der Küche auf dem Tresen neben dem Herd sitzt und dir Tomatensuppe kochst.

Tomatensuppe – die hast du oft gemacht. Ich glaube, das war das einzige warme Essen, das du mochtest. Oder? Sonst hast du lieber den ekligen Joghurt ohne Geschmack und ohne Fett gegessen. Oder Gurken mit Senf. Und manchmal Knäckebrot mit Radieschen.

Mama war immer sauer deswegen.

Aber Mama ist auch manchmal sauer auf mich, weil ich so gerne bunte Gummischlangen und Sahne-Toffees esse. Ich glaube, sie macht sich dann Sorgen wegen meiner Zähne. Komisch, oder, dass Mama nicht Zahnärztin geworden ist! Dann wäre sie jetzt bestimmt der glücklichste Mensch auf der Welt.

Ich meine, Mama mag ja auch ihren Job mit den Pflegekindern, aber sie ist ein sensibler Mensch. Und Papa sagt manchmal zu Mama: »Du kannst nicht jedes Problem dieser Welt zu deinem Privateigentum machen!«

Ich glaube, da hat Papa recht. Denn wenn Mama zu viel über all die traurigen Sachen auf der Welt nachdenkt, dann wird sie irgendwann ein trauriger Mensch.

Und vielleicht muss sie dann auch zum Psychologen, wie Tante Magda. Das wäre doof. Weil sie dann ja kaum noch Zeit für uns hätte.

Aber die Zeit ist sowieso ein merkwürdiger Ort. Sie verläuft sich in ihren eigenen Kreisen und verschiebt sich entgegen der Erdumdrehungsachse. Als wollte sie sich davonmachen und in einem schwarzen Wurmloch verschwinden, damit sie ja nicht mehr dabei sein muss, wenn wir alle zusammen den Stillstand ausrufen.

Wenn man ein Sprachlos zieht.

Hat man keinen Stimmzettel.

Das habe ich auch in meinem letzten Aufsatz geschrieben, aber Frau Neumann hat es wie immer nur rot umkringelt und ein riesiges Fragezeichen daneben gemalt. Dann hat sie auch noch gesagt: »Phoebe, du hast einen Wiederholungstäter in deinem Aufsatz.«

»Ich habe was?«, habe ich gefragt.

»Du hast den gleichen Satz zweimal hintereinander geschrieben«, hat Frau Neumann mir ungeduldig erklärt.

»Ja, ich weiß«, habe ich erwidert. »Das ist kein Täter – das ist ein guter Satz, und gute Sätze kann man ruhig zweimal lesen.«

»Aber, Phoebe, wenn man einen Satz zweimal lesen möchte, dann kann man ihn doch einfach noch einmal lesen!«, hat Frau Neumann gesagt. »Dafür brauchst du ihn doch nicht zweimal hinzuschreiben!«

»Das wissen aber nicht alle Menschen«, habe ich entgegnet. »Nicht alle sind so wortbeständig wie Sie und ich.«

Das hat Frau Neumann nicht verstanden.

Und ich hatte keine Lust, es ihr zu erklären.

Was machst du eigentlich die ganze Zeit über in der Klinik? Wie wird man gesund, wenn man Magersucht hat? Muss man da ganz viel essen? Oder isst man nur bestimmte Sachen?

Vielleicht muss man ja auch Medikamente nehmen. Oder man bekommt Spritzen. Ich hoffe, du bekommst keine Nadeln oder solches Zeugs in den Körper gepiekt! Paulas Mama lässt das manchmal machen, damit ihre Aura besser strahlt.

Und Paulas Mama strahlt wirklich ziemlich stark. Jedenfalls gucken alle Männer auf der Straße immer hinter ihr her, und wenn es Paula zu viel wird mit der Glotzerei, dann sagt sie: »Das ist meine Mama! Und sie hat schon einen Mann! Das ist zufällig sogar mein Papa! Und mein Papa ist der tollste Mann auf der Welt! Also hört endlich auf zu gucken!«

Ich glaube aber, dass Paulas Mama es mag, wenn die Männer sie anschauen; denn Paulas Mama und Paulas Papa, die schauen sich nicht so viel an. Es ist ein bisschen, als würden sie sich nicht mehr sehen können, oder als würden sie sich nicht erkennen.

Und Paula spürt das. Deshalb hat sie auch manchmal Angst.

Ich tröste sie dann und sage: »Deine Eltern haben sich garantiert noch lieb! Sie haben nur vergessen, wie man das zeigt. Aber eines Tages erinnern sie sich wieder!«

Das glaubst du doch auch.

Nicht wahr?

Ich denke so oft an dich, April. Und ich bin ständig am Grübeln, weil ich all die Dinge, die du schon längst weißt, auch eines Tages verstehen möchte. Aber ich verstehe ja noch nicht einmal deine Krankheit.

Vielleicht ist Magersucht so, als hätte man eine große Wunde im Bauch, die zuerst unsichtbar ist und dann auf einmal anfängt, schrecklich zu bluten – so sehr, dass man ganz schwach wird. Und dann infiziert sich die Wunde, und die Bakterien breiten sich überall im Körper aus, bis sie schließlich in den Kopf kriechen und sich dort in den Gedanken festbeißen.

Ja. Irgendwann ist man so krank, dass man nicht mehr klar denken kann. Das ist dann der Moment, in dem man in eine Klinik muss. Da werden die Bakterien bekämpft, bis sie alle tot sind. Anschließend wird die Wunde gereinigt, und das brennt bestimmt ganz furchtbar. Danach wird die Wunde genäht. Und in den folgenden Wochen muss man ganz stillhalten und vorsichtig mit seinem Körper umgehen, damit nicht alles wieder aufreißt und von vorne anfängt.

Ist das so, April?

Wenn es alles so stimmt, dann verheilt die Wunde nach einiger Zeit, und der Schmerz klingt ab. Dann werden die Fäden gezogen.

Vielleicht bleibt eine kleine Narbe zurück.

Oder eine große.

Je nachdem.

Wie tief die Wunde war.

Versprichst du mir, dass du nicht aufgibst?

Mama hat nämlich gesagt: »Man kann nur gesund werden, wenn man auch gesund werden will.«

Also hoffe ich, dass du gesund werden willst. Und dass du nicht aufgibst, wenn die schlechten Tage kommen. Und schlechte Tage kommen immer. Das weiß sogar ich, obwohl ich noch klein bin. Sie kommen am liebsten, wenn man sie gar nicht erwartet. Sie stehen einfach vor der Tür und machen so lange Krach, bis man öffnet. Manchmal stürmen sie auch einfach ins Haus und verwüsten die ganze Ordnung.

Meine schlechten Tage sind unregelmäßig. Manchmal habe ich zwei hintereinander und manchmal habe ich eine Woche lang keinen einzigen. Aber seit du nicht mehr hier bist, sind auch die guten Tage kaputt.

»Du, Mama«, habe ich heute gesagt, weil einer von den besonders schlechten Tagen war, »ich bin der Herbst und der Regen, und bald bin ich der Winter und der Schnee.«

»Phoebe, du solltest rausgehen und ein bisschen mit Paula spielen«, hat Mama geantwortet, weil sie gerade Kopfschmerzen hatte und nicht über Probleme reden wollte.

»Okay«, habe ich gesagt.

Und dann habe ich Paula angerufen und mich mit ihr auf dem Klettergerüst am See verabredet.

Aber bevor ich losgegangen bin, habe ich noch einmal an Mamas Zimmertür geklopft. Sie hat gestöhnt, wegen dem Kopfweh, doch dann hat sie »komm rein« gesagt, und ich bin reingegangen und habe mich zu ihr auf das Bett gesetzt.

»Mama«, habe ich geflüstert.

»Ja«, hat Mama gesagt. »Was ist denn, Phoebe?«

»Wenn der Winter kommt, kommt dann auch April?«, habe ich gefragt.

Und da hat Mama sich die Bettdecke über den Kopf gezogen und ein komisches Geräusch von sich gegeben, also bin ich ganz schnell zur Haustür raus und in den Park geflüchtet.

Paula hat schon auf der Schaukel auf mich gewartet. Obwohl wir ja eigentlich das Klettergerüst als Treffpunkt ausgewählt hatten. Aber Paula macht immer das, was ihre Stimmung gerade will. Und deshalb hat sie geschaukelt.

Ich habe mich auf die andere Schaukel gesetzt, und dann sind wir beide im Gleichschwung hin- und hergeflogen, bis uns beiden ganz übel war. Am Ende sind wir auf drei abgesprungen und haben uns beide am rechten Fuß weh getan.

Anschließend sind wir nach Hause gehumpelt. Zu Paula, denn ihre Mama kocht am Mittwochabend immer Milchreis mit Apfelmus und Zimtundzucker. Und das ist zurzeit Paulas und mein Lieblingsessen.

Papa hat mich auf dem Rückweg von der Arbeit mit dem Auto abgeholt. Während der Fahrt habe ich zu ihm gesagt: »Heute habe ich mir ganz schlimm den Fuß verstaucht. Ich kann kaum noch laufen!«

»Oh«, hat Papa gesagt.

Mehr nicht.

Manchmal ist sein Wortschatz sehr gering.

»Es tut höllisch weg!«, habe ich hinzugefügt.

»O je«, hat Papa gesagt.

Ich glaube, Männer können nicht gleichzeitig Auto fahren und zuhören und freundlich sein.

»Papa!«, habe ich genervt gerufen. »Mein Fuß ist so schrecklich verletzt, dass ich vielleicht in ein Krankenhaus muss!«

»Was!?«, hat Papa erschrocken gefragt und ist rechts rangefahren, obwohl da ein Halteverbotsschild stand. Dann hat er mich verwirrt angeguckt und meinte: »Aber du bist doch gerade zum Auto gelaufen, das ging doch, oder?«

»Ach, Papa«, habe ich gebrummt. »Du verstehst echt gar nichts.«

Und dann habe ich es aufgegeben, seine Aufmerksamkeit erobern zu wollen. Stattdessen habe ich den Rest der Fahrt geschwiegen und seine blöde klassische Musik gehört.

Ich glaube, Papas Kopf ist einfach zu voll mit Arbeit und mit all den Sorgen. Wahrscheinlich würde er am liebsten zu dir ins Krankenhaus fahren und dich so lange füttern, bis du nicht mehr magersüchtig bist. Dann würde er dich ins Auto packen, und du dürftest dir bestimmt coole Musik aussuchen. Anschließend würde er dich zu uns nach Hause fahren und dir unterwegs ein paar Geschichten von der Lustigkeit der Welt erzählen.

Falls er noch weiß, wie das geht. Papa hat nämlich verlernt, wie man Witze macht. Aber ich glaube nicht, dass er schon alt genug für Alzheimer ist – oder wie das heißt. Also besteht die Chance, dass er sich irgendwann wieder erinnert.

Ach, April. So viel habe ich dir ja noch nie geschrieben. Ob die ganzen Seiten in einen Umschlag passen? Und ob du überhaupt Lust hast, solch einen langen Brief zu lesen?

Ich werde auf jeden Fall morgen vor der Schule noch zum Briefkasten gehen. Dann habe ich etwas, worauf ich mich freuen kann. Und einen guten Grund, um zu spät zu kommen.

In der ersten Stunde habe ich nämlich Sport bei Frau Sener. Und die ist meistens selbst zu spät, weil sie in einer andauernden Lebenskrise steckt und keinerlei Motivation mehr hat. Deshalb dürfen wir auch jedes Mal Völkerball spielen und müssen nie Liegestütz machen.

Ich glaube, es gibt bei Erwachsenen immer wieder Momente, in denen die sich fragen, warum sie all die Dinge tun, die sie tun. Und dann überlegen sie ganz heftig, was sie stattdessen machen könnten.

Sie kriegen Migräne.

Sie nehmen Tabletten.

Und am Ende machen sie dann doch das Gleiche, was sie auch schon vor dem Nachdenken getan haben. Aber wenn man vor dem Denken das Gleiche weiß wie nach dem Denken, dann ist man entweder nicht sehr klug, oder man hat unvollständig gedacht, oder in die falsche Richtung.

Bei Frau Sener ist es besonders schlimm. Sie ist erst vierzig, aber sie sieht aus, als wäre sie schon neunundneunzig – das ist das Alter, das auf Brettspielen als obere Begrenzung angegeben ist. Danach ist man zu alt für Spiele, dann beginnt der Ernst des Lebens.

Wir in der Klasse sind übrigens alle froh, dass Frau Sener so viel Ruhe und Zeit braucht, um in sich zu gehen. Das ist ihr Lieblingssatz. Sie sagt ihn nach jeder Stunde: »Kinder, geht in euch.«

Dabei steht sie selbst so weit außen.

Dass sie gar nicht mehr weiß, wo innen überhaupt ist.

Vielleicht sollte sie zu einem Lebensberater gehen. Zu irgendeinem Menschen, der weiß, wie man das Glück erkennt, wenn es vorbeikommt. Der Lebensberater könnte Frau Sener vielleicht auch eine Liste geben, in die man all die schönen Sachen des Lebens eintragen kann. Er müsste da natürlich zuerst selbst ein paar Beispiele reinschreiben, denn alleine kriegt Frau Sener das ja nicht hin. Aber dann hätte sie ein Startkapital für ein gutes Leben, und das könnte sie später selbständig erweitern.

Startkapital ist übrigens ein interessantes Wort, findest du nicht auch, April?

Papa benutzt es gerne. Und er sieht sehr klug aus, wenn er es sagt. Als wüsste er, wovon er redet.

Hey, April, sieh nur – ich habe so viel über Frau Sener geschrieben, als wäre sie eine Freundin von mir! Dabei ist sie doch Schuleigentum.

Und eigentlich wollte ich dir nur schreiben, dass es nicht so schlimm ist, wenn ich morgen etwas zu spät zum Unterricht komme, weil ich erst noch den Brief losschicke. Vielleicht schwänze ich sogar die erste Stunde, denn Frau Sener hat nie einen Stift dabei, und deshalb kann sie auch niemanden ins Klassenbuch eintragen.

Das darfst du aber nicht Mama verraten!

Bis bald,
deine Phoebe

Liebe April,

es regnet und regnet, und kein Mensch geht freiwillig vor die Haustür. Nicht einmal Papa, obwohl der heute gesagt hat, Mama und ich würden ihn noch in den Wahnsinn treiben, oder zumindest in die Flucht schlagen.

»Geh doch!«, hat Mama geschrien. »Na los, geh! Da drüben ist die Tür. Aber dass du's nur weißt: Das Kind und der Hund bleiben hier!«

Da hat Papa gerufen: »Den Hund nehme ich mit!«

Und dann haben sie sich zwei Stunden lang angebrüllt, bis Mama ganz heiser war und Papa nicht mehr atmen konnte. Anschließend haben sie sich in den Arm genommen.

Jetzt ist es still im Haus.

Mama und Papa sitzen im Wohnzimmer. Ich würde gerne wegrennen. Aber die beiden kann man keine Sekunde lang alleine lassen. Wer weiß, was sonst noch alles passiert. Und außerdem regnet es so sehr.

Mehr kann ich heute gar nicht schreiben.

Weil ich traurig bin.

Deine Phoebe

Liebe April,

River hat gerade angerufen. Sie wollte mit *mir* telefonieren. Das war merkwürdig. Sie ist ja schließlich deine Freundin, und wir hatten vorher noch nie richtig telefoniert – ich habe immer nur gesagt: »Hallo River, ich hole schnell April ans Telefon!« Und dann bin ich gleich in dein Zimmer gestürmt, und du hast so lange telefoniert, bis Papa gebrüllt hat, er würde das Telefon abmelden oder höchstpersönlich sämtliche Funkmasten in Berlin aus der Erde reißen.

River und ich wussten eigentlich gar nicht so genau, was wir reden sollten. Aber als wir fertig telefoniert hatten, da wusste ich, dass ich nicht alleine bin mit meiner Traurigkeit. Und River wusste das auch. Deshalb werden wir jetzt vielleicht öfter telefonieren, auch wenn wir uns nicht so viel zu sagen haben.

Und ich glaube, Papa hat im Moment ganz andere Probleme als zu hohe Telefonrechnungen. Er macht sich nämlich Riesensorgen um dich, auch wenn er das niemals zugeben würde. Außerdem: Wenn er das Telefon abmeldet, dann kann ja auch kein Anruf mehr von dir hier ankommen. Und darauf warten Mama und Papa die ganze Zeit. Jedes Mal, wenn das Telefon klingelt, springen die beiden sofort auf und lassen alles stehen und liegen. Neulich hat Mama sogar einen Teller mit Nudeln fallen gelassen. Dabei war es nur Tante Magda, die wissen wollte, wie Ebay funktioniert und wie man Filmdateien mit ›rar‹-Endung entpackt.

Mama hat gesagt, das würde Papa ihr erklären.

Dann hat sie Papa den Hörer in die Hand gedrückt und ihm ausgerichtet, was Tante Magda wissen will. Aber Papa hat gesagt: »Nein! Ich werde deiner Schwester *nicht* erklären, wie man Filme entpackt! Findest du nicht, sie ist ein bisschen zu alt für illegale Downloads!? Und wenn ich ihr erkläre, wie Ebay funktioniert, dann wird sie sich ein Kaffeetassen-Set nach dem anderen nach Hause bestellen! Bist du dir sicher, dass du das willst!?«

»Von mir aus!«, hat Mama zurückgefaucht. »Dann erklärst du es ihr halt nicht! Aber sag ihr das gefälligst selbst!«

»NEIN!«, hat Papa geschrien.

»DOCH!«, hat Mama gebrüllt.

Und dann standen die beiden neben dem Telefon und haben schon wieder angefangen zu streiten.

Alles nur wegen Ebay. Und irgendwelchen Filmdateien.

Hast du gewusst, dass Erwachsene so dumm sein können?

Tante Magda hat die ganze Zeit über in der Leitung gewartet und erst aufgegeben, als Mama den Hörer wieder in die Hand genommen und gesagt hat: »Wir haben gerade ein Problem mit dem Wasserrohr. Kannst du später noch einmal anrufen?«

Da hat Tante Magda aufgelegt.

Und dann haben Mama und Papa sich weiter angeschrien, während ich in der Küche die Nudeln vom Boden aufgewischt habe. Aber es ist später keiner gekommen, um sich bei mir zu bedanken.

Außerdem fand ich die Lüge mit dem Wasserrohr ziemlich blöd. Wenn man schon lügt, dann sollte man sich doch wenigstens etwas Mühe geben, findest du nicht auch?

Ich habe Paula das alles erzählt und sie hat mich ganz fest in den Arm genommen, weil Paula findet, dass Berührung auch eine Form der Sprache ist. Eine Umgangssprache.

Dann kam Paulas Mama zu uns rein, weil sie zufällig alles mit angehört hatte, und weißt du, was sie gesagt hat? Dass unsere Eltern gar nicht streiten um des Streitens willen, sondern weil sie beide furchtbare Angst um dich haben und nicht wissen, wie sie damit umgehen sollen.

Aber ich habe doch auch Angst!

Und ich muss auch mit meiner Angst umgehen.

Umgehen – also *um* die Angst herum *gehen*.

Aber wenn Mama und Papa das schon nicht schaffen, und die sind erwachsen, dann verlaufe ich mich doch auf jeden Fall. Und wenn ich verschwunden bin, wer sucht nach mir?

Wenn alle die Augen verschließen.

Bin ich unsichtbar.

Frau Neumann ist übrigens krank, und wir haben jetzt einen Vertretungslehrer. Der ist ganz jung und benimmt sich überhaupt nicht wie jemand, der Lehrersein studiert hat. Aber er bringt uns trotzdem viel bei, weil wir ihn alle mögen und ihm zuhören, wenn er etwas sagt.

Die anderen Lehrer gucken ihn unfreundlich an, und ich glaube, er geht nicht gerne ins Lehrerzimmer. Oft läuft er einfach alleine auf dem Schulhof hin und her, auch wenn er gar nicht Aufsicht hat. Und er sieht sehr einsam dabei aus. Als ich ihn zum ersten Mal während der Pause beobachtet habe, da habe ich verstanden, dass Erwachsene gar nicht so viel vernünftiger sind als Kinder. Ich dachte immer, dass wir uns streiten und gegenseitig ausgrenzen und so, weil wir halt eine Grundschulklasse sind, und erst noch lernen müssen, wie man miteinander umgeht.

Aber anscheinend lernen manche Menschen das nie. Denn der Vertretungslehrer wird bestimmt ausgegrenzt, weil er anders ist und anders unterrichtet. Dabei ist er doch neu an der Schule, und irgendein alter Lehrer sollte sich mal um ihn kümmern. Das sagen die Lehrer schließlich auch immer zu uns, wenn ein neuer Schüler in die Klasse kommt!

Na ja. Ich will auf jeden Fall niemals eine Lehrerin sein.

Da würde ich eher Taucherin werden.

Obwohl ich Angst vor Haien habe.

Was willst du eigentlich mal werden?

Hat dir dein Praktikum in dem Graphikbüro damals genug gefallen, dass du das für den Rest deines Lebens machen willst? Oder hast du dich danach anders entschieden? Ich weiß das gar nicht mehr, weil du zu der Zeit schon kaum noch geredet hast, und ich mich nicht getraut habe, dich zu fragen.

Ich finde, du könntest alles werden – alles, was du willst. Weil du so klug bist. Ich wäre gerne wie du, April. Ich bin zwar nicht dumm, aber so wie du kann ich nie sein. Denn du bist der einzige Mensch auf der Welt, den ich kenne, der Gedanken hat, die in alle Richtungen gehen und trotzdem am gleichen Punkt ankommen, wo sie sich dann treffen und gegenseitig berühren und zu etwas Großem werden.

Weißt du das?

Dass du etwas ganz Besonderes bist?

Nicht nur für mich, sondern für alle, die dich kennen.

In meiner Klasse gibt es Kinder, die mögen mich nicht. Und es gibt welche, die mögen Paula nicht. Und es gibt bestimmt auch jemanden, der Hazel nicht mag, obwohl sie die Perfekteste von uns dreien ist.

Aber dich, April, dich mögen alle! Du kannst dir nicht vorstellen, wie oft jemand hier anruft, um nach dir zu fragen. Und Mama sammelt die vielen Briefe für dich und schickt dir alle zwei Wochen ein ganzes Päckchen voll!

So beliebt bist du. Nicht nur, weil du hübsch bist.

Tina aus meiner Klasse, die wird nur gemocht, weil sie die Schönste ist – aber hinter ihrem Rücken reden alle schlecht über sie. Doch über dich hat noch nie jemand ein gemeines Wort gesagt.

Du bist das Mädchen mit den tiefseeblauen Augen.

Und das Mädchen mit dem schneeweißen Herz.

Für dich stehen die Jungs jetzt schon Schlange, obwohl die noch gar nicht erwachsen genug sind, um zu wissen, wie großartig du insgesamt bist.

Ich habe noch nie erlebt, dass ein Mensch so wenig im Abseits ist wie du. Denn obwohl du niemanden sehen willst und vor all deinen Freunden wegrennst, und obwohl du lieber alleine bist, als bei irgendwem – trotzdem reden alle von dir.

Du bist ein Glückswesen, April.

Denn wenn du ein Trauerwesen wärst, dann hätte man dich längst vergessen. So ist das Leben: Alle wollen nur die schönen Sachen sehen. Und du bist zwar keine Sache, aber du bist schöner und beständiger als alles andere auf der Welt.

April, du darfst dich nicht verschwenden.

Es gibt dich doch nur einmal.

Deine Phoebe

Liebe April,

weißt du noch: Früher war ich immer eifersüchtig auf dich, weil du den schöneren Namen von uns beiden hast. Der April ist Mamas Lieblingsmonat und der Monat, in dem sie Papa kennengelernt hat, und der Monat, in dem das Wetter sich austobt und manchmal sogar Tränen lacht.

Und dann bist du auch noch am ersten April geboren!

Du bist nach Mamas Glück benannt!

Ich aber habe einfach nur den Namen von dem kleinen Mädchen aus Papas Lieblingsbuch.

Ich fand das unfair, weil dein Name aus der richtigen Welt ist und meiner aus einer erfundenen Geschichte. Aber dann hast du ›Der Fänger im Roggen‹ gelesen und dich zu mir auf mein Bett gesetzt, als ich gerade traurig war, weil Papa mit mir geschimpft hatte, dass ich meine Jacke immer einfach auf den Boden schmeiße, wenn ich nach Hause komme.

Du hast gesagt: »Weißt du eigentlich, dass du deinen Namen aus einem der größten Bücher hast? Ich heiße April. Das ist ein Monat, er geht vorbei wie jeder andere Monat auch. Und irgendwann kommt er wieder. Und geht von neuem vorbei. Aber du, du bist etwas für die Ewigkeit, Phoebe! Du hast einen Namen, den Menschen mit viel mehr verbinden als nur mit Frühlingsblumen und Sonnenschein. Du bist voll von Geschichten.«

Seitdem mag ich meinen Namen auch.

Obwohl dein Name schöner klingt, und obwohl manche Menschen Phoebe nicht aussprechen können und *Phöbä* zu mir sagen. Das klingt als wäre ich ein Parasit.

Papa ist vor zwei Tagen übrigens nach Hamburg gefahren. Er muss dort irgendwen feuern, obwohl er das gar nicht möchte. Er hat versucht mir zu erklären, was genau da los ist, aber mein Kopf ist zu klein, und deshalb hat mein Gehirn den Zusammenhang nicht verstanden.

Auf jeden Fall wird eine ganze Abteilung entlassen, in der auch einige richtig gute Mitarbeiter sind. Aus irgendwelchen Gründen müssen die aber alle gekündigt werden, und es dürfen keine einzelnen Menschen in eine andere Abteilung verschoben werden. Das ist wegen irgendeinem Gesetz.

Total dämlich.

Aber so sind halt die Erwachsenen – sie machen Gesetze, die sie selbst nicht verstehen, und dann streiten sie sich um ihre Verfassung. Anschließend setzen sie sich hin und machen neue Gesetze, um die alten Gesetze zu ersetzen. Dabei sind sie total versessen. Doch am Ende sitzen sie nur hilflos zwischen ihren Gesetzen herum und stehen nicht zu ihren Rechten.

Also, vielleicht war das jetzt auch alles falsch, was ich da gerade geschrieben habe. Wie gesagt, ich habe es nicht richtig verstanden. Ich weiß nur, dass bald viele Menschen sehr traurig sein werden, weil sie keinen Job mehr haben. Und Papa wird auch traurig sein, weil er nicht gerne andere Menschen traurig macht. Aber so ist wohl das Leben.

Ich bin froh, dass wir Papas Familie sind. Uns kann er nicht kündigen. Wir werden für immer um ihn herum sein, und Taschengeld kriegen wir auch. Nur Mama nicht, die verdient ja schon ihr eigenes Geld, und außerdem mag sie Geld nicht so gerne. Sie findet nämlich: »Wenn man zu viel Geld hat, dann hat man keinen Platz mehr für die wichtigen Sachen.«

Das ist einer von Mamas klugen Sätzen. Erinnerst du dich noch, wie oft sie den früher gesagt hat? Ich glaube, er ist nicht wörtlich gemeint. Sonst könnte man sich ja von dem vielen Geld einfach ein paar riesengroße Häuser kaufen und dort alle Sachen aufbewahren, die man haben möchte. Mama meint wohl eher die anderen wichtigen Sachen, die, für die man kein Geld braucht.

Aber wir haben es ja auch gut, wegen Papas Job.

Da müssen wir uns keine Sorgen machen.

Wenn man arm ist, so wie die Familie von Devon, dann muss man ständig sparen und kann nicht in den Urlaub fahren oder ins Restaurant gehen.

Ich gebe Devon immer eines von meinen Pausenbroten ab, denn er kriegt meistens nur eine ganz kleine Scheibe Graubrot von seiner Mama mit. Manchmal ist da nur Butter drauf, und sonst nichts. Obwohl Devon ein Junge ist, und die essen schließlich viel mehr als wir

Mädchen, weil sie sich doch herumschubsen müssen und ständig irgendeinem Ball hinterherlaufen, so wie Fork.

Devon freut sich jedes Mal über mein Pausenbrot, weil da Salami und Käse und manchmal sogar Tomaten und Gurkenscheiben drauf sind. Und wenn ich einen Müsliriegel mitbekomme oder eine Milchschnitte, dann gebe ich Devon auch davon etwas ab. Er sagt zwar nie »danke«, und wirklich freundlich ist er auch nicht zu mir, aber in seinen Augen ist ein lieber Schimmer; und weil ich den sehen kann, sind Devon und ich Freunde, auch wenn wir nie darüber reden. Ich weiß ja, dass er cool sein muss – wegen der anderen Jungen. Deshalb kann er auch nicht zugeben, dass er mich richtig gerne mag. Aber das ist schon okay. Denn wir werden ja älter, und dann können wir uns auch mal an der Hand halten und zusammen über den Schulhof laufen.

Und selbst wenn Devon und ich keine Freunde wären, dann würde ich ihm trotzdem etwas von meinem Pausenbrot abgeben. Denn das ist ja wohl das mindeste, was man tun kann, wenn man viel hat und ein anderer gar nichts.

Weißt du, woher ich das weiß?

Ich habe es von dir gelernt.

Wie alles andere auch.

Ich gehe jetzt mit Paula zu Hazels Geburtstag!

Es gibt Marzipantorte und Kakao mit Marshmallows! Das wird bestimmt schön!

Sei fest umarmt,
deine Phoebe

Liebe April,

heute bin ich nicht zur Schule gegangen. Also eigentlich bin ich schon hingegangen, ich bin nur nicht reingegangen. Ich bin einfach vor dem Gebäude stehen geblieben. Dann hat es zur ersten Stunde geklingelt, aber ich bin trotzdem einfach weiter stehen geblieben.

Fast eine halbe Stunde lang.

Irgendwann wurde es mir zu langweilig, und ich bin in den Park gegangen und habe die Enten angeguckt. Dann bin ich noch ins Einkaufszentrum, in den Zoo, ins Aquarium, zu Georgs Baumhaus, auf den Basketballplatz, zum Spielplatz am See, zu Tante Magdas Laube und sogar auf den Friedhof gegangen.

Ich habe mich einfach so gefühlt, als müsste ich all das machen.

Als ich am Abend nach Hause gekommen bin, hat Mama geschrien und geschrien: Wo ich gewesen bin? Warum ich nicht in der Schule war? Und dass sie alle,

alle Menschen in der Stadt angerufen hätte, aber keiner, keiner gewusst hätte, wo ich stecke.

Da habe ich geantwortet, dass sie doch gar nicht die Telefonnummern von allen, allen Menschen in der Stadt hat und dass mich außerdem gar nicht alle, alle Menschen kennen. Ich weiß das deshalb so genau, weil ich einmal im Internet geguckt habe, wie viele Einwohner wir hier in Berlin haben.

3 517 424!

So viele.

Mal ehrlich – woher sollen die mich denn alle kennen? Und an einem einzigen Tag kann man die auch gar nicht alle anrufen, selbst wenn man die Telefonnummern hätte.

Das alles habe ich Mama gesagt.

Da ist sie ganz schrecklich wütend geworden, weil sie meinte, dass ich mit Absicht alles falsch verstehe. Und dann hat sie eine Tasse auf den Boden geworfen, und dann noch eine. Und noch eine. Mit voller Absicht. So wütend war sie.

Dann ist Papa gekommen und hat gefragt, ob sie die Tassen denn nicht mehr mag. Da hat Mama auch noch eine Tasse in Richtung Papa geworfen. Aber sie hat ihn nicht getroffen. Und da hat sie aufgehört, Tassen kaputt zu machen, und ist stattdessen ins Bett gegangen.

Ich habe ihr hinterhergeblickt. Auch dann noch, als sie längst weg war.

Ach, April. Es ist so laut, seit die Stille tot ist.

Papa hat gesagt, dass alles okay ist und ich jetzt auch schlafen gehen soll, aber ich wollte nicht aus der Küche raus, weil ich Angst davor hatte, dass sie am nächsten Morgen immer noch so verwüstet ist.

Da hat Papa über meinen Kopf gestrichen und gesagt: »Ach, Phoebe, gut, dass dir nichts passiert ist.«

Dann hat er für eine kurze Zeit lang gar nichts gesagt und nur die Scherben angeguckt. Genau wie ich.

Schließlich hat er gemeint: »Es ist schön, dass es dich gibt.«

»Bist du dir sicher?«, habe ich gefragt.

Papa hat kurz überlegt.

»Ja«, hat er schließlich gesagt. »Vollkommen sicher.«

»Warum hast du dann zuerst überlegt?«, wollte ich wissen.

»Das verstehst du nicht, Phoebe«, hat Papa geseufzt.

»Ich verstehe sehr vieles nicht!«, habe ich erwidert. »Und alles, was ich verstehe, ist ziemlich nutzlos, wenn ich die wichtigen Dinge nicht begreifen kann.«

»Eines Tages wirst du verstehen«, hat Papa gesagt und angefangen, die Scherben aufzukehren.

»Bist du dir *diesmal* sicher?«, wollte ich wissen.

Da hat Papa ganz schnell »ja« gesagt, weil er sich nicht getraut hat, darüber nachzudenken, denn es hätte ja sein können, dass ich wütend werde, so wie Mama, und er hatte wohl Angst um das Geschirr.

»Soll ich dir helfen?«, habe ich gefragt.

»Nein«, hat Papa geantwortet. »Geh einfach schlafen, Phoebe, und versprich mir, dass du nicht mehr wegläufst! Es ist nicht gut, wenn du einfach so verschwindest. Wir machen uns nämlich Sorgen, Mama und ich.«

Also habe ich Papa versprochen, dass ich nicht mehr weglaufe. Dabei war ich gar nicht verschwunden. Ich wusste schließlich die ganze Zeit über, wo ich war. Und wenn man weiß, wo man ist, dann ist man da und nicht weg.

Weglaufen wollte ich eigentlich auch nicht. Ich war doch nur auf der Suche nach dir. Ich war an allen Plätzen, an denen ich schöne Erinnerungen an dich hatte. Und ich dachte, vielleicht treffe ich dich da ganz zufällig. Es hätte ja sein können, dass du manchmal aus der Klinik abhaust und einfach so durch die Straßen läufst.

Aber du warst natürlich nicht da. Denn deine Klinik ist ja gar nicht in Berlin, und wie hättest du denn bis hierher kommen sollen?

Ich liege mittlerweile schon im Bett, und wenn ich mit dem Brief fertig bin, dann mache ich gleich das Licht aus. Morgen ist ein neuer Tag, da werde ich nicht nur zur Schule gehen, sondern auch in die Schule rein.

Einfach nur hingehen ist nicht genug.

Das habe ich heute gelernt.

Deine Phoebe

Liebe April,

die Nacht ist kalt, und ich friere.

Aber Papa sagt immer: »Dafür gibt es ja Bettdecken!«

Und Papa sagt auch: »Deswegen muss man kein Theater machen!«

Also rufe ich ihn lieber nicht, um ihm zu sagen, dass mir kalt ist. Er hat es schon schwer genug mit Mama.

Erinnerst du dich noch an unseren kleinen Cousin Felix? Als er das letzte Mal hier war, da habe ich ihn gefragt: »Was willst du werden, wenn du groß bist?«

Und Felix hat geantwortet: »Wärmegestalter.«

Ich wusste nicht, was das sein soll.

Und Felix wusste es auch nicht.

Wir haben zusammen versucht, es herauszufinden, aber dann hat Felix sich in Fork verliebt, und die beiden haben den gesamten Tag zusammen im Garten gesessen und mit den Gänseblümchen geredet. Ich würde wirklich gerne wissen, was ein Gänseblümchen, das den ganzen Tag und die ganze Nacht an ein und derselben Stelle in unserem Garten steht, wohl zu sagen hat. Aber was auch immer es war, Felix war glücklich.

Na ja, wenn man Felix heißt, dann muss man wahrscheinlich glücklich sein. Mama hat nämlich einmal gesagt, dass Felix *der Glückliche* heißt.

Ich denke übrigens immer noch darüber nach, was ein Wärmegestalter wohl sein könnte. Vielleicht ist das jemand, den man anrufen kann, wenn man friert. Jemand, der eine Wärme mitbringt, die nicht künstlich ist und auch nicht geliehen. Er würde sie in seinen Händen tragen und über deine Schultern legen, wie einen unsichtbaren Mantel. Die Wärme würde sich in deinem ganzen Körper ausbreiten und dein Dasein umfangen.

So, dass du einen Schlaf findest.

Aus dem du gerne erwachst.

Ach, weißt du, April, das sind ja alles nur Wünsche. Und Wünsche gehen nicht in Erfüllung, wenn man einfach herumsitzt und auf sie wartet. Man muss sich seine Wünsche holen. Und wenn man sie hat, dann muss man darauf achtgeben, dass man sie nicht wieder verliert.

Man muss auch unterscheiden können zwischen Wünschen, die man nur träumen sollte, weil sie in Wahrheit gar nicht so gut wären, und zwischen richtigen Wünschen, für die man kämpfen muss.

Ich vermisse dich.

Hier in meinem Leben.

Deine Phoebe

Liebe April,

Paula und ich waren gerade im Planetarium. Da gab es so viele Sterne, dass wir am Ende keine Lust mehr hatten, welche zu sehen, und deshalb sind wir auf Toilette gegangen und haben die Zeit mit Geschichtenerzählen verbracht.

Paula kennt wirklich die tollsten Geschichten. Die eine geht so:

Es war einmal ein kleiner Rabe, der konnte nicht fliegen. Die anderen Raben waren immer furchtbar gemein zu dem kleinen Raben, und keiner wollte mit ihm spielen. Nicht einmal der soziale Rabe. Und auch nicht der Politiker-Rabe. Und die Rabeneltern sowieso nicht. Also hüpfte der Rabe den ganzen Tag alleine durch die Gegend und war sehr einsam. Bis eines Tages ein fliegendes Kaninchen vorbeikam.

»Hey«, sagte der Rabe zu dem Kaninchen. »Warum kannst du denn fliegen?«

»Hey«, sagte das Kaninchen im gleichen Moment zu dem Raben. »Warum kannst du denn hüpfen?«

Da sagte der Rabe: »Keine Ahnung.«

Und das Kaninchen sagte auch: »Keine Ahnung.«

»Vielleicht sind wir beide einfach besonders«, überlegte der Rabe.

»Vielleicht sind wir beide furchtbar krank«, entgegnete das Kaninchen.

»Ach«, erwiderte der Rabe, »das glaube ich nicht.«
»Ich auch nicht«, meinte das Kaninchen, »ich habe wohl Wahnvorstellungen.«
»Was heißt das?«, fragte der Rabe, weil Raben einen viel kleineren Wortschatz als Kaninchen haben.
»Dass man zu viel Angst hat«, erklärte das Kaninchen.
»Also bist du ein Angsthase?«, fragte der Rabe.
»Nein«, sagte das Kaninchen. »Ich bin ein Kaninchen. Hasen sind größer und haben struppiges Fell. Mein Fell ist ganz weich.«
»Ich bin ein Rabe«, sagte der Rabe.
»Ja, ich weiß«, sagte das Kaninchen.
Und dann setzten sich der Rabe und das Kaninchen schweigend an einen Bach und sahen zu, wie der Bach an ihnen vorbei bis in den tiefen Wald hineinfloss.

Das war eine schöne Geschichte, oder? Weil sie kein richtiges Ende hat. Sie fängt einfach nur an und hört auf, als es gerade so wird, dass man dabei bleiben möchte. Dann kann man in Gedanken weiterschreiben. Das ist so, als hätte man ein halbleeres Blatt Papier und einen Stift im Kopf.

Ich mag Paula sehr gerne. Nicht nur wegen ihren Geschichten. Auch deshalb, weil sie weiß, wie man Gefühle hat. Manche Menschen wissen das nämlich nicht. Die sehen ihr ganzes Leben lang gleich aus und sind nie wirklich glücklich und nie wirklich traurig, sondern immer nur irgendwo dazwischen. Und wenn man zu viel dazwischen ist, dann ist man nirgendwo.

Paula hat einen ganzen Sturm von Gefühlen in ihrem Bauch. Wenn sie wütend ist, dann setzt sie sich sogar auf dem Fußgängerweg auf den Boden und weint ganz laut. Da sitzt sie dann, mitten im Weg, so dass man einfach nicht an ihr vorbeikommt und alle Leute stehen bleiben und ganz entsetzt gucken.

Wenn sie sich ausgeweint hat, wischt sie sich die Tränen weg, steht auf, als sei nichts gewesen, und sagt: »So! Jetzt geht es mir wieder gut. Jetzt können wir weitergehen!«

Einmal wollte ich sie trösten, aber da hat Paula geschnieft und gesagt: »Ich muss jetzt weinen und furchtbar toben, da ist nichts zu machen, weil etwas in mir ganz schrecklich wütet! Das geht erst weg, wenn es vorbei ist. Lass mich einfach in Ruhe enttäuscht und traurig sein!«

Seitdem setze ich mich jedes Mal neben Paula auf den Boden, wenn wieder eine solche Wut kommt, und warte ab, bis das Chaos in ihr vorbei ist. Und irgendwann geht es immer vorbei.

Und Paula steht immer wieder auf.

Paula weiß auch viel von der Liebe. Wegen ihrer Mama.

Paulas Mama sagt Sätze wie: »Menschen wollen immer zurückgeliebt werden. Und dann sind sie meistens enttäuscht, weil sie erwarten, dass sie genauso zurückgeliebt werden, wie sie hinlieben. Dabei liebt jeder Mensch anders. Und die, die am meisten zurückgeliebt werden wollen, sind meistens die, die selbst am wenigsten lieben können. Weder hin noch zurück.«

Und Paulas Mama hat auch gesagt: »Liebe ist vergänglich – wenn man will, dass sie bleibt, dann muss man auf sie zugehen und sie an einen schönen Ort bringen, an dem sie bleiben möchte.«

Ich weiß nicht viel von der Liebe.

Nur, dass man sie nicht einsperren kann.

Und dass sie sich an Freiheit bindet.

Aber eines weiß ich ganz sicher: Ich liebe dich, April. Ich liebe dich so sehr, dass ich in der Klinik einbrechen würde, um dich da rauszuholen und zurück nach Hause zu bringen.

Und ich würde aufpassen, dass du einen schönen Raum hast, um zu bleiben, und dass du niemals irgendwo eingesperrt wirst.

Damit du nicht davonrennen musst.

Sondern ankommen kannst.

Nach dem Planetarium habe ich noch einmal darüber nachgedacht, was ich aus meinem Leben machen möchte. Denn mittlerweile sind mir zwar ganz viele Dinge eingefallen, die ich nicht werden will – zum Beispiel Planetariumsbesitzer oder Schildkrötenforscher oder Bierverkäuferin –, aber mir ist noch nichts in den

Sinn gekommen, das ich später wirklich gerne machen möchte.

Als wir in der Klasse einmal sagen sollten, was unser Berufswunsch ist, hat Hazel gesagt: »Wörterverrater!«

Weißt du, Hazel hat nämlich einen sehr interessanten Papa, mit einem Wörterjob. Er ist kein langweiliger Schriftsteller, oder so. Er hat einen Job, den fast keiner kennt. Ich habe gerade vergessen wie der Job heißt, aber wenn es mir wieder einfällt, dann schreibe ich dir mehr davon.

Frau Neumann wollte jedenfalls wissen, was um Himmels willen ein Wörterverrater ist.

Aber Hazel hat nur gegrinst und gesagt: »Das würden Sie wohl gerne wissen!«

Da hat die Neumann die Stirn gerunzelt und überlegt, ob sie schimpfen oder lachen soll. Und dann hat sie gesagt: »Was auch immer ein Wörterverrater ist – ich finde, das Wort hat einen Preis verdient.«

Hazel ist vor Stolz fast von ihrem Stuhl gefallen.

Und ich habe darüber nachgedacht, wie schön es wäre, wenn ich alle Worte der Welt in meinem Kopf hätte. In jeder Sprache! Dann könnte ich durch die Länder reisen, und wenn ich unterwegs jemanden treffen würde, der seine Stimme verloren hat oder der nicht weiß, wie er sich ausdrücken soll, dann könnte ich ihm die richtigen Worte verraten. Das ist doch bestimmt die Aufgabe eines Wörterverraters, glaubst du nicht auch, April?

Als Wörterverraterin würde ich ganz viele Menschen glücklich machen. Denn wenn man ausdrücken kann, was man fühlt und was man denkt, und wenn man weiß, wie man die Worte mischen muss, um sie zum Klingen zu bringen; wenn man mit ganz kleinen Worten ganz große Sätze machen kann; wenn man aus unbenutzten Worten unvergessliche Geschichten macht; wenn man Worte verrät, die alles erzählen und trotzdem ein Geheimnis bewahren – dann hat man die Chance, gehört zu werden. Und wenn man gehört wird, dann bedeutet das, dass sich vielleicht jemand an einen erinnert. Nicht nur am nächsten Tag, sondern vielleicht auch noch in ein oder zwei Wochen.

Wenn man ein erfolgreicher Wörterverrater ist, dann verrät man die richtigen Worte im richtigen Moment, und man verdrängt die falschen Worte, noch bevor ein falscher Moment entstehen kann.

Vielleicht werde ich ja Wörterverrater, genau wie Hazel. Dann könnten Hazel und ich ein Bürogebäude am Ku'damm kaufen und ein Schild draußen anbringen, mit der Aufschrift: »Wir stehen zu Ihren Worten«.

Möglicherweise werde ich aber auch Limonaden-Geschmack-Erfinder.

Sei fest umarmt,
deine Phoebe

Liebe April,

wir haben ziemliches Glück, wir beide. Mit unseren Eltern meine ich, denn auch wenn Mama und Papa sich in letzter Zeit ständig streiten und böse Sachen zueinander sagen – am Ende vertragen sie sich wenigstens immer wieder.

Paula hat nicht so viel Glück.

Ihre Eltern lassen sich jetzt scheiden.

Dabei haben die beiden nie gestritten. Und ihr Papa hat auch keine geheime Freundin, so wie der Papa von Devon und der Mann von Tante Magda. Paulas Eltern haben einfach nur verlernt, miteinander zu reden. Und wenn man sich drei Jahre lang nichts sagt oder nichts zu sagen hat, dann verpasst man wohl eine Menge schöner Sätze.

Es ist alles schon geregelt: Paula wird bei ihrer Mama wohnen, und an den Wochenenden ist sie dann bei ihrem Papa. Der hat uns beiden schon versprochen, dass ich auch kommen darf, wenn sie bei ihm ist, weil doch an den Wochenenden immer Paulas und meine gemeinsamen Übernachtungsabende sind.

Ich habe ihn gefragt, ob er traurig ist, weil er jetzt bald keine Frau mehr hat.

Da hat Paulas Papa geantwortet: »Ach, Phoebe.« Und dann hat er geseufzt und noch einmal »Ach, Phoebe« gesagt.

Anschließend hat er Paula und mich mit aufs Oktoberfest genommen und dort ein Bier getrunken. Aber nur ein kleines, wegen der Verantwortung.

Paula hat ihn gefragt, ob das Bier helfen würde gegen die Trauer.

Da hat ihr Papa wieder geseufzt und gesagt: »Ach, Paula. Ach, Paula.«

Und ich habe gesagt: »Vielleicht findest du ja eine neue Frau.«

Da hat Paulas Papa gehustet, und als er wieder reden konnte, hat er gesagt: »Ach, Phoebe.«

Man könnte meinen, die Welt wäre ein einziger Seufzer.

Aber so sind Erwachsene wohl, wenn sie mehr Gefühle in sich haben, als sie begreifen können. Dann seufzen sie und sagen »Ach«.

Das Herbstblatt, das ich dir in den Briefumschlag gesteckt habe, ist übrigens von der Kastanie im Garten, aber das hast du bestimmt an der Form erkannt. Du bist ja auch in Biologie ein Genie. Ich weiß ganz genau, dass du alle Bäume erkennen kannst, sogar im Frühling, nur an den Knospen.

Soll ich auch noch zu dem Spielplatz mit der kaputten Schaukel gehen und dir ein paar Blätter von dem Ginkgobaum pflücken? Das ist doch noch dein Lieblingsbaum, oder? Gibt es auf dem Klinikgelände eigentlich auch Bäume? Oder ist da alles grau und hässlich?

Ich kann mir gar nicht vorstellen, wie es sich anfühlen muss, wenn man so lange von zu Hause weg ist und an einem fremden Ort lebt. Vor allem, wenn der Ort ein Krankenhaus mit lauter Ärzten und Patienten ist.

Ich würde bestimmt wegrennen – nachts aus dem Fenster klettern und dann über den Klinikzaun oder die Klinikmauer, und dann würde ich losflitzen, so schnell ich kann, zurück nach Berlin. Oder zumindest bis zur nächsten Bahnstation, weil im Langstreckenlaufen bin ich dann doch nicht so gut wie im Sprinten. Obwohl ich schon besser geworden bin, wirklich!

Wir haben jetzt nämlich einen neuen Sportlehrer. Frau Sener, du weißt schon, die mit den Sorgenfalten im Gesicht, die immer wollte, dass wir ganz tief in uns gehen, hat letzten Monat gekündigt. Jetzt läuft sie den Jakobsweg hin und her, bis sie wieder glücklich ist. Dafür haben wir Herrn Kohl. Der ist aber gar nicht dick – der Name klingt nur so. Im Gegenteil, er ist super sportlich, und wir trainieren richtig viel mit ihm!

Falls Frau Sener lange genug braucht, um ihr Glück auf Jakobs Weg zu finden, dann macht Herr Kohl nächsten Frühling einen Abenteuer-Waldlauf mit uns, das hat er versprochen.

Der einzige Haken an der Sache ist, dass Herr Kohl leider ein Erwachsener ist, und bei denen muss man ja bekanntlich vorsichtig sein, wenn es um Versprechen geht; einige Erwachsene glauben nämlich, dass sich Versprechen von »ich habe mich versprochen« ableitet.

Und wenn man von diesem Standpunkt aus mit Versprechen um sich wirft, dann sollte man lieber still sein.

Oder Politiker werden.

Aber falls Herr Kohl uns wirklich ein richtiges Versprechen gegeben hat, eines das zählt, dann würde ich mich freuen, wenn Frau Sener noch ein bisschen auf ihrem Weg herumspaziert. Vielleicht trifft sie ja sogar diesen Jakob. Dann können sie zusammen weiterlaufen. Ein bisschen Aufmerksamkeit tut Frau Sener bestimmt gut. Und vielleicht verlieben die beiden sich ineinander. Dann könnte Frau Sener Kinder kriegen. Und mit denen wäre immer so viel Lärm im Haus, dass sie ihren Weltschmerz vielleicht vergessen würde. Und wir könnten im Frühling den Abenteuer-Waldlauf mit Herrn Kohl machen.

Machst du eigentlich auch Sport in der Klinik?

Wahrscheinlich nicht so viel, oder?

Du warst ja sehr schwach, als ich dich zuletzt gesehen habe. Und du bist oft in Ohnmacht gefallen, da ist das mit dem Sport sicher keine gute Sache.

Ich weiß noch, wie du zum ersten Mal einfach umgefallen bist. Ich war dabei und habe so einen Schreck bekommen, dass ich einfach angefangen habe zu weinen. Das war total dumm und albern, aber dafür ist Mama direkt angerannt gekommen und gleich hinter ihr Papa. Wenig später fuhr dann auch noch der Krankenwagen mit Blaulicht und Sirene vor.

Und du – in der ganzen Aufregung hast du einfach deine Augen wieder aufgeklappt und bist aufgestanden.

»Lasst mich in Ruhe!«, hast du gesagt. »Lasst mich verdammt nochmal alle in Ruhe! Mir war nur schwindlig! Es geht mir gut!«

Aber du hast gelogen damals. Denn es ging dir gar nicht gut, das weiß ich ganz genau. Du wolltest es uns nur nicht sagen. Und deshalb bist du auch immer schwächer geworden und immer öfter umgekippt. Am Ende hattest du überall blaue Flecken, und manchmal hat deine Lippe geblutet. Und ganz weiß im Gesicht warst du auch. Wie ein Gespenst an Halloween.

Ich habe deine Knochen gesehen, weißt du, vor allem die am Rücken. Jeden Wirbel, sogar, wenn du aufrecht standest. Wie bei einem Dinosaurier! Das war gruselig. Aber ich fand dich trotzdem hübsch.

Und ich mag ja Dinosaurier. *Littlefoot* ist mein Lieblingsfilm! Obwohl ich immer weinen muss an der Stelle, an der die Mama von *Littlefoot* stirbt und er alleine weiterziehen muss. Aber er hat ja seine Freunde. Und wenn man Freunde hat, dann ist der lange Weg ins Tal der Freiheit nicht so schwer, weil man ihn nicht alleine gehen muss.

Nimmst du mich mit?

Auf deinem Weg.

Es ist mir egal, wohin er führt – Hauptsache, ich kann bei dir sein. Weil wir doch Schwestern sind, und Schwestern sollten zusammenbleiben. Nicht Schritt auf

Tritt und auch nicht in jedem Moment im Leben. Aber wenn es drauf ankommt. Und wenn es hügelig wird. Oder kalt und dunkel.

Ich vermisse dich jeden Tag, April.

Jeden einzelnen Tag und alle zusammen!

Weißt du, wie viele Tage es auf der Welt gibt?

Ich glaube sie sind ungezählt, weil wir gar nicht so viele Zahlen haben. Und am Ende, wenn das alles hier für immer vorbei ist, dann ist ja eh keiner mehr da, der eine Zusammenfassung schreiben und eine letzte Zahl ermitteln kann.

Und selbst wenn noch ein einzelner übrig wäre, ein letzter unserer Art. Was sollte der dann mit einer Zahl? Ich glaube nicht, dass Menschen noch mit irgendetwas rechnen, wenn sie niemanden mehr haben, dem sie das Ergebnis präsentieren können. Ich glaube, sie würden die Zahlen einfach so nehmen, wie sie sind, ohne weiter darüber nachzudenken. Und dann wäre es egal, aus wie vielen einsamen Tagen eine einsame Zeit besteht, und wie viele einsame Stunden ein Leben ausmachen. Die Zeit würde einfach vergehen, mit ihren zahllosen Summen. Unbeachtet. Ungezählt.

Und irgendwann würde dann jeder Mensch vergessen sein.

Weil keiner mehr da ist.

Der sich erinnert.

Aber ich erinnere mich an dich, April, weil ich dich so furchtbar vermisse; und bald schon, ganz bald, wenn du endlich wieder zu Hause bist, dann holen wir uns die gute Zeit zurück.

Deine Phoebe

Liebe April,

als Paula vier Jahre alt war und erfüllt von einem unbändigen Tatendrang und dem Streben nach Erwachsensein, da hat sie zu ihrer Mama gesagt: »Wenn ich groß bin, dann werde ich mal wie du: Mama, Schauspielerin und Raucherin!«

Da hat Paulas Mama vor Schreck mit dem Rauchen aufgehört. Und weil sie gerade dabei war, ist sie auch gleich Vegetarierin geworden. Weil das gut für ein klares Hautbild und gegen das Älterwerden ist.

Vielleicht sollte ich das auch einmal probieren. Nicht die Sache mit dem Vegetarierin-Werden, meine Haut ist ganz okay, und alt werden wir sowieso alle – egal, wie viele Kiwis wir essen!

Aber wenn Mama und Papa mal wieder streiten, dann könnte ich zu ihnen hingehen und sagen: »Wenn ich groß bin, dann werde ich mal wie ihr: Laut, lauter, am lautesten!«

Doch ich glaube, das lasse ich lieber.

Die Stimmung ist ohnehin schon schlecht genug.

Manchmal denke ich, Erwachsene tragen ihre Probleme so lange mit sich herum, oder schieben sie so besessen vor sich her, bis sie irgendwann glauben, sie hätten sich an die Last gewöhnt.

Dann kriegen sie Depressionen.

Und Rückenschmerzen.

Und Komplexe.

Anschließend tun sie ganz erstaunt und wissen nicht, woher das alles kommt. Da helfen auch Tante Magdas Glückspillen nicht. Aber erklär das mal Mama, die hört doch gar nicht mehr zu. Und Papa, der kennt nur noch sein Büro. Er hat total vergessen, dass es auch andere Räume gibt.

Und Zwischenräume. Die man teilt.

Mit anderen Menschen.

Jetzt sind wir alle alleine.

Du in der Klinik.

Papa im Büro.

Mama in ihrem Bett.

Und ich. Irgendwo dazwischen.

Heute war ich bei meiner Vertrauenslehrerin. Sie heißt Frau Ahrens. Eigentlich sieht sie gar nicht aus wie eine Lehrerin, sondern eher wie eine nette Person. Und sie ist auch wirklich nett.

Sie hat mich auf dem Pausenhof angesprochen und gefragt, warum ich denn in den letzten Tagen immer trauriger aussehe und weshalb ich auf einmal so blass um die Nase bin.

Zuerst habe ich nur mit den Schultern gezuckt. Devon hat nämlich mal gesagt: »Die Lehrer werden dafür bezahlt, dass sie mit uns reden!« Und dann hat er noch hinzugefügt: »Wenn der Senat den Lehrern kein Geld mehr geben würde, dann wären Lehrer die ersten Menschen, die sich für eine kinderfreie Zone in Berlin einsetzen. Und für Spielplätze mit Gittern.«

Aber Frau Ahrens sieht ehrlich gesagt gar nicht so geldgierig aus. Sie hat sogar wirklich teilnahmsvoll eine Hand auf meine Schulter gelegt, und das war ein gutes Gefühl, denn Mama berührt zurzeit nichts und niemanden mehr. Sie ist eine Statue aus Schmerz. Und ihre Augen sind versteinert.

Jedenfalls bin ich dann mit Frau Ahrens in ihr Büro gegangen. Sie hat gesagt, dass es okay ist, wenn ich die Mathestunde ausfallen lasse. Ich glaube, dass war der beste Satz, den je ein Lehrer zu mir gesagt hat.

Und dann habe ich eine Tasse Tee bekommen und Zitronenkekse mit Glasur und bunten Streuseln.

Frau Ahrens hat mich gefragt, ob es dir inzwischen besser geht. Diese Frage hat mich ziemlich verwundert, weil ich ihr doch noch gar nichts über dich erzählt hatte. Aber dann habe ich erfahren, dass Mama vor ein paar Wochen bei ihr gewesen ist. Wahrscheinlich macht

Mama sich Sorgen um mich, dass ich auch krank werde.

Dabei bin ich doch gesund. Und essen kann ich hervorragend. Nur bei Linsen wird mir immer schlecht. Das habe ich dann auch Frau Ahrens erklärt, und da hat sie einen Moment geschwiegen, und dann hat sie mich gefragt, ob ich wüsste, wer Ana ist.

Ich habe gesagt: »Nein, ich kenne keine Ana.«

Und da hat Frau Ahrens gesagt: »Aber April – sie kennt Ana.«

Und dann hat sie angefangen, mir von einem Mädchen zu erzählen, das deine beste Freundin ist, aber eine sehr gefährliche mit einem schlechten Einfluss auf dich. Weil sie selbst nicht mehr isst, versucht sie dich dazu zu bringen, auch nicht mehr zu essen. Und sie flüstert dir ein, dass du nichts wert bist und nirgendwo dazugehörst. Nur deshalb würdest du nicht mehr richtig gesund, weil du zu stark auf Ana hörst.

Ich war schrecklich wütend, als Frau Ahrens zu Ende geredet hatte. Was ist denn das für eine Freundin, die solche blöden Sachen sagt? Also habe ich gefragt: »Diese Ana, ist die auch in der Klinik? Kann man sie dann nicht in ein anderes Zimmer verlegen, oder wegsperren? Das wäre vielleicht das beste für alle – niemand sollte so eine Freundin wie Ana haben!«

Da ist Frau Ahrens aufgestanden, um ihren Schreibtisch herum gegangen und hat sich vor mir an die

Tischkante gelehnt. Sie hat meine Hand genommen und gesagt: »Weißt du, Phoebe, Ana und April sind schon sehr lange Freundinnen. Am Anfang waren sie geheime Freundinnen, deshalb hat April dir auch nicht von Ana erzählt, die beiden haben einen Pakt geschlossen, das macht Ana immer mit den Mädchen, die sie sich als Freundinnen sucht. Einen Pakt schließen, der sie zusammenschweißt.«

»Na und!«, habe ich gesagt. »Kinder schließen ständig irgendwelche Blutsfreundschaften und schwören auf dämliche Pakte. Das ist doch kein Versprechen für die Ewigkeit, sondern nur ein Spiel!«

»In diesem Fall nicht«, hat Frau Ahrens ernst gesagt. »Weißt du, Phoebe, mit Ana treibt man keine Spiele. Und ein Versprechen an Ana kann man nicht einfach zurücknehmen. Weil man nicht mehr so leicht von ihr loskommt, wenn man sich erst einmal auf sie eingelassen hat. Sie greift einen mit Haut und Haaren. Und sie hört niemals auf zu flüstern.«

»Aber«, habe ich mittlerweile wirklich verzweifelt gesagt, »dann müssen wir April halt in eine andere Klinik bringen! Da kann Ana ihr nichts mehr tun!«

»Phoebe«, hat Frau Ahrens gemeint, und ihre Stimme klang so, als wäre sie sehr müde. »Ana ist kein Mensch. Ana ist eine Krankheit.«

Da bin ich aufgestanden.

Und nach Hause gegangen.

Um die Wahrheit zu sagen: Ich bin aufgesprungen

und aus dem Schulgebäude hinausgerannt. So schnell ich konnte.

Frau Ahrens hat noch versucht, mich aufzuhalten, aber sie ist nicht mehr die Jüngste, und ich bin aus gutem Grund in der Leichtathletikmannschaft. Sie hatte keine Chance. Ich bin ohne Probleme entwischt und durch die Straßen gerannt, durch den Park, über den kleinen Berg, über den Basketballplatz, an Oscars Kiosk vorbei und bis nach Hause.

Dort habe ich überlegt, ob ich das Geld aus der Küchenkasse klauen und ins Ausland flüchten soll. Paulas Mama fährt immer nach Schweden, wenn sie eine Identitätskrise von all ihren Schauspielrollen bekommt. Nach einer Woche kommt sie dann entspannt zurück und kann wieder lächeln. Vielleicht funktioniert das ja auch bei mir? Ich weiß zwar noch, wer ich bin, aber manchmal wäre ich lieber jemand anders.

Zum Beispiel Paula.

Die ist so stark wie kein anderes Mädchen.

Mama und Papa waren beide arbeiten. Ich konnte also machen, was ich wollte. Kurzentschlossen habe ich die Küchenkasse auf dem Wohnzimmertisch ausgekippt und überlegt, was ich alles in meinen Koffer packen könnte. Aber in der Küchenkasse war gar nicht so viel Geld, dass es bis nach Schweden gereicht hätte. Ich wäre höchstens bis nach Polen gekommen – und da wollte ich nicht hin. Also bin ich zu Hause geblieben und habe mich in deinem Zimmer unter das Bett gelegt. Dort habe ich den Lattenrost angestarrt und nachgedacht. Willst du wirklich werden wie Ana dich haben will? Und warum isst du dann nichts mehr? Weil Ana andere Regeln hat? Und weil du versprochen hast, sie einzuhalten?

Ich habe dem Lattenrost ungefähr hundert lautlose Fragen gestellt. Und er hat keine davon beantwortet.

Aber das hatte ich auch nicht erwartet.

Irgendwann sind Mama und Papa nach Hause gekommen und dann haben sie mich gesucht und nach zwanzig Minuten, in denen sie hysterisch durch die Zimmer gerannt sind, ist Papa auf die Idee gekommen, mal unter deinem Bett nachzuschauen; da war Mama aber schon dabei, die Polizei anzurufen, weil ich die ausgeräumte Küchenkasse auf dem Tisch stehen gelassen hatte.

»Phoebe! Da bist du ja«, hat Papa zu mir gesagt.

»Ja«, habe ich erwidert. »Hier bin ich. Wo soll ich denn sonst sein.«

»Ich weiß nicht«, hat Papa geantwortet.

Und dann hat er sich zu mir unters Bett gelegt.

Es war ein komisches Gefühl. Schließlich hatte ich noch nie mit Papa unter einem Bett gelegen. Weil man so etwas ja normalerweise auch nicht macht. Es sei denn, man hat so einen Papa wie Charlotte. Ihr Papa tobt immer mit ihr herum und baut Höhlen und ist irgendwie selbst wie ein Kind. Der liegt bestimmt oft unter einem Bett. Aber unser Papa, der sitzt doch eigentlich mit seinem Anzug und der Krawatte im Büro und macht Statistiken und überweist Geld und arbeitet Aktenberge ab. Kannst du dir vorstellen, wie das für mich war?

Wir haben eine lange Zeit ganz still da gelegen.

Und ich habe Papas Atem gehört.

Wie ein Bär hat er geklungen.

Mama kam irgendwann auch in dein Zimmer und hat sich auf das Bett gelegt. Sie hat gefragt, ob wir denn nicht wieder hervorkommen wollten. Aber Papa und ich sind einfach liegen geblieben. Und da ist Mama auch einfach liegen geblieben.

Sie auf dem Bett und wir unter dem Bett.

Deinem Bett.

Aber du warst nicht da.

»Papa«, habe ich irgendwann gesagt. »Kennst du Ana?«

»Leider ja«, hat Papa erwidert.

Seine Stimme klang, als wäre er so alt wie Opa oder noch zwei Jahre älter.

Und dann hat er hinzugefügt: »Ich habe ihren Einfluss auf April vor allem dann gesehen, wenn ich mit ihr an einem Tisch gesessen habe.«

»Woher ist Ana denn gekommen?«, wollte ich wissen.

Da hat Papa mit den Schultern gezuckt.

Und ich fand, dass er sehr klein aussah in diesem Moment.

Mama hat von oben gesagt: »Phoebe, meine Kleine, versprich mir, dass du niemals eine Freundin haben wirst, die Ana heißt. Versprich es mir! Versprich mir, dass du gesund bleibst! Und dass du nicht mehr wegrennst!«

»Ich wollte nicht wegrennen«, habe ich geantwortet. »Nicht richtig. Nur so halb.«

»Du kannst aber auch nicht halb wegrennen!«, hat Mama gesagt. »Verstehst du, Phoebe? Du kannst nicht ganz, und nicht halb, und auch nicht ein viertel wegrennen! Du darfst überhaupt nicht wegrennen!«

»Okay, okay«, habe ich sie beruhigt.

»Wenn du magst, können wir das Geld aus der Küchenkasse nehmen und nächstes Wochenende irgendwohin fahren«, hat Papa gesagt. »Nur wir drei.«

»Ach«, habe ich erwidert. »Das reicht doch höchstens bis Polen.«

Mama und Papa haben gelacht.

Obwohl das gar kein Witz war.

Dann hat Mama plötzlich angefangen zu weinen. Und da sind Papa und ich unter dem Bett hervorgekommen und haben sie getröstet. Als Mama endlich aufgehört hat zu schluchzen, war ich so erleichtert, dass ganz viele Tränen über mein Gesicht gekugelt sind, bis hinab auf deine Decke.

So verloren sind wir. Ohne dich.

In deinem Raum.

Ach, April. Wenn es Herbst ist und man kann das Rascheln von den Blättern unter seinen Schuhen nicht hören, wenn es Herbst ist und man kann die bunten Farben nicht sehen, wenn es Herbst ist und der Regen um einen herum fällt, ohne dass man ihn auf der Haut spürt – dann ist die Zeit sehr traurig.

Pass auf dich auf. Wir brauchen dich noch.

Deine Phoebe

Liebe April,

ich finde nicht, dass Ana ein Recht darauf hat, in deinem Kopf zu sein, es ist nämlich *dein* Kopf. Und ein ziemlich hübscher noch dazu. *Du* solltest entscheiden, wer da drinnen ist, niemand sonst.

Jedenfalls sind da zwei Jungen, die rufen ständig an, weil sie wissen wollen, wie es dir geht, und ob du bald wieder in die Schule kommst. Der eine heißt Sven und der andere Christian. Kennst du die beiden? Ich glaube, sie wollen dich heiraten, so aufgeregt wie die immer nach dir fragen. Aber das musst du dir in Ruhe überlegen, okay? Sonst endet es so wie bei Paulas Eltern. Die brauchen zwar keinen Anwalt, aber doof ist eine Scheidung trotzdem.

Sven hat sogar schon ein paarmal Blumen für dich geschickt. Papa hat erst gedacht, dass Mama einen heimlichen Verehrer hätte. Aber dann hat er die Karte gelesen, und da wusste Papa, dass die Blumen für dich sind und er hat geknurrt: »Sven! Sven – was ist denn das für ein Name! Wer heißt denn so? Und was will er von April?«

»Keine Ahnung«, hat Mama erwidert. »Ich glaube, das ist der nette Junge, mit dem April manchmal schwimmen geht.«

»Ach, der«, hat Papa gesagt und die Stirn gerunzelt. »Na ja. Der hat wenigstens keine Tätowierung, und seine Lippe ist auch nicht gepierct.«

»Vielleicht hat er woanders ein Piercing«, habe ich gesagt, weil ich auch mitreden wollte.

»WAS?«, hat Papa da gefragt und mich mit großen Augen angesehen. »Was weißt du denn bitte schön von Piercings und von Stellen, an denen Menschen Piercings haben!?«

»Na, dein Bruder, der hat doch einen Ring in seiner rechten Brustwarze!«, habe ich erwidert. »Als wir letztes Jahr mit ihm im Schwimmbad waren, habe ich das ganz genau gesehen!«

»Mach dir bloß kein Piercing! Hörst du?«, hat Papa sehr laut gesagt.

»Warum sollte ich das tun?«, habe ich zurückgefragt. Aber diese Frage konnte er mir nicht beantworten.

Dann ist Papa zur Arbeit gegangen und Mama hat

mich noch bei der Schule abgesetzt, bevor sie zu ihren Pflegekindern gefahren ist.

Sie hat jetzt übrigens eine neue Familie dazubekommen. Mit einem ganz komplizierten Mädchen, Josie heißt sie. Sie ist fünfzehn und spricht nicht mehr. Seit fast zwei Jahren schon.

Ich glaube, sie ist ein bisschen so wie du – du willst ja auch nicht mehr reden, jedenfalls nicht mit Mama und Papa.

Dafür schreibt Josie manchmal etwas auf. Sie hat Mama schon einige Seiten gegeben. Und Mama hat gesagt, dass das ein großes Geschenk ist, wenn ein Mensch dir so sehr vertraut, dass er dir seine geheimsten Worte zu lesen gibt. Denn sagen kann man viel, wenn der Tag lang oder zu kurz ist. Aber wenn man etwas aufgeschrieben hat und jemand anders es liest, dann ist das wie ein Seelengeständnis. Vor allem, wenn man nichts dazu erklären kann, um sich zu verteidigen. So wie Josie. Die spricht ja nicht.

Mama hat gesagt, dass sie Josie fragt, ob sie mir den Text vorlesen darf, weil ich zur Zeit doch auch unglücklich bin und mir so viele Gedanken mache. Damit ich auch eine andere Geschichte kennenlerne als nur die von unserer Familie, die mich auffrisst.

Auffrisst – das hat sie gesagt.

Bis morgen, ich muss jetzt los zum Klavierunterricht!
Deine Phoebe

Liebe April,

es ist schon November! Kannst du das glauben? Wir haben uns seit zwei Monaten nicht mehr gesehen. An mir liegt es nicht – ich habe solche Sehnsucht nach dir. Aber du weigerst dich ja, mich zu empfangen. Es gibt Tage, da bin ich verletzt deswegen. Und dann renne ich wütend durchs ganze Haus und will brüllen vor Enttäuschung. Aber ich renne nur, ohne zu brüllen, weil Mama und Papa sonst Angst bekommen, dass ich den Verstand verloren habe.

Dabei bin ich gar nicht verrückt.

Meine Gedanken rücken zwar manchmal ein bisschen auseinander. Und manchmal verschiebt sich mein klopfendes Herz. Aber so richtig verrückt, in eine ganze andere Richtung, bin ich nicht.

Und ich weiß ja eigentlich auch, dass du es nicht böse meinst, wenn du mich nicht sehen willst. Denn ich habe viel über Ana nachgedacht, und ich bin mir sicher, dass sie diejenige ist, die dir verbietet, Mama, Papa und mich zu sehen.

Aber weißt du was: Ich werde dir so lange Briefe schreiben, bis du es geschafft hast, die Freundschaft mit Ana wieder zu kündigen. Das verspreche ich dir hoch und heilig. Ich werde nie aufhören zu schreiben! Ich werde nicht aufgeben.

Und sag Ana, dass ich sie nicht mag.

Du hast etwas Besseres verdient.
Als Schmerz.

Morgen fahre ich auf Klassenreise, das hatte ich ganz vergessen dir zu schreiben. Irgendwie habe ich es immer vorgehabt, aber dann war wieder etwas anderes wichtiger, und dabei ist die Reise ganz untergegangen.

Wir fahren zur Burg Rabenstein, und Paula und ich werden im Bus natürlich nebeneinander sitzen. Wir wollen gemeinsam auf Gespenstersuche gehen. Es soll dort einen Burggraben, einen Burghof und sogar einen echten Folterkeller geben, stell dir das einmal vor! Und einen Turm und einen richtigen Rittersaal. Jedenfalls hat das Frau Neumann gesagt, und die denkt ja bekanntlich nach, bevor sie etwas sagt, und dann sagt sie nur relevante Dinge.

Wir schlafen übrigens im Seitenflügel. Aber nicht auf uralten Strohmatratzen, sondern in richtigen Betten. Ich bin schon so gespannt, dass ich es kaum abwarten kann.

Wenn ich zurück bin, erzähle ich dir alles!

Ach ja, das hätte ich beinahe vergessen, dabei ist es schrecklich wichtig:

ICH WEISS JETZT, WAS ICH SPÄTER MAL WERDEN WILL!!!

Ich werde wirklich Programmiererin. Mit Computern

umgehen können ist nämlich ein zukunftsorientierter Job mit unbegrenzten Möglichkeiten. Ich habe mir überlegt, dass ich dann jedes Programm schreiben könnte, das ich möchte: Spiele und Rechenprogramme und Zeitsparprogramme. Alles! Und die beste Idee werde ich als Erstes umsetzen: Ich werde ein Programm für Schriftsteller schreiben! Seit ich nämlich all die Briefe schreibe, weiß ich, wie wenig Worte man findet, wenn man gerade ganz viele braucht. Und manchmal möchte ich dir auch schreiben und schreiben und schreiben, aber ich bin einfach zu müde, oder zu unkreativ.

Ein weiterer Vorteil am Programmierer-Sein wäre, dass ich dann später mit Hazel zusammenarbeiten könnte. Die wird als zukünftige Wörterverraterin nämlich bestimmt sehr viel mit Schriftstellern zu tun haben, die gerade eine Wortkrise haben.

Mein Programm für Schriftsteller wird ganz leicht zu bedienen sein. Man muss nur ein fertiges Buch von sich selbst eintippen, dann muss man bestätigen, dass man es wirklich eigenhändig geschrieben hat und dass man alle Wörter kennt, die darin vorkommen, aus rechtlichen Gründen und wegen dem Copyright. Papa sagt: »Copyright kann man immer gebrauchen.«

Und wenn man das alles getan hat, dann sind es nur noch drei einfache Schritte bis zum Ziel:

1. *Alle Namen ändern* drücken.
2. Zufallsgenerator für neue Titelwahl aktivieren.
3. *Wörter neu vermischen* klicken.

Fertig! Schon hat man ein gutes Buch. Und das kann man dann veröffentlichen. Natürlich funktioniert das Programm auch mit Briefen, Todesanzeigen, Song- und Werbetexten. Na, was sagst du?

Und selbstverständlich werde ich auch regelmäßig Updates dafür programmieren und Spezialtools. Zum Beispiel, falls man ein schlechter Schriftsteller ist und ein Buch geschrieben hat, das keiner lesen will, dann kann man dieses Buch auch eintippen, und dann drückt man auf das Spezialtool *Alle Wörter durch bessere ersetzen* und dann befolgt man noch die normalen drei Schritte – und schon hat man einen Bestseller!

Ich glaube, Programmiererin ist wirklich die perfekte Berufswahl für mich. Denn ich verhelfe Menschen mit meinen Entwicklungen zu einer effizienten Arbeitsweise. Genau wie Papa in seinem Job. Überleg doch mal, April, die armen Schriftsteller, die haben doch alle den ganzen Kopf voll mit Worten! Und diese Worte jagen dort wild und aufgebracht hin und her und veranstalten ein riesiges Spektakel! Manchmal fangen sich ein paar Worte und gründen eine Wortgemeinschaft. Und wenn es eine stabile Wortgemeinschaft ist, die standhält in dem ganzen Wirrwarr von ziellosen und herumstreunenden Worten, dann hat die Wortverbindung bestanden und die Worte dürfen auf ein Blatt Papier fließen.

Stell dir das mal vor, April!

So ein Chaos aus Worten in deinem Kopf zu haben. Schriftsteller haben bestimmt oft Migräne. Oder sie sind einsam. Vielleicht nehmen sie auch Glückspillen, so wie Tante Magda.

Oder sie sind ganz normal.

Könnte ja auch sein.

Gemeinschaft ist übrigens ein lustiges Wort.

Paula hat einmal gesagt: »Es gibt so viele gemeine Menschen auf der Welt, die könnten sich doch eigentlich alle zusammenschließen und eine Gemeinschaft gründen! Verstehst du – eine *Gemein*schaft. Dann könnten die *gemeinen* Menschen alle zusammen *gemein*sam auf einer Insel wohnen und ihre *Gemein*samkeiten miteinander teilen.«

»Du bist ziemlich wortbegabt«, habe ich daraufhin zu Paula gesagt.

»Ich weiß«, hat sie erwidert.

»Und du hast ziemlich viel Satzverständnis«, habe ich hinzugefügt.

»Satzverständnis ist ja auch leicht«, hat Paula schulterzuckend gemeint. »Man muss die Worte nur so lange lesen, bis sie einen Satz ergeben.«

»Du könntest Wörterverraterin werden«, habe ich ihr vorgeschlagen. »Dann kannst du mit Hazel und mir ins Wortgeschäft einsteigen und dabei helfen, die Welt mit glücklichen Worten zu überschütten. Wir verraten auch nicht alle Worte, einige behalten wir für uns.«

Aber Paula hat den Kopf geschüttelt. »Ich werde mal Schauspielerin, so wie Mama!«

»Warum?«, habe ich gefragt.

»Weil ich dann jeden Tag ein anderer Mensch sein kann«, hat Paula geantwortet.

»Ist das denn gut?«, wollte ich wissen.

»Keine Ahnung«, hat Paula gesagt. »Ich probiere es aus, und dann sage ich dir, wie es ist. Und wenn es nicht gut ist, überlege ich mir eben eine andere Arbeit. Oder ich heirate einen reichen Mann und lasse mich wieder scheiden, wenn ich einen anderen gefunden habe, den ich wirklich liebe.«

»Ich will nur einmal heiraten«, habe ich erwidert.

»Ja, ich weiß«, hat Paula gesagt. »Da sind wir halt unterschiedlich. Aber das macht nichts, weil richtige Freundinnen immer zueinanderstehen. Vor allem, wenn es um Männer geht.«

»Finde ich auch«, habe ich geantwortet. »Und ich verspreche dir jetzt schon, dass ich zu all deinen Hochzeiten kommen werde!«

»Danke«, hat Paula gesagt. »Du kannst jedes Mal Brautjungfer sein, und ich gebe dir immer die Hälfte von den Hochzeitsgeschenken ab.«

Das fand ich ziemlich gut, und da habe ich noch einmal kurz über das viele Heiraten nachgedacht. »Au ja!«, habe ich schließlich gesagt. »Du solltest wirklich oft heiraten. Vielleicht macht das ja richtig Spaß? Und so würdest du auch Erfahrungen mit unterschiedlichen Männern sammeln. Lebenserfahrung ist etwas Gutes, oder? Sagt doch die Neumann immer.«

»Auf jeden Fall!«, hat Paula bestätigt und heftig genickt. »Mama hat auch schon ganz viele Männer geküsst.«

»Meine Mama nicht. Die hat nur Papa getroffen und gleich gewusst, dass er der Richtige ist. Und dann haben sie das Haus gebaut und April bekommen. Und dann haben sie mich bekommen. So schnell ging das«, habe ich gesagt.

»Meine Mama hat Papa getroffen und gesagt, er soll sich gefälligst etwas mehr anstrengen«, hat Paula erzählt. »Sie hat zu ihm gesagt: *Ich bin sehr kompliziert, denn ich sehe zwar bildhübsch aus, aber glaub ja nicht, dass ich immer so schön für dich lächeln werde, nur um in einen Bilderrahmen zu passen! Und ich will, dass du um mich kämpfst, an jedem Tag, an dem du mich vielleicht verlieren könntest.* Na ja. Und nun sieh dir meine Eltern an: Früher haben sie von hin- und zurücklieben gesprochen, jetzt haben sie sich auf- und davongeliebt! Von wegen kämpfen. Die gucken sich nur noch mit geschlossenen Augen an und fragen sich, warum sie nichts mehr sehen.«

»Meinst du, deine Eltern verlieben sich noch einmal neu ineinander?«, habe ich vorsichtig gefragt. »Irgendwann vielleicht?«

»Nein«, hat Paula erwidert. »Meine Eltern sind Realisten.«

Paula hat das zwar einfach so dahingesagt, aber ich glaube, sie war sehr traurig dabei. Also habe ich ihre Hand genommen, und dann sind wir zu Oscars Kiosk gegangen, und ich habe uns eine große Tüte Gummibonbons gekauft. Damit haben wir uns auf das Klettergerüst im Tiergarten gesetzt und auf eine tote Maus gestarrt, die im Sandkasten lag und keinen Schwanz mehr hatte. Ich habe kauend überlegt, ob die Maus wohl schon alt war. Denn wenn die Maus eine Oma-Maus gewesen wäre und schon ganz viel erlebt hätte, dann wäre es nicht so schlimm, dass sie tot ist. Aber wenn es eine Teenager-Maus gewesen ist, die gerade erst mittendrin in ihrem Mäuseleben war und vielleicht sogar auf dem Weg zum ersten Mäuse-Date, dann wäre ihr Tod eine unglückliche Tragödie. Und wenn es eine Kindermaus war, eine, die gerade mit den anderen Kindermäusen Verstecken gespielt hat und nie wiedergefunden wurde, weil ein Hund gekommen ist und sie einfach totgebissen hat?

Dann wäre das wohl einfach die Zeit.

Mit all ihren Fehlern.

Liebe Grüße übrigens auch von Fork – der hatte heute eine Zecke im Fell und ist immer noch eingeschnappt, weil wir sie rausziehen mussten und ihm dabei weh getan haben. Vielleicht war die Zecke aber auch ein

Freund von ihm. Dann wird er uns nie verzeihen, dass wir sie getrennt haben.

Deine Phoebe

Liebe April,

ich bin schon wieder zu Hause, die fünf Tage Klassenausflug sind ganz schnell vergangen. Einfach weggeflogen. Ich habe zwar kein einziges Gespenst gesehen, und Ritter gab es auch keine, aber es war eine schöne Zeit, obwohl es ziemlich kalt war auf Burg Rabenstein. Wir haben uns gegenseitig ein paar Streiche gespielt. Und einmal ist Devon in den Fluss gefallen und wäre beinahe erfroren.

Ansonsten war es eine ruhige Klassenreise. Wir haben Ausflüge gemacht und Seidenkissenbezüge bemalt und Kerzen gegossen und Mandalas ausgemalt. Es gab natürlich noch jede Menge mehr Programm, aber ich musste alles schon Mama und Papa erzählen, und jetzt habe ich beim besten Willen keine Lust mehr, noch einmal von vorne anzufangen.

Ist das okay für dich?

Sollest du doch alles wissen wollen, kannst du mir in deiner Stille ja einfach einen leeren Brief schicken, als Zeichen. Dann setze ich mich hin und verfasse extra für dich einen ausführlichen Klassenfahrtbericht, obwohl ich lieber andere Sachen schreibe.

Mama hat mir übrigens gestern einen Text vorgelesen, von Josie – du weißt schon, das eine Pflegekind, das nie spricht. Der Text war so traurig. Es gibt böse Menschen auf der Welt. Die machen etwas kaputt und dann bleibt es für immer kaputt. Und die bösen Menschen wissen es nicht einmal.

Oder es ist ihnen egal.

Ich weiß jetzt jedenfalls, dass ich immer aufpassen muss, damit ich nicht verlorengehe, weil ich ja manchmal einfach drauflos renne, wenn ich traurig bin oder wenn ich Angst habe. Und das ist gefährlich, vor allem nachts, wenn es dunkel ist.

Ich habe Mama versprochen, dass ich niemals einfach so verschwinden werde, und Mama hat mir versprochen, dass Papa und sie ab jetzt nicht mehr so viel streiten werden.

Heute hat es schon einmal geklappt: Als Papa von der Arbeit gekommen ist, haben wir alle zusammen Spaghetti Bolognese gegessen und anschließend Monopoly gespielt, die lustige Sonderedition. Papa war fast die ganze Zeit über im Gefängnis und hat sein gesamtes Geld verloren. Aber Mama und ich waren am Ende beide sehr reich.

Ich habe übrigens die Figur genommen, die du sonst immer nimmst. Obwohl ich eigentlich den Hund lieber mag. Aber weil ich ja weiß, dass du am liebsten den Kranich hast, und weil schließlich irgendwer für dich fliegen muss, wenn du gerade nicht mehr weißt, wie das geht, habe ich den Kranich ausgewählt.

Und ich habe gewonnen!

Für dich!

Morgen schreiben wir einen Aufsatz in der Schule. Worüber genau weiß ich natürlich noch nicht, aber Frau Neumann ist ja meistens erfüllt von Herzschmerz und eingeengt von der großen weiten Welt, so dass sie immer irgendein Thema mit Gefühlsworten aussucht.

Devon hat gesagt, wenn das so weiterginge mit den Aufsatzthemen, dann muss er eines Tages noch kotzen vor lauter Schreibgefühl. Er hat es ganz laut gesagt, und vor der ganzen Klasse.

Da hat die Neumann ihn vor die Tür geschickt.

»Warum?«, hat Devon gefragt.

»Weil ich sauer bin!«, hat Frau Neumann geantwortet.

»Aber warum?«, hat Devon ein zweites Mal gefragt.

»Weil man so etwas nicht sagt!«, hat Frau Neumann gefaucht und klang ziemlich beleidigt dabei.

»Aber Sie haben uns doch beigebracht, dass wir immer ehrlich sein sollen«, hat Devon erwidert.

Da ist Frau Neumann richtig böse geworden. »Was du gerade gesagt hast, war nicht ehrlich, das war taktlos!«, hat sie geschimpft.

»Devon ist doch keine Uhr, wozu braucht er einen Takt?«, hat Hazel dazwischengefragt.

Da haben alle gelacht und Frau Neumann ist dunkelrot angelaufen.

Und dann hat Devon auch noch gesagt: »Aber ich war doch ehrlich! Ich fühle mich gerade wirklich, als könnte ich meine Gefühle auskotzen.«

»RAUS!«, hat Frau Neumann gebrüllt.

»Ich?«, hat Devon gefragt. »Oder Hazel?«

»DU«, hat Frau Neumann geschrien und auf Devon gezeigt.

»Okay«, hat Devon freundlich gesagt. »Aber Sie brauchen nicht so zu brüllen, ich habe sehr gute Ohren.«

»DEVON!«, hat Frau Neumann daraufhin noch lauter gebrüllt, so laut, dass Devon ganz schnell zur Tür hinaus und wahrscheinlich gleich bis auf die nächste Etage gerannt ist.

Für den Rest der Stunde war es sehr still im Klassenzimmer.

Aber nach der Stunde haben sich Devon und Frau Neumann wieder vertragen, denn Frau Neumann weiß ja, dass Devon es nicht leicht hat. Und Devon weiß, dass Frau Neumann es nicht leicht hat. Und deshalb hat Devon auch keinen Eintrag ins Klassenbuch bekommen. Frau Neumann hat ihm sogar ihre Telefonnummer gegeben und ihm gesagt, dass er sie anrufen darf, wenn er Probleme zu Hause hat und mit jemandem reden muss. Das fand ich sehr nett von Frau Neumann. Denn Devon könnte jetzt eigentlich jeden Tag Telefonklingelstreiche bei ihr machen.

Aber Frau Neumann vertraut uns, wenn es um wichtige Sachen geht. Sie weiß nämlich: Wenn es drauf ankommt, werden wir sie nie enttäuschen. Nur bei kleinen Sachen, da sind wir manchmal unzuverlässig oder hören nicht zu.

Ich glaube zwar nicht, dass Devon Frau Neumann anrufen wird, aber es ist immer gut, eine Notfallnummer in der Tasche zu haben.

Pass auf dich auf, April.

Und meine Telefonnummer hast du ja.

Deine Phoebe

Liebe April,

ich erinnere mich noch genau an den Tag, an dem Mama und Papa angefangen haben, Lebensmittel um dich herum aufzustapeln und tonnenweise Kuchen zu backen.

»Du bist zu dünn«, hat Mama gesagt, und ihre Stimme war um einige Oktaven höher als sonst. Ganz zittrig hat sie geklungen.

»Ich esse unheimlich viel!«, hast du geantwortet.

»Das ist der größte Schwachsinn, den ich je gehört

habe!«, hat Mama empört gerufen. Und dann ist das Drama losgegangen.

Mama hat gekocht und gekocht und gekocht.

Und du hast trotzdem nie etwas gegessen. Nur ab und zu einen Apfel. Oder etwas Brühe. Und Tomaten. Und Zitronen. Und Joghurt.

Papa war schrecklich wütend auf dich. Er hat immer wieder gefragt: »Warum?!«

Aber die Antwort hast du ihm nie gegeben.

Und ich glaube, jedes Mal, wenn Papa am Küchentisch sitzt, auch heute noch, dann fragt er sich, *warum. Warum? Warum!* – warum du nicht hier sein kannst, bei uns, und mit uns isst.

Ich frage mich das auch. Aber nicht so ungeduldig wie Papa, sondern wie ein Mädchen, mit all der Sehnsucht nach dir und dem Schmerz in mir. Ich würde einfach nur fragend deine Hand berühren, wenn du hier wärst, und als Antwort bräuchte ich gar keine großen Worte. Nicht einmal einen ganzen Satz.

Ich würde nur wollen, dass du weißt, dass ich versuche zu verstehen.

Denn Verstandenwerden ist etwas Schönes.

Nicht wahr, April?

Der Aufsatz war übrigens ganz leicht zu schreiben. Das fand sogar Devon. Er ist extra nach der Stunde zu Frau Neumann gegangen und hat sich dafür bedankt, dass sie auch weniger herzzerreißende Themen aussuchen kann. Das Thema war nämlich *Frühling*. Und dazu kann man eine Menge schreiben: Von Urlaub über Sonnenschein bis hin zu Ostern und Himmelfahrt. Und dazwischen all die Blumen und Frühlingskleider und die lachenden Menschen.

Aber ich habe natürlich über dich geschrieben.

Zuerst habe ich über den Monat geschrieben, den April. Aber dann bin ich abgeschweift zu dir. Und da bin ich mit meinen Worten geblieben.

Ich habe ganz viel geschrieben. Mehr als dreimal so viel wie alle anderen. Und als es geklingelt hat, da bin ich gerade erst fertig geworden. Aber eigentlich hätte ich noch zehn Seiten mehr schreiben können. Vielleicht sogar zwanzig. Oder fünfundzwanzig.

Frau Neumann hat ganz überrascht geguckt wegen des dicken Blätterstapels, den ich abgegeben habe.

»Du magst den Frühling wohl sehr!«, hat sie dann gesagt.

»Ich mag April«, habe ich erwidert.

»Ich mag *den* April«, hat Frau Neumann mich verbessert.

»Nein«, habe ich sie zurückverbessert. »Ich mag April!«

Sei umarmt, meine wunderschöne Schwester.

Du fehlst hier.

Deine Phoebe

Liebe April,

»Ich will Drachen steigen lassen«, hat Paula heute zu mir gesagt.

»Meinst du denn, dass es windig genug ist?«, habe ich gefragt.

»Ja!«, hat Paula gesagt. »Ganz bestimmt!«

Und dann haben wir Papa überredet, dass er mit uns zum Teufelsberg fährt, damit wir Paulas blauen Vogeldrachen und meinen roten Ungeheuerdrachen fliegen lassen können. Erst hat Papa gebrummt, aber dann hat er aufgehört zu brummen und ist mit uns zum Grunewald gefahren.

Es war wirklich windig genug – so windig, dass wir beinahe mit weggeflogen wären. Und wie Papa so dagestanden und den Drachen zugeguckt hat, sah er irgendwie komisch aus. *Melancholisch* heißt das, glaube ich. Jedenfalls hat er genauso geguckt wie Tante Magda. Mama sagt, dass Tante Magda erfüllt ist von Melancholie und Missverständnissen und deshalb für immer auf der Suche wäre. Wonach auch immer. Aber eines kann man jedenfalls sagen: Sie ist nicht froh dabei. Und Papa sah auch alles andere als froh aus.

Vielleicht mag Papa jetzt ja auch Buddha, wegen der inneren Ruhe und so. Tante Magda schwört auf die Heiligkeit der Stille. Das fände ich aber nicht so gut, denn ich habe einmal eine Buddha-Figur gesehen, in einem

Chinarestaurant, und die sah ganz schön dick und faul aus. Außerdem war sie mit ziemlich viel Schmuck behängt. Das fand ich sehr oberflächlich.

Aber eigentlich ist es ja egal, woran man glaubt. Man darf nur niemandem damit weh tun. Glaube ist nämlich Freiheit im Kopf, und die muss jeder selbst gestalten, nach seinen eigenen Vorstellungen. Und wenn man fest genug an etwas glaubt, dann wird es auch wahr.

Da bin ich mir sicher.

Du wirst also bald gesund, April! Ich glaube nämlich ganz fest daran. Und Paula auch. Und River sowieso. Und Mama und Papa ganz besonders! Und deine Klassenkameraden. Und deine Freunde. Und deine Lehrer und Tante Magda. Und dieser Sven und Christian!

Später sind Paula, Papa und ich auch noch zur Sandgrube gelaufen. Da waren ganz schön viele Menschen, obwohl es ziemlich kalt war. Paula und ich sind den Hügel heruntergerannt. Und dann sind wir noch einmal hochgestiegen und anschließend in Zickzacklinien wieder hinuntergestürmt. Das hat richtig Spaß gemacht, und am Ende hatten wir ganz rote Wangen!

Papa hat mitten auf dem Sandberg gestanden und uns zugeguckt. Da standen auch noch zwei andere Papas. Und wenn Erwachsene etwas mehr aufeinander zugehen würden, dann hätten die drei sich unterhalten können. Sie hätten Freunde werden können. Und vielleicht hätten wir dann nächstes Jahr, im Sommer, alle zusammen bei uns im Garten gegrillt. Stell dir vor, wie viel Spaß wir gehabt hätten, denn die beiden anderen Papas hatten auch jeweils zwei Kinder dabei.

Aber Erwachsene kriegen ja leider selten ihren Mund auf. Vor allem nicht dann, wenn sie auf einem Berg mit überwältigender Aussicht stehen. Die stellen sich dann lieber vor, dass sie die Einzigen auf der Welt wären.

Dabei sind wir doch so viele.

Erwachsene! Die wollen immer den Schmerz der Gezeiten auf ihren Schultern spüren, damit sie etwas zum Herumschleppen haben und guten Gewissens depressiv werden können.

Als es dunkel wurde, hat Papa Paula und mich an die Hand genommen, und dann sind wir zurück zum Auto spaziert. Der Rückweg kam mir viel kürzer vor als der Hinweg, aber wir sind auch schnell gelaufen, weil es ziemlich kalt war.

Papa hat Paula bei ihrem Papa abgesetzt. Paulas Papa und unser Papa haben ein paar nicht sehr grammatikalische Sätze zueinander gesagt, was Paula und ich mit einem Augenrollen zur Kenntnis genommen haben, und dann sind Papa und ich wieder in unser Auto gestiegen und zu Mama nach Hause gefahren.

Zum Abendessen gab es Kartoffelklöße mit Rotkohl und totes Reh.

Also kein ganzes Reh, nur ein kleines Stück davon für jeden.

Es war lecker, aber ich hatte nicht so viel Hunger, weil Paula und ich den ganzen Tag über Lakritzschnecken genascht haben, die wir heimlich in unseren Jackentaschen versteckt hatten. Papa hat es nicht gemerkt. Er war zu sehr damit beschäftigt, melancholisch in den Wald zu gucken.

Als ob der Wald zurückgucken würde.

Und ihn erkennt.

Jetzt sitze ich an meinem Schreibtisch und werde gleich noch ein bisschen basteln, weil ja schon bald der Dezember losgeht. Und ich will ganz viele Geschenke für Mama und Papa und für dich machen. Aber zuerst muss ich noch den Klebestift suchen. Den habe ich irgendwo hingelegt, wo ich ihn ganz bestimmt nicht verlieren kann, und jetzt weiß ich nicht mehr, wo das ist.

So wie Mama. Die vergisst an Ostern auch immer, wo sie unsere Schokohasen versteckt hat, und dann tauchen das ganze Jahr über an den verrücktesten Stellen die Ostergeschenke auf, weißt du noch?

Was für eine Frage! Na klar weißt du das noch! Solche Erinnerungen bleiben im Kopf, bis man groß ist und selbst Kinder hat, für die man Ostereierverstecke finden muss, da bin ich mir ganz sicher.

Hast du in der Klinik eigentlich auch Papier und Stifte zum Malen und Basteln? Wenn nicht, dann kann ich ja mal Mama fragen, ob wir dir etwas schicken dürfen, damit du dir dein Zimmer auch weihnachtlich schmücken kannst. Denn Weihnachten ohne Schneeflocken aus Watte ist ja gar kein richtiges Weihnachten! Außerdem braucht man Fensterbilder und Kerzen und Nüsse und Orangen und Lebkuchen und Marzipankugeln!

Darfst du vielleicht ein paar Weihnachtssüßigkeiten essen? Ich meine, mag Ana denn nicht wenigstens Schokolade? Oder Christstollen? *Irgendwas* muss Ana doch essen. Von Tomatensuppe, Zitronen und Äpfeln wird man nicht satt. Und auch nicht glücklich.

»Teller sind dafür da, dass man etwas draufmacht«, hat Paulas Papa einmal zu Paulas Mama gesagt. Paulas Mama macht nämlich immer so viele Diäten, weil sie ja Schauspielerin ist, und Schauspielerinnen müssen ganz furchtbar dünn sein, damit sie in den Fernseher passen.

»Kleidergröße 32 ist dafür da, dass ich meinen Körper hineinzwänge!«, hat Paulas Mama daraufhin erwidert und sich nur ein bisschen Brokkoli und eine Möhre auf ihren Teller getan.

»Ich will auch nur Brokkoli und Möhre!«, hat Paula gesagt.

»Nein!«, hat Paulas Papa gebrüllt.

»Nein!«, hat Paulas Mama gerufen.

Da waren sie sich auf einmal einig.

»Aber ich will auch Schauspielerin werden, wenn ich groß bin!«, hat Paula den beiden erklärt.

»Wenn du groß bist, hat auch der Letzte einen riesigen Flachbildfernseher zu Hause«, hat Paulas Papa daraufhin gesagt. »Da passen alle Bilder rein und alle Kleidergrößen.«

»Und warum heißt der dann *Flachbildfernseher*?«, wollte Paula wissen.

»Weil die wirkliche Tiefe von außen nicht zu sehen ist«, hat Paulas Mama, mit ihrer Möhre in der Hand, erklärt. »Wie bei einem Menschen. Da muss man auch durch die Oberfläche gucken.«

Paula und ich haben uns angeguckt. Wir waren beide ziemlich beeindruckt und sind schweigend zu der Übereinkunft gekommen, dass dieser Satz ein guter Satz war. Und an gute Sätze muss man glauben.

Also hat Paula auch ein Schnitzel und etwas Bratensoße zu ihrem Gemüse gegessen.

Welche Kleidergröße hast du eigentlich, April?

Mama wollte ich nicht fragen, denn sie guckt immer ganz verzweifelt, wenn ich sie etwas über dich oder über Ana oder über Lebensmittel frage. Mama ist auch sehr dünn geworden. Nicht so wie du, aber dünn genug, dass es nicht mehr so richtig schön aussieht. Sie war ja vorher schon schlank, aber jetzt sitzen ihre Blusen alle ganz locker, und Papa macht sich Sorgen und bringt ganz oft Kuchen und Torte mit nach Hause, wenn er am Abend von der Arbeit kommt.

Ich bekomme natürlich immer ein Stück ab. Aber ich habe keinen richtigen Appetit darauf, weil Mama auch keinen Appetit hat. Und Papa mag ja sowieso keinen Kuchen, der isst stattdessen ein Honigbrötchen zum Nachtisch, weil er Honig so gerne mag. Als ob er in seinem früheren Leben einmal ein Bär gewesen wäre. Oder eine Biene. Oder ein Imker.

Ich hoffe, Mama wird nicht auch krank. Stell dir mal vor, wenn Mama wie du in eine Klinik müsste, dann wäre ich mit Papa alleine zu Hause! Dann müsste ich den ganzen Haushalt machen. Kochen und Wäsche waschen und bügeln und putzen. Dabei bin ich doch sogar zu faul, um mein Zimmer vernünftig aufzuräumen. Das wäre eine ganz schöne Katastrophe.

Ich glaube, in diesem Fall gäbe es nur zwei Möglichkeiten: Papa müsste sich eine neue Frau suchen – oder eine Putzfrau und eine Köchin. Oder Papa und ich müssten auch krank werden, und dann können wir alle zusammen im Krankenhaus liegen und gemeinsam wieder gesund werden.

Das wäre vielleicht sogar ganz gut. Dann wären wir zwar alle krank, aber wir wären wenigstens wieder zusammen. Ich könnte mit dir im gleichen Zimmer liegen, und wir würden vor dem Einschlafen noch lange miteinander flüstern. So lange, bis eine Krankenschwester zu uns kommen und schimpfen würde. Du könntest mir von Ana erzählen, und ich könnte dir zuhören und verstehen. Und dann würden wir einen Plan aushecken, wie wir sie vertreiben könnten!

Ach, April, das wäre so schön, wenn wir uns endlich,

endlich wiedersehen könnten! Vielleicht ist es ja schon bald so weit, denn Mama und Papa haben gesagt, dass sie dich wahrscheinlich nächste Woche besuchen dürfen, und wenn alles gut geht, darf ich dich auch wiedersehen!

Ich zähle schon die Tage bis zur nächsten Woche, auch wenn ich den genauen Tag noch nicht weiß!

Bis ganz bald,
deine Phoebe

Liebe April,

heute hat Frau Neumann bei uns angerufen und ein sehr langes Telefonat mit Mama geführt. Ich habe mich runter in die Küche geschlichen und am anderen Apparat mitgehört. Das war vielleicht ein merkwürdiges Gespräch!

Frau Neumann hat gesagt, dass sie sich Sorgen machen würde, seit sie meinen Aufsatz gelesen hat.

»Ach!«, hat Mama erwidert. »Wahrscheinlich wegen der fürchterlichen Kommasetzung!«

Aber Frau Neumann meinte etwas anderes. Die Kommas wären ihr vollkommen egal, hat sie gesagt und geseufzt.

So einen Satz habe ich noch nie von einer Deutschlehrerin gehört, nicht einmal von Frau Tempel, und die war unterqualifiziert und wurde sogar gefeuert.

Dann hat Mama geschwiegen.

Und Frau Neumann hat gesagt, dass sich mein Schreiben verändert hat. Dass ich zu erwachsen geworden bin, in manchen Sätzen. Und dass ich von Sachen schreibe, die ich noch nicht verstehen kann, weil ich zu jung dafür bin.

Frau Neumann hat eine ganze Menge gesagt. Ich habe nicht alles mitbekommen, weil mir schlecht geworden ist und mein Kopf auf einmal weh getan hat. Aber ich weiß jetzt: In meinen Worten lebt die Dunkelheit. Sie kommt einher mit der schonungslosen Wahrheit und den abstrakten Phantasien einer Kinderseele. Meine Sprache ist fremdartig und desorientiert. Sie wechselt sprunghaft von kindlich zu todernst; sie bleibt nicht an einem Ort, sie ist heimatlos und auf der Flucht vor sich selbst.

Und dann hat Frau Neumann noch gesagt, ich hätte Wortgewalt.

Es klang, als wäre ich kriminell.

Dabei schreibe ich doch nur Briefe.

Vergiss mich nicht, April.

Ich bin der unsichtbarste Mensch auf der Welt.

Deine Phoebe

Liebe April,

dieses Jahr kommt die Weihnachtszeit ohne dich. Papa hat einen potthässlichen Tannenbaum ausgesucht, und Mama hat kitschige rosa Kugeln und goldene Engel mit Trompeten drangehängt.

Ich wollte nicht mithelfen. Ich mag nämlich keine Weihnachtsbäume mehr. Erst pieken die Nadeln ganz furchtbar und dann fallen sie ab und hinterlassen ein kahles Skelett, das in hohem Bogen aus dem Fenster geworfen wird und am Straßenrand verkümmert. Anschließend muss man staubsaugen. Wer hat das bloß erfunden?

Ich will auch keine Geschenke haben in diesem viel zu kalten Winter. Ich habe nur einen einzigen Wunsch: Dass du zurück nach Hause kommst.

Aber nachdem Mama und Papa dich gestern zum ersten Mal besuchen waren, sind sie beide ganz blass nach Hause gekommen und haben mir gesagt, dass du immer noch sehr krank bist und dass ich mich noch etwas gedulden muss, bis ich dich sehen darf.

Da habe ich gesagt: »Ich hasse Weihnachten! Und Schnee gibt es in dieser blöden Stadt auch nie!«

Mit diesen Worten bin ich hoch in mein Zimmer gestürmt und habe sämtliche Türen auf dem Weg hinter mir zugeknallt. Meine eigene Zimmertür habe ich ganz besonders laut zugeknallt. Ich habe sie sogar noch einmal aufgemacht und ein weiteres Mal zugeknallt, so heftig, dass das ganze Haus gewackelt hat und Fork anfing zu jaulen.

Die Stille danach war richtig unheimlich.

Schließlich habe ich Schritte auf der Treppe gehört. Mama ist zu mir hochgekommen und hat ganz sachte an die Tür geklopft.

»Geh weg!«, habe ich gerufen, denn ich wollte alleine sein. »Geh weg und klopf an eine andere Tür! Wir haben schließlich genügend davon!«, habe ich gebrüllt. »Klopf doch an Aprils Tür! Vielleicht macht sie dir ja auf!«

Ich weiß, das war gemein von mir.

Aber ich habe es trotzdem gerufen. Weil ich so wütend war.

Und weil es einfach nicht besser wurde mit meiner Wut, habe ich gleich noch hinterhergebrüllt: »Und versucht ja nicht, die Tür aufzubrechen! Dann klettere ich nämlich aus dem Fenster und stürze ab und breche mir das Genick! Dann bin ich tot. Und ihr seid für den Rest eures Lebens ganz alleine in dem großen leeren Haus! Dann könnt ihr euch scheiden lassen. Weil es keinen mehr interessiert, was ihr macht und ob ihr streitet oder nicht! Fork rennt bestimmt auch eines Tages davon, ganz tief in den Wald hinein, und dann wird er ein Streuner mit struppigem Fell und knurrendem Bauch. Aber sogar hungrig und verzottelt wird Fork noch glücklicher sein als hier! Denn niemand, wirklich niemand, kann hier glücklich sein! Und lasst mich endlich in Ruhe mit dem blöden Spekulatius und den hässlichen Kerzen! Ich hasse Weihnachten! Und ich hasse die Kälte! Und am meisten hasse ich es, wie ihr euch anguckt – *wenn* ihr euch überhaupt noch anguckt! Wie Paulas Eltern! Ihr seid beide so blind geworden, dass ihr die Augen auch gleich geschlossen lassen könnt! Es wäre gar kein Unterschied!«

Oh, April. Ich habe lauter schreckliche Sachen zu Mama und Papa gesagt. Und ich habe sie nicht leise gesagt, so dass man sie einfach zurücknehmen kann – nein, ich habe ganz laut gebrüllt. Bestimmt hat es die ganze Straße mit angehört!

Aber Papa hat die Tür nicht eingetreten.

Und Mama ist nicht weggegangen.

Stattdessen hat Papa angefangen zu staubsaugen und in der Küche herumzuklappern. Und Mama hat sich im Flur auf den Fußboden gesetzt und sich mit dem Rücken gegen meine Zimmertür gelehnt. Ich konnte ihren Schatten unter der Schwelle hindurch sehen. Und da hat sie dann gesessen, den ganzen Samstagabend lang. Sie ist kein einziges Mal aufgestanden, nicht einmal, um auf Toilette zu gehen.

Und als Papa von unten gerufen hat, dass Tante Magda am Telefon ist, hat Mama nur zurückgerufen, dass sie gerade keine Zeit hätte.

Verstehst du, April? Mama hatte keine Zeit für Tante Magda, weil sie ihre Zeit lieber mit *mir* teilen wollte. Aber ich konnte ja die Tür nicht aufmachen, weil ich so bitterböse war und enttäuscht. Und ganz schwindlig war mir auch, von dem vielen Brüllen.

Papa hat Tante Magda irgendeine dumme Ausrede aufgetischt, aber Tante Magda interessiert sich ja sowieso nicht für Details, deshalb hat sie wahrscheinlich gar nicht gemerkt, dass Papa geschwindelt hat. Früher mochte sie Geld. Aber jetzt mag sie Tarotkarten und Ingwertee und indische Musik.

Immerhin mag sie *etwas.*

Ich mochte an dem Abend *nichts.*

Mama war ganz still. Kein Wort hat sie gesagt, kein einziges Wort. Und sie hat auch nicht mehr geklopft. Sie war einfach nur lautlos und geduldig und hat mir bewiesen, dass sie mich lieb genug hat, um für immer vor einer Tür auszuharren, hinter der ich mich verschanzt habe.

Also habe ich meine Zimmertür irgendwann wieder aufgemacht.

Mit einem Ruck. Und da ist Mama rückwärts über meinen Fußboden gekugelt.

»Entschuldigung«, habe ich gesagt.

Und Mama wusste, dass die Entschuldigung für das Gebrüll und die gemeinen Sätze war, und nicht, weil sie meinetwegen umgekippt ist. Das hat mir zwar auch leidgetan, aber es hat ihr bestimmt nicht so weh getan wie meine schrecklichen Worte.

»Entschuldigung«, habe ich noch einmal gesagt.

Und dann noch einmal. Obwohl ich wusste, dass Entschuldigung sagen nicht ausreicht, wenn man vorher Worte gesagt hat, die einem anderen Menschen so sehr weh tun, dass er sie nicht mehr vergessen kann.

»Ist schon okay, Phoebe«, hat Mama gesagt.

Und dann habe ich dagestanden und gewartet, dass Mama von meinem Fußboden aufsteht. Aber Mama wollte nicht aufstehen, denn sie hatte sich so sehr daran gewöhnt, auf dem Boden zu sitzen. Also habe ich mich neben sie gesetzt, und dann haben wir zusammen auf dem Boden gesessen. Es war wie ein Streik. Aber wir wussten beide nicht, gegen wen oder wofür wir streiken. Vielleicht war es also eher eine stumme Unterhaltung; und wenn es so war, dann hat Mama mir viel mit ihrem Herzen gesagt. Und ich habe meine Gefühle, tief in mir drin, so sehr gespürt, dass Mama sie bestimmt mitfühlen konnte.

Papa wollte nicht mitmachen. Er wollte lieber in seinem Arbeitszimmer hin- und herlaufen. Von einer Seite zur anderen und wieder zurück. Vielleicht ist er sogar im Kreis um den Schreibtisch herumgelaufen. Keine Ahnung. Ich kann ja nicht durch Wände und Zimmerdecken gucken. Ich habe nur seine unruhigen Schritte gehört.

»Wird April wieder gesund?«, habe ich Mama nach einer Stunde gefragt. Aber vielleicht war es auch gar keine Stunde. Die Zeit zu schätzen ist nicht leicht, wenn sie stillsteht. Ich konnte zwar das Ticken der Wohnzimmeruhr hören, aber mein Kopf hat es nicht geschafft, sich darauf zu konzentrieren. Und deshalb waren es vielleicht auch nur zwanzig Minuten. Dann habe ich gerade übertrieben. Möglicherweise hatten wir aber auch die halbe Nacht wortlos nebeneinander gesessen. In dem Fall hätte ich untertrieben.

Aber ich treibe nicht davon.

Nicht von dir. Und nicht von den Worten.

Nicht mit der Zeit. Und nicht mit meiner Angst.

Das musst du wissen, April, ich werde immer mit Achtsamkeit zu dir und uns und diesem Dasein stehen.

»Wird April wieder gesund?«, habe ich Mama schließlich noch einmal gefragt, weil sie es beim ersten Mal vielleicht nicht richtig gehört hatte.

»Ja, Phoebe«, hat Mama da leise gesagt und einen Arm um mich gelegt. »April wird wieder gesund.«

Es klang wie ein Versprechen.

Ein Versprechen an dich.

Und an mich.

Ach, April. Vielleicht ist das der Anfang.

Und das Ende kommt erst.

Ganz zum Schluss.

Deine Phoebe

Liebe April,

es tut mir leid, wegen dem letzten Brief. Der war ein bisschen doof. Aber ich konnte ihn nicht mehr aus dem Briefkasten fischen, und es war so kalt draußen, dass ich nicht auf den Postboten warten wollte, um ihn zu bitten, dass er mir den Brief noch einmal zurückgibt, damit ich einen besseren schreiben kann.

Ich hoffe, du bist nicht böse auf mich?

Ich war doch nur so enttäuscht, weil ich mich schon so schrecklich darauf gefreut hatte, dich endlich wiederzusehen! Und die Nachricht, dass daraus nichts wird, hat mich so traurig gemacht, dass ich einfach durchgedreht bin und herumgebrüllt habe. Eigentlich bin ich sehr friedlich. Nur wenn ich an Ana denke und daran, dass sie immer noch da ist und du nicht weißt, wie du ihr entkommen kannst, werde ich ganz furchtbar wütend.

Ich würde dir hundert Fluchtpläne zu Weihnachten schenken, wenn ich nur welche wüsste. Aber das geht nicht, oder? Dafür müssten wir ja wissen, wo du hinwillst, und an welchen Stellen Ana lauert, und wie man sie am besten umgehen kann.

Ach, April, meine liebe April.

Wie gerne würde ich die Zeit verstehen.

Im letzten halben Jahr bin ich alt geworden. Sogar Paula hat gesagt, dass ich manchmal komisch bin und Sachen sage, die keiner hören will, weil ich einfach zu viel denke. Später hat sie sich dann bei mir entschuldigt. Dabei war ich gar nicht böse auf sie, denn sie hat ja recht: Ich bin ganz anders als früher. Und ich lache nicht mehr so leicht. Dafür finde ich Sachen schön, die ich vorher gar nicht gesehen habe. Wenn ich dann davon erzähle, gucken mich die anderen aus meiner Klasse groß an und sagen: »Phoebe, das ist doch normal! Total selbstverständlich!«

Aber ich finde es auf einmal nicht mehr selbstverständlich, dass die Sonne morgens aufgeht und abends wieder unter und dass es Musik gibt, zu der man tanzen möchte, und dass man Eltern sieht, die Hand in Hand mit ihren Kindern zum Spielplatz laufen.

Außerdem weiß ich jetzt, dass ich keine andere Schwester auf der Welt haben möchte – nur dich! Und ich will dich so, wie du bist. Mit allem, was dazugehört. Genauso wie ich den April mag, mit jedem noch so kalten Regentag, und auch mit den Schultagen, nicht nur den Wochenenden.

Es tut mir leid, dass ich manchmal so frech zu dir war, und dass ich nie die Zopfgummis zurückgebracht habe, die du mir ausgeliehen hast. Es tut mir auch leid, dass ich einmal aus Versehen Saft über dein Erdkundebuch geschüttet und es dann einfach hinter die Heizung gestopft habe, damit du es nicht findest. Ich weiß noch, dass du überall danach gesucht hast, weil du doch lernen musstest für den Test, aber ich habe mich so sehr geschämt, dass ich mich einfach nicht getraut habe, etwas zu sagen.

Entschuldigung, April. Bitte, bitte, verzeih mir all die blöden Sachen, die ich manchmal gemacht habe! Auch dass ich das Telefon versteckt und deine Bonbons und den Schokofrosch geklaut habe. Und die Sache mit dem Juckpulver in deinem Bett – das war auch nicht nett von mir.

Bitte, April! Komm wieder nach Hause. Ich gebe mir auch ganz viel Mühe, es dir schönzumachen. Mittlerweile habe ich gelernt, immer anzuklopfen, bevor ich ein Zimmer betrete. Ich warte sogar einen Moment ab, bis jemand »Herein« ruft, erst dann mache ich die Tür auf. Ehrlich, April! Weißt du, Papa hat einmal zu mir gesagt: »Phoebe, wenn du an die Tür klopfst, während du sie aufreißt, oder eine Millisekunde davor – dann kannst du das Klopfen auch gleich ganz sein lassen und zur Feuerwehr oder zur Steuerfahndung gehen.«

Ich weiß nicht, was die Steuerfahndung macht, wahrscheinlich suchen die etwas, was nicht da ist, wo es sein sollte, oder sie suchen etwas, das jemand in die falsche Richtung gesteuert hat und das deshalb nicht mehr auffindbar ist. Jedenfalls will ich weder Feuerwehrfrau noch Steuerfahnderin werden, und deshalb klopfe ich jetzt immer und warte geduldig ab, ob mir jemand Einlass gewährt.

Wenn du wieder nach Hause kommst, werde ich alles richtig machen. Das ist ein Ehrenwort. Und du weißt, ich halte mein Wort genau wie dein Schweigen. Ich würde niemals einer alten Frau die Handtasche klauen oder ein anderes Kind so doll schubsen, dass es nicht mehr aufstehen kann. Ich lüge nie bei wichtigen Sachen, und wenn die Wahrheit unsagbar ist, dann halte ich lieber meinen Mund, als die Wahrheit zu verändern.

Ich werde mich bemühen, April, die liebste und beste Schwester aller Zeiten zu sein, damit du in Ruhe gesund werden kannst. Und wenn Ana kommt, um dich zurückzuholen, dann kannst du mir Bescheid sagen.

Ich helfe dir durch den Tag. Und durch die langen Nächte.

Und durch jeden Augenblick, in dem du nicht alleine sein magst.

Komm bitte zurück nach Hause, April.

Ich liebe dich doch so sehr!

Deine Phoebe

Liebe April,

bevor ich es wieder vergesse – ich soll dich ganz lieb von Paula grüßen, sie vermisst dich sehr. Mittlerweile sagt sie jedes Mal, wenn sie zu uns kommt, deinem Zimmer *Hallo,* als ob du das hören könntest oder als ob dein Zimmer Ohren hätte.

»Was soll das werden?«, habe ich Paula beim ersten Mal gefragt.

Da hat sie aber nur mit den Schultern gezuckt.

Also habe ich sie beim nächsten Mal wieder gefragt, und da hat sie gesagt: »Wenn du ganz lange weg wärst und furchtbar krank – würdest du dich dann nicht auch freuen, wenn ab und zu jemand ein *Hallo* in dein Zimmer ruft?«

Ich habe kurz darüber nachgedacht.

»Da hast du recht«, habe ich schließlich gesagt.

»Siehst du«, hat Paula gesagt, »wie so oft.«

Und das war nicht übertrieben oder eingebildet von Paula. Es war einfach nur eine Tatsache. Und Tatsachen darf man sagen.

»Ein bisschen«, hat Paula mir neulich auf dem Schulhof zugeflüstert, »ein kleines, kleines bisschen ist April ja auch meine Schwester. Weil du meine Seelenschwester bist und April deine Blutsschwester ist. Ich bin sozusagen passiv mit April verwandt.«

Das finde ich auch. Und außerdem kann Paula eine große Schwester gut gebrauchen. Paula ist ja ein Einzelkind, weil ihre Eltern sehr modern sind und nicht so viel Krach und Unordnung ertragen. Die haben sogar Feng Shui bei sich im Haus, wusstest du das? In jedem Zimmer. Paulas Papa hat beim Auszug etwas von dem Feng Shui mit in seine neue Wohnung genommen und deshalb herrscht dort auch eine ausgeglichene Atmosphäre, sogar wenn man sich streitet und Briefe mit Rechnungen aufmachen muss. Das hat Paula mir erklärt, und Paula weiß das von ihren Eltern, die erzählen ihr oft solche Sachen.

Mama und Papa haben keine Ahnung von Feng Shui, und ich glaube auch nicht, dass es helfen würde gegen all das Chaos bei uns zu Hause. Denn unser Chaos ist ja unsichtbar und nur in unseren Köpfen. Da kann man kein Feng Shui machen, um Ruhe reinzubringen. Da hilft nicht einmal Yoga.

Paula ist übrigens übers Wochenende an der Ostsee. Mit ihrem Papa, der braucht Urlaub von sich selbst. Wie das funktionieren soll, weiß ich nicht, aber dafür hat er ja Paula, und Paula weiß meistens, wie man sich richtig verhält, auch in schwierigen Situationen.

Weil Paula nicht da war, habe ich mich heute Nachmittag mit Hazel getroffen. Hazel ist meine zweitbeste Freundin. Und sie ist ganz dicht hinter Paula, aber das weißt du ja.

Wir waren mit ihrem Papa im Tropical Island. Da gibt es bunte Vögel und die Südsee und eine Lagune und Wasserrutschen und ein ganzes Dorf. Sogar einen Ballon zum Fliegen und einen Regenwald! Hazel war schon ganz oft dort, aber für mich war es das erste Mal. Es ist umwerfend, April! Ein richtiges Paradies. Wir müssen da unbedingt einmal zusammen hin! Dann zeige ich dir, wo man leckeres Eis bekommt und wie man durch den Wasserstrudel schwimmt und unter dem Wasserfall durchtaucht! In die Sauna kann man auch gehen. Wenn man mag, sogar in einen Tempel oder einen Whirlpool. Aber Hazel und ich sind die meiste Zeit gerutscht, vor allem mit den Reifen, und dann haben wir im Sand gebuddelt und Wasserbomben auf Hazels Papa geworfen.

Hazels Papa ist ziemlich cool, das hatte ich dir ja schon einmal geschrieben, er ist sehr groß und sehr stark und sehr nett und er heißt Jerry. Man spricht es englisch aus, so wie unsere Namen. Und weißt du was, April: Jerry ist ein richtiger Agent! Ein Literaturagent!

Ich weiß zwar nicht genau, was Literaturagenten machen, aber ich glaube, das ist so ähnlich wie bei James Bond oder Scotland Yard: Sie laufen in schwarzen Mänteln und mit einem Aktenkoffer unter dem Arm durch die Straßen und versuchen Wörter zu fangen. Literaturagenten sind bestimmt immer auf der Jagd nach einem perfekten Satz oder einer aufregenden Geschichte! Vielleicht haben sie so ein Schmetterling-Fangnetz in der einen Hand, und damit pirschen sie sich ganz dicht an einen Schwarm Wörter heran, und dann stürmen sie völlig unerwartet aus dem Schatten eines Hauses hervor und stürzen sich auf die auseinanderstiebenden Worte.

»HEY! Wieder ein Wort geschnappt!«, rufen sie dann zufrieden, die Literaturagenten.

Aber natürlich rufen sie es ganz leise für sich, denn

Agenten sind sehr verschwiegene Menschen, hat Hazel gesagt. Sie müssen schließlich viele Geheimnisse bewahren und so viele Worte hüten! Agenten müssen übrigens auch immer im Verdeckten bleiben. Sie kommen aus dem Hintergrund geschlichen und verfolgen das Geschehen aus der Dunkelheit, wo sie niemand sehen kann. Außerdem müssen Literaturagenten sehr klug sein und einen großen Wortschatz haben. Damit sie mit all den eingefangenen Wörtern umgehen können. Denn die Literaturagenten fangen die Wörter ja nicht, um ihnen etwas anzutun, sondern um ihnen zu helfen, in ein Buch zu kommen! Und dafür muss man ein Mensch mit viel Achtsamkeit sein – um die unruhigen Wörter zu zähmen. Die Wörter haben nämlich Angst davor, eingesperrt zu werden oder ungelesen in einer Schublade zu landen. Deshalb sind sie manchmal etwas holprig. Oder verdreht. Oder ungestüm.

So stelle ich mir das mit den Literaturagenten vor.

Als ich Jerry das alles erzählt habe, hat er sich an dem blubbernden Whirlpool mit Wasser verschluckt und musste husten. Und weil ich sowieso gerade einen Wortschwall hatte und Jerry wegen dem Husten nicht antworten konnte, habe ich ihm schnell noch von meiner Zukunft als Programmiererin und von dem unglaublich intelligenten Schriftstellerprogramm mit den drei Schritten zu einem erneuerten Buch erzählt.

»Phoebe!«, hat Jerry gesagt. »Was für eine tolle Idee. Und was für schöne Worte du in dir hast.«

Es klang, als wäre ich erwachsen und gar kein kleines Kind mehr.

»Ach ihr – ihr seid echt langweilig!«, hat Hazel nur kopfschüttend gemeint und ist zum Karpfenteich gegangen. Aber für sie ist Literaturagent ja auch nichts Besonderes, kein Wunder, dass sie keine Lust hat, dauernd darüber zu reden.

»Wir kommen gleich nach!«, habe ich ihr hinterhergerufen.

»Ach, lasst euch ruhig Zeit!«, hat Hazel zurückgerufen und uns zugewunken. Sie war überhaupt nicht beleidigt. »Ich gucke gerne die Fische an. Und ihr beiden mögt Worte. Ist doch alles okay. Aber nachher rutschen wir noch einmal alle zusammen, ja?«

Hazel ist eine gute Freundin. Sie ist nicht eifersüchtig oder boshaft oder ungeduldig. Und wenn Hazel einen Augenblick nicht mag, dann verabschiedet sie sich einfach und sucht sich einen anderen Augenblick, der ihr besser gefällt. Sie braucht auch niemanden, der ihr dabei hilft, denn Hazel kann alleine stark sein. Das hat sie damals in England gelernt, als sie beinahe verlorengegangen wäre.

Und ich glaube, ihr Papa ist auch so. Der kennt sich aus auf der Welt.

Außerdem ist er ein sehr guter Literaturagent. Ich habe ihn nämlich gefragt, ob er schon viele lesbare Worte eingefangen hätte, und da hat er gesagt: »Ich fange nicht nur die Worte ein, ich fange auch den Menschen, der sie geschrieben hat. Und um genau zu sein, *fange* ich die beiden nicht, denn sie sind ja nicht auf der Flucht, sondern viel eher auf der Suche, und deshalb treffe ich mich mit dem Autor und seinen Worten in einem Café oder in einem Büro oder vielleicht sogar bei einem Waldspaziergang. Und dann unterhalten wir uns über die Worte, die der Autor geschrieben hat. Und wenn alles gut läuft, schließen wir einen Wortvertrag.«

»Sind das nette Menschen, diese Autoren?«, habe ich Jerry gefragt.

»Klar!«, hat Jerry gesagt. »Mit den meisten Schriftstellern arbeite ich sehr lange zusammen. Wir werden sozusagen gemeinsam alt.«

»Da musst du aber noch viel arbeiten!«, habe ich zu Jerry gesagt. »Denn so alt bist du ja noch gar nicht.«

Da hat Jerry gelacht und meinte: »Ich bin viel, viel älter als du, Phoebe!«

»Ach Quatsch!«, habe ich gesagt. »Meine Mama und mein Papa – die beiden sind alt! Weil sie vergessen haben, wie man lacht und lebt und redet und Wasserbomben wirft. Aber vielleicht werden sie ja auch wieder jünger. Eines schönen Tages. Mal sehen. Du bist jedenfalls nicht alt, denn mit dir kann ich mich unterhalten, als gäbe es keine Jahre zwischen uns, die uns das Gefühl geben, wir wären zeitfremd. Ich finde Jahrgänge nicht so wichtig, ich kenne ja nicht einmal den Menschen, der den Kalender erfunden hat. Und mit Zahlen kann man sowieso nur rechnen, wenn man etwas von Mathematik versteht. Und ich bin zwar gut in Mathe, aber in Kunst und Sport und Erdkunde und Musik bin ich viel besser. Magst du denn Mathe, Jerry? Du magst doch bestimmt auch lieber Worte und Sätze. Und Satzzeichen, um die Worte in Schach zu halten. Genau wie ich.«

Als ich fertig war mit Reden, hat Jerry noch mehr gelacht als vorher. Aber es war kein Auslachen. Es war ein Lachen ganz tief aus dem Herzen heraus. Ein Lachen, wie man es nur lachen kann, wenn man sich mit jemandem wohl fühlt.

Kurz darauf sind wir zum Karpfenteich gelaufen und haben Hazel eingesammelt, die hatte sich in der Zwischenzeit mit dem dicksten Karpfen angefreundet, und zwar so gut, dass sie den Karpfen richtig streicheln konnte.

Gemeinsam sind wir dann zu der Reifenrutsche gegangen, und als wir überall blaue Flecken hatten, sind wir noch einmal in die Lagune getaucht. Da haben wir uns im Strudel treiben lassen und Jerry hat gesagt: »Phoebe, in ein paar Jahren, wenn du eine erfolgreiche Programmiererin bist und dir ein Jahr Urlaub gönnen kannst, dann sei so gut und schreib ein Buch. Ich werde nur für dich meinen schwarzen Mantel tragen und einen wichtig aussehenden Aktenkoffer unter meinen Arm klemmen – und dann schleiche ich durch die Straßen von Berlin, bis ich all deine atemberaubenden Wörter eingefangen habe!«

»Vergiss es, Jerry!«, habe ich geantwortet. »Ich würde nicht einmal ein Buch schreiben, wenn Hazel mein persönlicher Wörterverrater wäre.«

»Ich könnte auch noch einen schwarzen Hut und eine Sonnenbrille aufsetzen«, hat Jerry angeboten. »Und ich würde mir alle deine Wörter auf einmal schnappen, ohne dass sie voneinander getrennt würden. Dann könnten wir sie gemeinsam auf eine Reise schicken. Es wären deine Worte auf deinem Papier, in meinen Händen, in meinem geheimnisvollen Aktenkoffer. Und du bräuchtest niemals einen Wörterverrater, auch keine kleine Wunderhazel, weil du selbst alles sagen und schreiben kannst, was du magst.«

Da fand ich auf einmal irgendwie, dass es doch ziemlich aufregend sein könnte, mit Worten zu arbeiten. Die Grundlage in meinem Kopf ist ja vorhanden. Und mein Basiswortschatz ist beliebig erweiterbar.

»Okay«, habe ich also zu Jerry gesagt. »Ich denke noch einmal darüber nach. Später, wenn ich groß und gebildet bin und über etwas mehr Lebenserfahrung verfüge. Aber nur, damit du es schon einmal weißt, ich kann keine Kommas setzen. Meine Mama sagt nach jedem Aufsatz, dass ich eine wandelnde Satzzeichenkatastrophe bin, weil ich nicht nur ohne Punkt und Komma rede, sondern auch genauso schreibe. Und laut Frau Neumann vergesse ich dabei sogar manchmal den Inhalt.«

»Ach, Phoebe«, hat Jerry gesagt, »du hast mehr Inhalt in deinem Kopf, als du dir vorstellen kannst! Und wenn ich eines Tages deine Worte verwalte, dann schenke ich dir gerne ein paar Kommas dazu.«

»Okay«, habe ich gesagt, »das ist ein Deal.«

Jerry hat mir die Hand hingehalten, und ich habe eingeschlagen.

»Reichen dir sieben Bücher pro Jahr?«, habe ich noch schnell gefragt. »Mehr schaffe ich nicht, wenn ich nebenbei programmiere.«

»Sieben?«, hat Jerry gefragt.

»Na gut, vielleicht schaffe ich auch acht«, habe ich überlegt.

Jerry hat an diesem Abend nichts mehr über Bücher und Worte gesagt. Denn als Agent muss er ja auch das große Schweigen bewahren können. Stattdessen hat er Hazel und mich ein paar Mal ins Wasser geworfen, und dann sind wir in das Restaurant an der Südsee gegangen. Wir haben alle drei Spaghetti mit Tomatensauce gegessen, und nach dem dritten Bissen ist mein verspäteter Wackelzahn rausgefallen und es hat so sehr geblutet, dass Hazel beinahe in Ohnmacht gefallen wäre.

Jerry hat mich angeguckt, als würde er gerne meinen Schmerz wegnehmen. Aber eigentlich war der Schmerz gar nicht schlimm, es hat nur ein bisschen gebrannt, und die Lücke fühlte sich seltsam hohl an.

»Du musst nicht aufessen, wenn es weh tut«, hat Jerry gesagt.

Einen Moment lang wollte ich Jerry erzählen, dass der Schmerz in meinem Mund gar nichts ist gegen den Schmerz in meinem Verstand. Ich wollte ihm erzählen, dass Mama nur noch weint oder trübsinnig aus dem Fenster starrt oder beides gleichzeitig. Und dass Papa noch mehr arbeitet als alle anderen Menschen zusammen und dass er schon lange nicht mehr Fußball mit mir spielen will und abends auch keine Geschichten mehr erzählt. Ich wollte Jerry erzählen, wie schwer es ist, so klein zu sein und trotzdem immer groß und stark sein zu müssen. Und ich wollte ihm sagen, dass Frau Neumann sich geirrt hat mit der *Wortgewalt* – denn meine Worte sind nicht gewalttätig, sie sind ganz sanft und leise.

Ja. Ich wollte Jerry sagen, dass ich genau weiß, dass man Worte nicht einfach verschwenden darf, auch wenn man sie mehrmals benutzen kann. Denn wenn man sie zu oft an der falschen Stelle sagt oder zu lange wiederholt, dann gehen sie irgendwann kaputt.

Und als Letztes wollte ich Jerry noch sagen, dass wir vielleicht, ganz vielleicht, in ein paar Jahren, wenn ich erwachsen bin und meine ersten fünfzehn Bücher fertig geschrieben habe, dass wir dann vielleicht Freunde werden könnten. Denn dann wäre ich kein Kind mehr, und Jerry wäre immer noch ein Erwachsener, nur halt ein paar Jahre älter als jetzt. Und wenn Jerry dann wirklich mein Literaturagent wird, wenn er all die Worte einsammelt, die ich verstreut über ganz Berlin ausgeschüttet habe, wenn er ihnen einen Platz in seinem Büro gibt, an dem sie zur Ruhe kommen dürfen, bevor sie gelesen werden – dann wäre das so, als hätten wir ein Freundschaftsarmband zwischen uns geknüpft.

Weißt du, April, ich habe doch nur meine Worte.

Und Jerry ist der Fänger im Wortschatz.

Der Fänger in meinem Wortschatz.

Wenn er sie einfängt, die haltlosen Sätze, die verschobenen Zwischenzeilen, die kaputten Nachrufe, und wenn er sie halten kann, dann bleiben sie bei ihm. Für immer. Und wenn ich ihm meine Worte anvertraue, dann vertraue ich ihm mein Leben an.

Denn mein Leben besteht aus Worten.

Aus Worten für dich, April.

Das ist alles, was ich noch habe.

Mein Mund hat auch während des restlichen Spaghetti-Essens noch weitergeblutet; ich sah bestimmt wie ein gruseliger Vampir aus. So wie du mit deinem Rücken wie ein gruseliger Dinosaurier ausgesehen hast. Meinst du eigentlich, die Dinosaurier wussten, dass sie vom Aussterben bedroht waren? Ist sicher kein schönes Gefühl zu wissen, dass man bald sterben wird.

Also, pass auf dich auf, April, nicht dass du auch so ein Dinosaurier wirst!

Denn du bist doch die einzige deiner Art.

Das Blut von meinem Vampirmund ist auf meine Serviette getropft, und die roten Flecken waren noch viel roter als die Tomatensauce. Hazel hat immer wieder gefragt, ob ich auch ganz sicher nicht verbluten müsste, weil das schade wäre an einem so schönen Tag.

Ich habe jedes Mal entschlossen den Kopf geschüttelt. Und ich habe Jerry natürlich nichts von all dem gesagt, was ich gerne gesagt hätte. Denn wenn Kinder Erwachsenen solche Sätze sagen, dann rufen die Erwachsenen immer ganz schnell einen anderen Erwachsenen an, um dem zu erzählen, dass etwas nicht stimmt. Und dann fangen die Erwachsenen an, um das Kind herum zu reden, oder über das Kind hinweg, oder sogar einfach durch das Kind hindurch.

Nachdem mein Mund aufgehört hatte zu bluten und ich doch noch ein paar von den Nudeln essen konnte, hat sich Hazel von ihrem dicken Freund, dem Karpfen, verabschiedet, und dann sind wir zurück nach Berlin gefahren.

Im Auto wäre ich beinahe eingeschlafen, weil ich so müde war, von dem vielen Wassergeplansche und von der langen Rutschbahn.

Aber nur beinahe.

Denn seit du nicht mehr da bist, April, seitdem du krank geworden bist und in die Klinik gehen musstest – seitdem schlafe ich nicht mehr so wie früher. Meine Träume sind jetzt oft hässlich zu mir, und sie werfen mich in meinem Bett umher, als wäre ich in einer Waschmaschine gefangen. Der Schleudergang reißt mich aus dem Schlaf. Und manchmal schreie ich, so dass

Mama kommen muss, um mich zu trösten. Aber da sie ihre Stimme verschluckt hat, kann sie nicht viel sagen.

»Versuch zu schlafen, Phoebe, es war doch nur ein Albtraum«, flüstert sie mir meistens zu.

Aber das ist falsch, denn ich träume gar keine Albträume. Ich träume nur von der Realität. Und die ist zurzeit so schrecklich düster, dass ich nicht mehr weiß, wann ich wach bin und wann ich schlafe.

Wenn du doch nur endlich zurück nach Hause kommen könntest. Wenn Mama doch endlich wieder lächeln könnte. Wenn Papa wieder seine Späße beim Abendessen machen könnte. Wenn Fork wieder schwanzwedelnd von deinem Zimmer in mein Zimmer flitzen könnte.

Ach, April. Meine liebe April.

Ich vermisse dich so sehr!

Deine Phoebe

Liebe April,

Weihnachten ist nun doch gekommen, obwohl ich so sehr gehofft hatte, dass ich irgendwie die Zeit anhalten könnte. Ich hätte nie gedacht, dass ich einmal Weihnachten ohne dich feiern würde. Also, nicht so bald, meine ich. Dass wir irgendwann einmal, wenn wir beide groß und von Mama und Papa weggezogen sind, bestimmt auch mal getrennt voneinander Weihnachten feiern, das ist mir natürlich klar. Aber doch nicht jetzt schon!

Wir sind doch beide noch so furchtbar jung.

Oder vielleicht sind wir auch alt.

Wegen der kranken Zeit.

Geschenke auspacken hat jedenfalls gar keinen Spaß gemacht: Mama hat so getan, als würde sie sich über mein Geschenk freuen, Papa hat so getan, als würde er sich über Mamas Geschenk freuen, ich habe so getan, als würde ich mich über Papas Geschenk freuen. Und dann haben wir das ganze Geschenkpapier eingesammelt, und ich durfte es nach draußen in die Mülltonne bringen. Beinahe wäre ich weggerannt, ehrlich! So schrecklich war alles ohne dich. Aber ich hatte die Tiger-Krallen-Hausschuhe an, und mit denen wäre ich nicht weit gekommen, deshalb habe ich es gelassen.

Hast du unser Paket bekommen? Wir haben deine Geschenke alle zusammen ausgesucht, aber ich muss dir wirklich sagen: Papa hat keine Ahnung davon, was Mädchen mögen. Weißt du was? Er wollte dir allen Ernstes ein Geländewagen-Bastelset kaufen.

Mama hat gesagt: »Spinnst du?! Was soll April denn damit?«

Und da hat Papa geantwortet: »Na basteln! Es ist doch bestimmt langweilig in der Klinik.«

»Aber doch keinen Geländewagen!«, hat Mama entsetzt erwidert.

»Wir können ja auch den Ferrari nehmen«, hat Papa gesagt und sich ganz furchtbar gewundert, weil Mama so böse geguckt hat, und du weißt ja, wie böse Mama gucken kann, wenn sie will.

Vielleicht hätte er selbst gerne das Autobastelset gehabt. In seinen Augen war so ein sehnsüchtiger Glanz. Ich werde es mir auf jeden Fall für seinen Geburtstag merken. Dann kaufe ich es für ihn – er freut sich garantiert ein Loch in den Bauch.

Papa hat Mama zu Weihnachten übrigens einen braunen Pappkarton mit Kastanien drin geschenkt. Mama hat den Karton geöffnet und gesagt: »Oh. Kastanien. Eine ganze Kiste voll Kastanien.«

Und dann hätte sie sich eigentlich freuen müssen, denn Mama hat Kastanien doch immer geliebt, weil sie und Papa ja im Oktober geheiratet haben und bei der Feier so viele Kastanien und bunte Blätter auf den Tischen lagen, dass es fast schon wie draußen im Herbstwald war. So hat es Papa jedenfalls immer erzählt. Aber Mama hatte das wohl gerade vergessen, sie saß nämlich nur da und hat in den Pappkarton gestarrt, als würde sie ihn am liebsten verbrennen.

Da hat Papa unsicher gelächelt und gesagt: »Die habe ich für dich gesammelt, hinten im Garten – im Herbst.«

»Der Herbst ist längst vorbei!«, hat Mama entgegnet und den Deckel wieder auf den Pappkarton geknallt. »Jetzt ist Winter.«

Dann ist sie aufgestanden und in ihr Zimmer gegangen, so wie sie es ständig macht in den letzten Wochen, als müsste sie sich in Sicherheit bringen. Vor uns und vor der Zeit und vor allem anderen.

Papa hat den geschlossenen Karton angesehen, als wäre er einmal sein Freund gewesen. Aber das war wohl schon zu lange her. Und weil ich es nicht gut fand, wie Papa so traurig und steif dagesessen hat, habe ich mir schließlich den Karton geschnappt und bin damit raus in den Garten zur Kastanie gegangen. Dort habe ich all die kleinen Waldkugeln wieder zurück unter den Baum gelegt. Ich habe sie nicht einfach hingekippt, sondern eine nach der anderen aus dem Karton genommen und ganz sorgfältig auf den kalten Boden gelegt. Nach der siebzehnten Kastanie habe ich angefangen zu zittern, weil ich nämlich vergessen hatte, mir richtige Schuhe und eine Jacke anzuziehen. Aber ich habe trotzdem so lange weitergemacht, bis jede Kastanie einen Platz hatte, an dem sie bleiben konnte.

Dann wollte ich wieder zurück ins Haus gehen, aber meine Füße waren so kalt, dass sie gar nicht mehr richtig funktioniert haben. Also bin ich einfach sitzen geblieben, in dem Kastanienmosaik und habe mir vorgestellt, dass du auf dem Baum herumkletterst und mir von ganz weit oben zuwinkst. Davon bin ich aber so traurig geworden, dass ich angefangen habe zu weinen – vor Sehnsucht und vor Stille.

Glücklicherweise stand kurz darauf Papa neben mir und hat die erfrorenen Winterkastanien angesehen, als würden sie seine Geschichte erzählen.

Er hat nichts gesagt. Nur gewartet.

Genau wie ich.

Irgendwann hat Papa sich schließlich zu mir auf den Boden gekniet und den Deckel wieder auf den Pappkarton gemacht. Dann hat er uns beide hochgehoben, den leeren Karton und mich, und uns zurück ins Haus getragen.

Ich habe meinen Kopf an seine Schulter gelegt. Ganz vorsichtig, damit ich ihm nicht weh tue.

Und dann.

Dann war Weihnachten endlich vorbei.

Ich vermisse dich,
deine Phoebe

Liebe April,

heute bin ich in den Bus gestiegen und wollte zum Klavierunterricht fahren. Aber irgendwie wollten meine Beine nicht aussteigen, als ich an der Haltestelle war, und deshalb bin ich einfach sitzen geblieben und weitergefahren.

An der nächsten Station konnte ich auch nicht aussteigen. Und an der Station danach auch nicht. So ging es immer weiter, bis zur Endstation.

Da hat mich der Busfahrer gefragt: »Willst du denn nicht irgendwo raus, Mädchen?«

Und ich habe geantwortet: »Nein, ich will Bus fahren.«

»Ach so«, hat der Busfahrer gesagt.

Aber er hat den Hintergrund natürlich nicht verstanden, weil ihm die nötigen Informationen über mich gefehlt haben. Trotzdem war er sehr freundlich und hat gemeint: »Du kannst gerne den ganzen Tag mit hin- und herfahren, Mädchen. Aber am Abend musst du nach Hause gehen – das weißt du schon, oder?«

»Natürlich«, habe ich geantwortet, »sonst machen sich meine Eltern Sorgen. Und das will ich nicht. Sie sind nämlich gute Eltern.«

»Ja«, hat der Busfahrer gesagt und genickt. »So etwas soll es geben.«

Dann hat er mir noch ein paar von seinen Schokoladenbonbons abgegeben, den Bus gewendet, und anschließend sind wir die ganze Strecke wieder zurückgefahren. Und dann noch einmal hin und wieder zurück. Und immer weiter.

Als es dunkel wurde, bin ich ausgestiegen und nach Hause gegangen.

Mama hat weinend auf den Treppenstufen vor dem

Haus gesessen. Als sie mich kommen gesehen hat, ist sie aufgesprungen und hat gerufen: »Phoebe, Phoebe! Dein Klavierlehrer hat angerufen. Wo warst du denn schon wieder? Du hast doch versprochen, dass du nicht mehr wegläufst!«

»Aber ich bin doch nur Bus gefahren«, habe ich Mama erklärt.

Das hat sie genauso wenig verstanden wie der Busfahrer. Obwohl sie doch meinen Hintergrund kennt und obwohl sie genug Informationen über mich haben müsste, um meine Gefühle zu verstehen.

Da habe ich Mama alle Stationen der Buslinie aufgezählt. Vorwärts und rückwärts und dann auch noch nach Buchstaben sortiert. Ich wusste sogar genau, an welchen Stationen man in die U-Bahn umsteigen kann oder in die S-Bahn.

Mama hat gesagt: »Komm erst einmal ins Haus, Phoebe. Du erfrierst noch in deiner dünnen Jacke.«

Da habe ich plötzlich gemerkt, wie kalt mir ist, und wir sind schnell ins Haus gegangen. Drinnen hat Mama sofort Papa auf seinem Handy angerufen. Der war nämlich unterwegs und suchte die Stadt nach mir ab. Das fand ich ziemlich merkwürdig, denn wo fängt man an zu suchen in einer Großstadt wie Berlin? Wie soll man da überhaupt jemanden finden? Ich glaube, das geht gar nicht. Außerdem wüsste ich ja nicht einmal selbst, wo ich als Erstes nach mir suchen würde. Es gibt so viele Plätze, über die ich eine Geschichte erzählen kann und wo ich hingehen könnte. Und so viele Orte, an denen ich schon war. Ich hätte doch überall sein können. Überall. Abgesehen vielleicht von der Schule und dem Kanzleramt und dem Museum für Verkehr und Technik. Denn da würde ich unter keinen Umständen freiwillig hingehen. Das habe ich Mama alles genauso gesagt, während sie sich den Hörer ans Ohr gepresst hat. Aber Mama hat nur ganz blass mit dem Kopf genickt und Papa gesagt, er soll aufhören mich zu suchen, weil ich wieder da bin. Gesund und munter.

Kurz darauf ist Papa nach Hause gekommen. Er war verschwitzt und müde, aber er hat nicht geschimpft.

»Wo warst du denn?«, wollte er wissen und hat mich voller Sorge angesehen.

»Im Bus«, habe ich gesagt.

»In welchem Bus?«, hat Papa gefragt.

Da habe ich ihm alle Haltestellen aufgezählt, genau wie bei Mama. Papa hat nur geseufzt und gemeint, dass ich ein gutes Gedächtnis hätte.

»Ach wo«, habe ich gesagt. »Wenn man so oft hin- und herfährt wie ich heute, dann merkt man sich die Stationen doch automatisch.«

»Kann sein«, hat Papa gesagt.

»Wenn du magst, können wir morgen zusammen mit dem Bus fahren und austesten, ob du ein gleich gutes Gedächtnis hast«, habe ich vorgeschlagen.

»Nein, danke«, hat Papa gesagt. »Ich muss leider arbeiten.«

»Du musst immer arbeiten«, habe ich erwidert.

»Am Wochenende nicht«, meinte Papa.

»Doch«, habe ich gesagt, »manchmal schon.«

»Aber nur manchmal«, hat Papa sich verteidigt. Dabei war es gar kein Angriff, sondern nur eine Feststellung. Papa kann doch so viel arbeiten, wie er will. Er muss sich ja schließlich um das ganze Geld kümmern, das auf sein Konto überwiesen wird. Und wenn Papa Geld transferiert, dann ist das für ihn wie Computer-Feng Shui, dabei wird er sehr ruhig und fühlt sich behaglich. Zumindest wirkt er so.

»Wo wolltest du denn hinfahren?«, hat Papa schließlich gefragt.

Dabei hatte ich ihm doch gerade erklärt, dass ich mit dem Bus immer nur hin- und hergefahren bin. Und wenn man hin- und herfährt, dann kann man ja im Grunde genommen nirgendwohin wollen, denn man zieht in unendlichen Linien an seinem Ausgangspunkt vorbei. Immer wieder von vorne.

»Papa!«, habe ich erwidert, und ich musste mich sehr zusammenreißen, um nicht böse zu werden. »Papa, ich wollte *nirgendwo* hinfahren. Das habe ich dir doch schon erklärt. Sonst wäre ich schließlich *irgendwohin* gefahren! Ich wollte einfach nur Bus fahren! Verstehst du!?«

»Ja, das verstehe ich«, hat Papa schnell gesagt, aber ich habe an seiner Stimme gehört, dass er überhaupt nichts verstanden hat und dass er mich nur besänftigen wollte, weil er das Grollen in meinen Worten gehört hatte.

»Wo warst *du* denn?«, wollte ich im Gegenzug wissen.

»Im Park auf dem Abenteuerspielplatz«, hat Papa geantwortet.

»Aber da hätten wir doch zusammen hingehen können«, habe ich ganz enttäuscht gesagt. »Wir hätten zusammen schaukeln können. Oder wir hätten den Fußball mitnehmen können. So wie früher.«

Und da hat Papa geweint. Obwohl Papa noch nie zuvor geweint hat.

Vergiss nicht die gute Zeit, April.

Damit sie uns auch nicht vergisst.

Deine Phoebe

Liebe April,

ich war gerade mit Fork spazieren, aber es war so kalt und nass, dass Fork irgendwann keine Lust mehr hatte. Er ist einfach stehen geblieben und hat sich geweigert, weiterzulaufen. Dann hat er angefangen zu jaulen. Also sind wir wieder nach Hause gegangen. Mama hat ganz erleichtert geguckt, als wir zur Tür hereinkamen; ich glaube, sie denkt jetzt jedes Mal, wenn ich das Haus verlasse, dass ich nicht mehr zurückkomme.

Dabei wüsste ich nicht einmal, wo ich hingehen könnte. Ich meine, ich habe ja niemanden sonst. Tante Magda ist viel zu anstrengend. Die hat jetzt angefangen, Sachen, die sie bei Ebay gekauft hat, wieder bei Ebay zu versteigern, und Mama muss ständig Päckchen für sie zur Post bringen. Und zu dir kann ich ja auch nicht kommen. Weil Ana bei dir ist. Dass Ana mich nicht mag, weiß ich jetzt schon, denn das beruht auf Gegenseitigkeit. Außerdem bin ich mir sicher, dass sie niemanden mag, der dich lieb hat.

Sven und Christian könnte sie bestimmt auch nicht leiden, wenn sie ihnen begegnen würde. Denn die beiden haben dich auch sehr lieb. Für welchen du dich wohl entscheiden wirst, wenn du wieder gesund bist? Also, ich würde ja Sven nehmen. Der war neulich wieder hier und hat Blumen für dich abgegeben. Für mich hatte er eine Schachtel Sahnepralinen dabei. Einfach so, dabei kennt er mich kaum. Wirklich, April, Sven ist ziemlich toll!

Papa hat ihn übrigens nicht sehr freundlich von oben bis unten gemustert. Und deshalb hat sich Sven auch nicht getraut, kurz reinzukommen, obwohl Mama ihn zweimal gefragt hat. Papa hat wie ein Polizist geguckt, der gerade einen Strafzettel schreibt. Dabei ist Sven doch einfach nur verliebt. Und das kann jedem passieren.

Manchmal geht es wieder vorbei.

Manchmal auch nicht.

Nächstes Jahr im Frühling, möglicherweise sogar im April, könntest du dich ja in Sven verlieben. Ich glaube, darüber würde er sich schrecklich freuen. Vielleicht würde er sich so sehr freuen, dass er dich mit seinem Glück ansteckt. Dann könntet ihr zusammen lachen. Und Hand in Hand durch Berlin laufen.

So wie River mit ihrem John. Aber John ist blöd! Er hat einen Hund, der heißt Terminator 3 – und so sieht der auch aus! Das Vieh passt sehr gut zu John! Er bellt Fork und mich immer an, wenn wir uns im Park treffen, also der Hund, nicht John. John knurrt nur manchmal unfreundlich. Aber River kämmt sich trotzdem ganz oft ihre Haare für ihn, und dann macht sie Lipgloss auf ihre Lippen, damit ihre Küsse nach Himbeersirup schmecken.

Wenn wir schon beim Thema sind: Darf ich eigentlich dein Schminkzeug benutzen? Nur einmal? Wenn ich nichts kaputt mache oder verschwende?

Ich möchte nämlich so gerne ausprobieren, wie ich als Erwachsene aussehen werde. Das sollte man im Vorfeld wissen, finde ich, damit man sich darauf vorbereiten kann. Ich würde gerne hübsch aussehen. Und ein bisschen gebildet. Aber nicht eingebildet. Um ehrlich zu sein: Ich möchte einmal sein wie du. Mit schönen langen und ganz dunklen geheimnisvollen Haaren. Und dazu deine unterwasserblauen Augen! Ich verstehe sehr gut, warum Sven und Christian so verliebt in dich sind! Sogar als du ganz schrecklich dünn geworden bist, hast du wie eine Prinzessin aus einem Märchenschloss ausgesehen.

Früher, als Mama noch wusste, wie man Worte benutzt, da hat sie oft gesagt, wir beide, du und ich, sind wie Tag und Nacht. Ich, butterkeksblond mit Locken, und du, rabenschwarz mit glattem Haar. Ich habe Augen so braun wie die Erde, und du hast Augen so zauberblau wie das Meer. Ich bin klein und du bist groß. Ich bin dünn und du bist halb so dünn. Ich kann den ganzen Tag lang sprechen, und du kannst den ganzen Tag über schweigen. Ich mag die Sonne, und du magst den Regen. Ich mag den Strand und du das Wasser. Meine Haut ist karamellfarben mit blauen Flecken vom Toben auf dem Spielplatz und deine Haut ist schneeweiß mit roten Linien auf den Armen.

Wenn du nicht möchtest, dass ich deine Schminke benutze, dann ruf doch morgen bitte kurz hier an. So gegen 17 Uhr – lass es einfach einmal klingeln und leg dann wieder auf. Dann weiß ich, dass du es bist, und dann weiß ich, dass ich deinen Lippenstift nicht benutzen darf.

Ich wäre deswegen auch nicht sauer. Und eingeschnappt sowieso nicht. Du kannst es also ehrlich sagen. Die Zeiten, in denen ich zickig und beleidigt war, sind längst vergangen. Jetzt bin ich etwas reifer und setze mich mit unerfreulichen Situationen anders auseinander: Ich habe mir Paulas Mama und Paulas Papa als Vorbild genommen, die haben es nämlich auch nicht leicht, aber sie versuchen beide, das Beste daraus zu machen. Und sie geben sich sehr viel Mühe mit Paula. Obwohl die Familienkonstellation keinerlei Instandhaltungsarchitektur enthält.

Ich kann im Notfall übrigens auch Mamas Schminkkoffer benutzen. Sie braucht ihn sowieso nicht mehr. Ich glaube, sie hat verstanden, dass man Traurigkeit nicht überpinseln kann, und deshalb hat sie ihr Puder in die unterste Kommodenschublade gepackt und den rosafarbenen Nagellack schon seit Wochen nicht mehr benutzt.

Es wäre ohnehin sinnlos, sich für Papa zu schminken, der guckt ja eh nicht mehr richtig hin. Sogar bei meinen Diktaten und Mathearbeiten unterschreibt er einfach, ohne einen Blick darauf zu werfen. Ich habe in der letzten Mathearbeit eine Vier bekommen. So eine schlechte Note hatte ich noch nie. Aber Papa hat die Zahl gar nicht erkannt. Für ihn ist alles eine Fremdsprache oder eine Fremdzahl.

Und ich bin eine Fremdtochter.

Und Mama ist eine Fremdfrau.

Vielleicht würde Papa ja dich wiedererkennen?

Vielleicht wird sich alles wieder zusammenfügen, wenn du zurück nach Hause kommst?

Und wenn wir dann keine Fremdfamilie mehr sein müssen, wenn die Sprache, mit der wir uns unterhalten, nicht mehr übersetzt werden muss – dann sind wir wieder vollständig.

Dann liegen die Worte nicht mehr so schwer auf meinem Papier.

Und ich kann endlich wieder Flieger basteln und Bilder malen und Schnipp-Schnapp-Hasen und Papiervögel falten! So wie Hazel und Paula und alle anderen in unserer Klasse.

April. Du fehlst in dieser Stille.

Ohne dich funktioniert die Zeit nicht mehr.

Deine Phoebe

Liebe April,

das neue Jahr ist ganz leise gekommen. Die Raketen waren weniger bunt als sonst, und die Knallfrösche fand ich auch nicht mehr lustig. Ich habe Silvester mit Paula bei ihrem Papa gefeiert. Das war gut, weil Paulas Papa einen Grund gebraucht hat, um ganz viele Raketen in den Himmel zu schießen, und Paula hat eine Freundin an ihrer Seite gebraucht. Ich für meinen Teil habe Abstand von Mama und Papa gebraucht – die machen seit Weihnachten nämlich ständig Yoga, mit so einer DVD, die Tante Magda ihnen geschenkt hat, und seitdem sind die beiden unerträglicher als je zuvor.

Am Anfang wollten sie sogar, dass ich mitmache, aber ich habe gesagt: »Nein danke! Ich brauche keine innere Ruhe! Ich mag den Sturm in mir! Das sind nämlich meine Gefühle! Und ich bin lieber zu laut als zu leise! Und ich will nicht die Augen zumachen und komisch atmen und schnaufen und *oooohhhmmm* sagen! Ich will lieber richtige Worte sagen. Worte mit einer Aussage! Worte, die etwas bewegen! Worte, die irgendwer versteht! Und ich will ganz bestimmt nicht schnaufen! Ich will normal atmen! Denn April wird bestimmt nicht schneller gesund, wenn ihr beiden Lungenprobleme bekommt! Und sie kommt auch nicht eher wieder nach Hause, nur weil ihr Kopfstand machen könnt oder wisst, wie ein Sonnengebet geht!«

Nachdem ich das gesagt hatte, war Mama wütend auf mich und Papa war traurig.

Vielleicht war es aber auch andersrum.

Oder beides.

Abwechselnd.

Ich weiß es nicht. Irgendwie weiß ich gar nichts mehr. Früher warst du hier, und ich konnte dich alles fragen, und auch wenn du nicht alles wusstest, hast du mir immer irgendetwas erzählt.

Jetzt sitzen Mama und Papa auch gerade wieder vor dem Fernseher mit ihrer dämlichen DVD. Und weil sie da eh nicht mitbekommen, was um sie herum geschieht, habe ich die beiden alleine gelassen und bin mit Fork in den Park gegangen. Dort habe ich John mit Terminator 3 getroffen. Sie haben mich beide böse angeguckt. Und da habe ich angefangen zu weinen, weil ich wirklich genug davon habe, dass ich immer böse angeguckt werde.

»Warum weinst du denn?«, hat John gefragt.

»Das geht dich gar nichts an!«, habe ich patzig zu ihm gesagt.

»Doch«, hat John erwidert. »Du bist die kleine Schwester von der besten Freundin meiner Freundin, also geht es mich sehr wohl etwas an.«

»Ich hätte gar nicht gedacht, dass du so klug bist«, habe ich zu John gesagt, und meine Stimme war viel unfreundlicher, als ich sie kannte. Ich wollte wahrscheinlich einfach gemein sein, zu irgendwem, weil alle gemein zu mir waren. Und John war gerade da. Also habe ich das ausgenutzt.

»Hm«, hat John gesagt. »Bist du traurig wegen April?«

»Was weißt du schon von April!«, habe ich ihn angeschrien. »Dein Hund heißt Terminator 3! Also, was weißt du von einem Mädchen, das April heißt!?«

Da ist er ganz still geworden, der doofe John.

»Mein erster Hund hieß June«, hat er schließlich gesagt, und irgendwie sah er gar nicht mehr ganz so böse und doof aus. »Aber dann musste June eingeschläfert werden, weil sie krank war und schreckliche Schmerzen hatte. Danach wollte ich keinen Hund mehr. Doch kurz darauf ist mein bester Freund mit seiner Familie nach Kanada gezogen. Sie konnten ihren Hund nicht mitnehmen, also habe ich Terminator 3 adoptiert, weil ich nicht wollte, dass er in ein Tierheim muss. Und seinen Namen sollte der arme Kerl wenigstens behalten, wenn er schon seine ganze Familie verliert.«

»Ach so«, habe ich leise gesagt. Und auf einmal habe ich mich geschämt, dass ich so unfreundlich zu John war. Denn eigentlich kannte ich ihn ja gar nicht. Wir hatten nie miteinander geredet. Und wahrscheinlich war ich voreingenommen, weil ich eifersüchtig auf John war. Ich wollte nämlich, dass *du* mit River durch den Park spazierst, und nicht *er*.

»Es tut mir leid«, habe ich schüchtern zu ihm gesagt. »Ich wollte dich nicht anschreien.«

»Ich weiß«, hat John gesagt. »Aber manchmal muss man die Wut und die Angst rausschreien, sonst bleiben sie in einem stecken, und dann explodiert man irgendwann.«

»Ich will nicht explodieren«, habe ich gesagt.

»Das wirst du auch nicht«, hat John gemeint. »Du hältst dich doch ganz tapfer!«

»Findest du?«, habe ich gefragt.

»Klar!«, hat John erwidert. »Du bist jeden Tag hier im Park und gehst mit Fork spazieren. Jeden Nachmittag und jeden Abend. Du vergisst nicht, was wichtig ist.

Auch in schweren Zeiten nicht. Du überdauerst den Winter. Das weiß ich ganz sicher!«

»Ich heiße Phoebe«, habe ich gesagt.

»Wie das Mädchen aus *Der Fänger im Roggen*«, hat John hinzugefügt.

»Ja«, habe ich bestätigt.

Terminator 3 und Fork haben still neben John und mir gestanden und uns mit schief gelegten Köpfen gemustert. Sie haben das Gespräch nicht verstanden. Aber den Augenblick an sich konnten sie begreifen. Und da wussten sie: Die Zeit des Anbellens ist vorbei. Also haben sie angefangen, mit ihren Schwänzen zu wackeln, dann haben sie sich ein bisschen beschnuppert, und schließlich sind sie losgetrottet, um gemeinsam ein paar Enten zu erschrecken.

John und ich sind den beiden langsam hinterhergeschlendert. Wir haben es nicht direkt miteinander abgesprochen, aber es war klar, dass wir von nun an öfter zusammen durch den Park laufen würden. Denn beim nächsten Treffen würden wir nicht knurrend und bellend und schweigend aneinander vorbeigehen. Wir würden aufeinander zugehen.

Das haben wir beide beschlossen, ohne es auszusprechen.

Denn egal, wie viele Worte es gibt, und egal, wie anmutig man sie benutzen kann, es gibt Momente, da muss man sein Glück für sich behalten, damit die Worte den Klang der wundersamen Stille nicht zerstören.

Glück braucht keine Worte.

Glück hört man auch so.

»Phoebe«, hat John zum Abschied gesagt. »Das ist der schönste Name, den ich kenne.«

»Schöner als River?«, habe ich gefragt.

»Schöner als River!«, hat John bestätigt. »Aber den Namen River finde ich natürlich anders schön.«

»Ich weiß«, habe ich gesagt. »Für mich wird April auch nie wie irgendein Monat klingen.«

Ja. Ich vermisse dich, meine liebe April.

So sehr.

Deine Phoebe

Liebe April,

jetzt habe ich dir schon so viele Briefe geschrieben, und manchmal kommt es mir vor, als würde ich sie nur an mich selbst schreiben. Dabei kenne ich doch all meine Worte und schreibe eigentlich gar nicht gerne. Ich bin viel lieber draußen mit Paula, aber das weißt du ja. Und wenn ich zu Hause bin, dann zeichne ich lieber oder spiele Karten oder mach Programme am PC auf und zu und probiere aus, wozu sie da sind, bis Papa kommt und sagt, dass ich nicht immer alles verschieben und löschen und umformatieren soll. Dabei weiß ich gar nicht, wie das geht.

Ich mag das Hasenspiel am Computer. Dabei bin ich eigentlich noch viel zu klein dafür. Paula hat es mir heimlich mitgebracht. Und weil sie weiß, wie man mit einem Computer umgeht, hat sie es draufgespielt und mir gezeigt, wie ich es aufrufen und spielen kann. Sie kann schon richtig installieren und downloaden und solche Sachen.

Bei dem Hasenspiel hat man jedenfalls ein Gehege und am Anfang zwei Hasen, einen männlichen und einen weiblichen. Die beiden sehen eigentlich genau gleich aus, aber manchmal holt der eine Hase seinen Lippenstift raus und der andere Hase raucht – so weiß man dann, welcher das Weibchen und welcher das Männchen ist. Wenn man die beiden eng zusammen setzt, dann wackeln sie etwas herum und dann wird das Weibchen dick und kriegt kurz darauf einen Babyhasen.

Der Babyhase wird dann auch ganz schnell groß, und schließlich hat man drei Hasen. Und so macht man immer weiter, bis man gaaaanz viele Hasen hat. Zwischendurch muss man aufpassen, dass kein Hase in den Elektrozaun hüpft, denn dann wird er gegrillt, und das bedeutet, dass er schwarz anläuft und dann dampfend tot umkippt. Das Spiel ist echt schwierig, kann ich dir sagen! Da hüpfen und wackeln nämlich alle auf einmal hin und her und kriegen Babys und rauchen und schminken sich, und wenn man zwei Männchen zusammen setzt, dann hauen die sich k. o. oder fressen sich gegenseitig auf. Und die Weibchen werden depressiv, wenn sie zu lange nebeneinander sitzen, oder sie streiten sich um den Lippenstift.

Paula hat gesagt, dass das ein sehr erwachsenes Spiel ist. Weil es so funktioniert wie die reale Welt, nur etwas übertriebener. Ich bin mir da allerdings nicht ganz sicher, denn in der realen Welt gibt es ja noch andere Sachen als Babys machen, Lippenstift auftragen, Zigaretten rauchen und den Tod.

»Ich weiß nicht«, habe ich deshalb zu Paula gesagt. »Ganz so einfach ist die Welt nicht.«

»Da hast du recht«, hat Paula erwidert. »Die Welt ist total und vollkommen kompliziert. Und sie ist auch nicht von einem Elektrozaun umgeben. Wir können sogar ins Weltall fliegen, auch wenn wir da nicht atmen können. Das Spiel ist halt nur eine vereinfachte Darstellung unserer Gesellschaft.«

»Woher hast du diesen Satz?«, wollte ich wissen.

»Den mit der Gesellschaft?«, hat Paula zurückgefragt.

Ich habe genickt. Den fand ich nämlich schön.

»Von Mama«, hat Paula erklärt. »Aber sie hat den Satz nicht über das Hasenspiel gesagt, sondern über irgendein anderes Spiel, das wir einmal zufällig im Fernsehen gesehen haben. Da sind hübsche Mädchen mit kurzen Röcken auf einem Steg entlanggelaufen, auf hohen Absatzschuhen und mit wehenden Haaren. Die wurden den ganzen Tag gefilmt, und ständig hat irgendeine geweint oder unglückliche Sätze gesagt. Und gestritten haben die auch ganz viel. Am Ende mussten sogar welche früher nach Hause gehen, und da wurde dann noch mehr geweint. Mama hat gesagt, dass es Zuschauer gäbe, die gerne solche Tränen sehen. Weil es ein Abenteuer ist, einen fremden Schmerz zu betrachten, aus sicherer Entfernung. Dabei fanden Mama und ich, dass die Mädchen viel schöner ausgesehen hätten, wenn man ihnen erlaubt hätte zu lächeln. Wir haben die Sendung dann nie wieder geguckt. Aber den Satz habe ich mir gemerkt.«

»Ja«, habe ich erwidert. »Gute Sätze muss man sich merken!«

Und dann haben Paula und ich weiter das Hasenspiel gespielt, bis alle Hasen tot waren und wir keine Lust mehr hatten, rauchende Männchen neben Lippenstift-Weibchen zu setzen, bis sie endlich herumgewackelt haben, um ein Baby zu machen.

Hast du eigentlich auch einen Computer in der Klinik? Und kannst du E-Mails angucken? Papa hat mir erklärt, wie das mit den E-Mails funktioniert, weil ich darauf bestanden habe und weil er sich nicht ewig hinter seinem Schreibtisch verstecken kann.

Also, wenn du magst, dann kannst du mir ja vielleicht mal eine E-Mail schreiben. Das ist einfacher, schneller und unverbindlicher als ein Brief. Eine eigene

Mailadresse habe ich noch nicht, aber du kannst ja die von Papa benutzen. Schreib einfach in den Betreff, dass sie für mich ist, dann öffnet Papa sie nicht – er hat es mir hoch und heilig versprochen. Und du kennst ja Papa: Er macht eine Menge falsch, aber er ist ein ehrlicher Mensch und so zuverlässig, wie man nur sein kann.

Ich habe Papa übrigens neulich gefragt, ob er weiß, wie man Glück buchstabiert. Da hat Papa so blöd geguckt wie Frau Neumann, nachdem ich ihr gesagt habe: »Wenn ich ein Wort wäre, dann wäre ich ein Bindungswort. Und dann würde ich so viele andere Wörter an mich binden, dass ich am Ende ein ganzer Satz wäre. Und dieser Satz würde alles über meine Bindungsfähigkeit aussagen.«

Ich glaube, Papa hat sogar noch ein bisschen blöder geguckt als die Neumann, obwohl ich mich extra darum bemüht hatte, die Frage einfach zu halten. Nachdem Papa sehr lange nachgedacht hatte, meinte er schließlich: »Glück? Aber, Phoebe, natürlich weiß ich, wie man Glück buchstabiert: G L Ü C K.«

»Toll«, habe ich gesagt, und Papa hat ganz verwirrt geguckt.

»Ganz toll, Papa«, habe ich meine Aussage noch bestärkt.

»Bist du krank, Phoebe?«, hat Papa gefragt.

»Nein«, habe ich gesagt. »Und du?«

»Was ich?«, hat Papa gefragt.

»Na, ob du krank bist?«, habe ich wiederholt.

»Nein«, hat Papa erwidert und den Kopf geschüttelt.

»Gut«, habe ich gesagt.

»Was sollte das gerade mit dem Glück?«, wollte Papa wissen.

»Ich wollte nur sichergehen«, habe ich geantwortet.

»Wo willst du hingehen?«, hat Papa gefragt und dabei ganz durcheinander geklungen, denn sein Kopf war voll mit Jahresabschlussbilanzen – du weißt schon, die Zahlen, die am Ende des Jahres entscheiden, ob man Depressionen bekommt oder nicht.

»*Gehen* will ich auch«, habe ich erwidert. »Allerdings eher *weg* als *hin*. Ob ich *sicher gehen* kann, weiß ich allerdings nicht. Kommt auf den Weg an und auf die Menschen, die mir begegnen. Aber keine Angst, ich bleibe hier, ich laufe nicht mehr weg. Ich wollte eigentlich nur eine Bestätigung haben, dass es in diesem Haus noch Hoffnung auf Glück gibt.«

»Ach, Phoebe«, hat Papa geseufzt und dabei einen Ordner angesehen und nicht mich, »das Glück ist doch hier.«

»Wo?«, habe ich gefragt.

»Hier«, hat Papa gesagt und komisch mit seinen Händen herumgefuchtelt.

»Ich glaube, du bist doch krank«, habe ich gesagt.

Und dann bin ich auf mein Zimmer gegangen. Denn das ist eindeutig der glücklichste Ort in all diesem Unglück.

Ich werde jetzt schlafen gehen. Es ist zwar noch nicht spät, aber mir fällt nichts Besseres ein. In diesem Haus ist ja kein normaler Mensch, mit dem ich mich unterhalten oder mit dem ich etwas unternehmen könnte.

Papa baut jetzt nämlich eine innere Beziehung zu dem Ordner mit den Jahresabschlussbilanzen auf, und trinkt dabei so viel Kaffee, dass man damit einen ganzen Elefanten für zehn Monate schlaflos machen könnte.

Und Mama hat währenddessen angefangen zu stricken. Sie sitzt den ganzen Tag im Wohnzimmer auf der Couch. Wie eine alte Oma. Und da strickt sie dann, mit einem Steinzeit-Wollknäuel-Korb neben sich. Ich glaube, sie macht einen Schal, aber ich weiß ehrlich gesagt nicht, wer den tragen soll. Der ist nämlich mittlerweile so lang, dass man mindestens vier Hälse damit umwickeln könnte. Und dann würde immer noch ein Stück übrig bleiben. Vielleicht wird es ja ein sozialer Schal und Mama will die Welt mit ihm verändern und die Menschen dazu bringen, dass sie im Winter mit verbundenen Hälsen durch die Straßen laufen. Im Gleichschritt, damit sie sich nicht aus Versehen erwürgen.

Vielleicht strickt sie aber auch ein Seil. Eines, mit dem sie sich am Ende aufhängt. Weil sie sterben möchte. Das wäre schrecklich, April! Ich meine, wir brauchen sie doch noch! Meinst du, ich sollte mit jemandem darüber reden? Aber mit wem? Und was soll ich sagen? Meinst du denn, mir hört jemand zu, wenn ich um Hilfe schreie?

Ich könnte auch zu Frau Ahrens gehen. Oder Tante Magda anrufen. Paulas Eltern oder Hazels Eltern würden mir bestimmt auch helfen. Ich könnte sogar die Polizei anrufen, ich kenne ja die Nummer von denen, oder die Feuerwehr.

Aber vielleicht sind dann alle schrecklich sauer auf mich und sagen, ich würde mich in einem herbeigezogenen Handlungsstrang aus Wollknäueln verstricken. Du weißt ja, Menschen mögen keine Dramen. Nur im Theater, oder im Kino, oder im Buch. Oder wenn es andere betrifft, so dass man aus sicherer Entfernung zusehen kann.

Ich will kein Drama sein.

Ich wünsche mir doch so sehr ein Happy End!

Aber mein Happy End bekomme ich nur mit dir, April!

Denn unsere Geschichten sind verbunden, und ich kann meine nicht ohne dich weiterschreiben.

Bitte, liebe April.

Lass uns ein gutes Leben führen.

Deine Phoebe

Liebe April,

gestern war Papas Geburtstag, aber er hatte ihn ganz vergessen. Mama war stinksauer und hat gesagt, dann könnten wir den Geburtstag auch einfach ausfallen lassen. Und deshalb ist Papa jetzt immer noch zweiundvierzig und wird erst im nächsten Jahr dreiundvierzig. Du hast also nichts verpasst.

Heute hat es zum ersten Mal in diesem Winter geschneit. Es war kein richtiger Schnee, nur ein paar Flocken, die ganz schnell weggeschmolzen sind, aber Fork hat trotzdem schwanzwedelnd am Fenster gestanden, und Papa hat ein neues Auto gekauft, weil er zu faul war, die Reifen von dem alten Auto wechseln zu lassen.

Das neue Auto ist schwarz wie die Nacht. Ich fand das andere ja schöner. Aber weil mich niemand fragt, halte ich den Mund.

Mama ist das neue Auto egal. Sie mag sowieso lieber Fahrräder.

Und du? Magst du schwarze Autos? Ich weiß gar nicht mehr so genau, was deine Lieblingsfarbe ist. Ich weiß, es war einmal blau, und dann war es lila. Ganz am Ende, bevor du in die Klinik gegangen bist, war es weiß. Und jetzt?

Ich habe gerade Mama gefragt, was für eine Farbe du zurzeit magst, denn Mama weiß doch so vieles. Aber das wusste sie leider nicht, sie hat nur gesagt, dass du dein rotes Armband getragen hast. Wie immer. Ein dünnes Stoffband mit fünf Knoten darin. Das trägst du schon ewig. Was genau es mit dem Armband auf sich hat, will sie mir aber nicht verraten. Die Knoten sind bestimmt Symbole, oder? Ein Knoten ist für Fork, weil er dein Lieblingshund ist und du ihn aussuchen durftest. Einer für River, weil sie deine beste Freundin ist. Einer für Sven oder Christian. Einer für die Zeit. Und einer für das Leben. Machst du noch mehr Knoten rein?

Vielleicht auch einen für mich?

Ich habe übrigens auch ein Armband, ein ganz neues. Paula hat es für mich gemacht. Silber mit blauen Perlen. Das klingt zwar nicht besonders, aber es sieht wirklich schön aus! Und das Blau ist genau wie das Blau deiner Augen. Wenn ich es trage, habe ich dich immer bei mir, und du kannst meine Welt sehen.

Und weißt du was – es ist auch deine Welt.

Du könntest sie wiederhaben.

Wenn du willst.

Gleich kommt übrigens Paula. Falls sie nicht zu spät ist. Ich meine, wer weiß schon, was bei diesem Wetter alles dazwischenkommen kann. Vielleicht steckt sie irgendwo im Schneematsch fest und kann sich nicht mehr bewegen. Ich schaue von jetzt an immer wieder auf die Uhr und achte auf die Zeit. Wenn sie mehr als eine halbe Stunde zu spät ist, rufe ich die Feuerwehr. Und einen Krankenwagen. Und die Polizei.

Vielleicht rufe ich auch zuerst Paulas Papa auf dem Handy an, und wenn der dann sagt, dass alles okay ist und sie nur im Stau stehen, brauche ich keine Steuergelder zu verschwenden.

Guckst du auch gerade aus dem Fenster?

Und siehst du, wie die Bäume sich verstecken, hinter dem grauen Schleier? Du könntest sie bestimmt trotzdem noch voneinander unterscheiden. Du könntest sagen, welcher Baum eine Eiche ist und welcher eine Linde. Du weißt, wie Maulbeerbäume aussehen und Pappeln. Du kannst sogar kahle Apfelbäume von Kirschbäumen und Birnenbäumen unterscheiden.

Ich weiß im Winter nur, wie ich eine Tanne von einer Fichte unterscheiden kann. Und ich glaube, eine Kiefer würde ich zur Not auch noch erkennen.

Aber eigentlich ist das gar nicht wichtig, oder? Solange ich die Menschen um mich herum erkenne und irgendwer mich erkennt, solange nicht alles verschwimmt oder farblos wird – solange ist der Winter ein erträglicher Kampf.

Doch selbst wenn er hart wird, dieser kalte, kalte Winter. Ich kämpfe trotzdem für dich. Und für mich.

Für uns beide.

So leicht erfrieren wir nicht!

Deine Phoebe

Liebe April,

heute habe ich Hazel besucht. Wir haben zwei Kuchen gebacken, einen mit Schokoladenstückchen und einen mit Blaubeeren. Die sind beide so lecker geworden, dass Hazel und ich beschlossen haben, ab jetzt jeden Monat einmal zusammen Kuchen zu backen.

Das fand Hazels Papa auch ganz toll. »Dann kommst du uns jetzt also öfter besuchen, Phoebe!«, hat Jerry gesagt und mich fröhlich angelächelt.

»Ja«, habe ich gesagt. »Wenn du vorher Eier, Butter, Mehl, Milch, Zucker, Backpulver, Vanillezucker, Blaubeeren und Schokoladenstückchen kaufst, dann komme ich sogar sehr oft.«

»Hast du eigentlich schon mit deinem ersten Buch angefangen?«, wollte Jerry wissen.

»Nein«, habe ich gesagt. »Ich bin doch noch ein Kind. Und Kinder schreiben keine Bücher. Kinder spielen Fangen und Verstecken und gehen in den Zoo. Manchmal backen sie auch Kuchen. Aber sie schreiben keine Bücher!«

»Schade«, hat Jerry gesagt. »Ich hätte gerne ein paar Phoebe-Seiten gelesen.«

»Aber ich stehe doch vor dir«, habe ich gesagt. »Du brauchst nur die Augen aufzumachen, dann kannst du ganz viele von meinen Seiten sehen.«

Da hat Jerry gelacht, und als er sich ausgelacht hatte, hat er gesagt: »Phoebe, bitte! Bitte nimm dir einen Stift und ein Blatt Papier und gib deinen Worten einen Untergrund.«

»Das hat gerade noch gefehlt!«, habe ich erwidert. »Frau Neumann sagt doch jetzt schon, dass meine Worte düster sind, stell dir mal vor, was die sagt, wenn meine Worte aus dem Untergrund kommen.«

Da war es endgültig um Jerry geschehen, und er ist vor Lachen vom Stuhl gekippt. Hazel hat die Stirn dazu gerunzelt und gesagt: »Papa, du bist total peinlich.«

Da ist Jerry aufgestanden und hat Hazel hochgehoben, so wie Papa früher mich manchmal hochgehoben hat – damals, als er noch wusste, dass Eltern so etwas ab und zu machen müssen. Damals, als seine Hände noch frei für mich und nicht von dem Jahresabschlussbilanzen-Ordner besetzt waren.

Hazel muss das so gut gefallen haben wie mir, denn sie hat ihre mehligen Kuchenfinger an Jerrys Hemd abgewischt, und dann hat sie ihm verziehen, dass er einfach so vom Stuhl gekippt ist und dabei einen Heidenkrach gemacht hat.

»Während ihr über Bücher redet, gehe ich rüber und bringe Betsy auch ein Stück von dem Kuchen«, hat Hazel schließlich gesagt und ein Stück Kuchen für ihre Nachbarin Betsy und deren Mama eingepackt.

»Du bist die großzügigste Wörterverraterin, die ich kenne«, hat Jerry stolz gesagt.

»Ich bin deine Tochter«, hat Hazel erwidert. »Du bist voreingenommen. Und außerdem ist *Wörterverrater* mein Wort, das darfst du nur benutzen, wenn ich es dir erlaube. Du hast doch schließlich genug eigene Worte.«

»Entschuldigung«, hat Jerry gesagt.

»Keine Ursache«, hat Hazel erwidert. »Heute darfst du alle meine Worte benutzen. Weil du die Blaubeeren abgewaschen hast.«

Dann ist Hazel mit dem Kuchen in ihrer Hand zur Haustür hinausgerannt und hat nebenan bei Betsy geklingelt. Jerry und ich haben uns einen Moment lang angeschwiegen, und ich habe währenddessen zwei Blaubeeren aus meinem letzten Kuchenrest gepult.

»Ich schreibe Briefe«, habe ich schließlich gesagt, um ihn ein bisschen zu trösten, weil ich noch nicht mit meinem ersten Roman angefangen hatte.

»Und an wen schreibst du deine Briefe?«, wollte Jerry wissen.

»An April«, habe ich erwidert, »meine große Schwester. Aber sie schreibt nie zurück. Also schreibe ich eigentlich gar keine Briefe, sondern nur ins Leere. Weil Briefe doch dazu da sind, dass man sie irgendwohin schickt. Irgendwann kommen sie an und werden gelesen, und nach ein paar Tagen hat man eine Antwort im Briefkasten. Aber ich schreibe und schreibe und schreibe und kriege nie einen Brief zurück. Ich muss mir jede einzelne meiner Fragen alleine beantworten. Dabei bin ich doch eigentlich noch viel zu klein, um alle Antworten zu kennen. Und selbst wenn ich sie alle wüsste, wären es vielleicht die falschen Fragen. Verstehst du das, Jerry?«

»Ja«, hat Jerry gesagt, »ein bisschen. Aber nicht ganz.«

»Das macht nichts«, habe ich gesagt. »Erwachsene verstehen alles, was Kinder sagen, nur halb. Das liegt an den engen Räumen.«

»Das glaube ich dir aufs Wort«, hat Jerry lächelnd erwidert.

»Wenn du eines Tages mein Literaturagent bist, was machst du dann eigentlich?«, habe ich schließlich gefragt. »Steckst du meine Worte in ein Buch?«

»Nein«, hat Jerry erklärt, »das darfst du selbst machen. Ich schenke dir nur noch eine Tüte Kommas dazu, und dann helfe ich dir, einen Verlag zu finden, bei dem deine Worte gut aufgehoben sind. Als nächstes geht es dann um Verträge und Formate und rechtliche Fragen.«

»Was bin ich denn für ein Format?«, wollte ich wissen.

»Das kommt darauf an, was du schreibst«, hat Jerry erklärt.

»Na, ich schreibe *Worte*«, habe ich gesagt. »Worte, die alle anderen auch benutzen. Ich füge sie nur manchmal eigensinnig zusammen, und dann ruft Frau Neumann bei uns zu Hause an und redet vom Weltuntergang in meinem Wortschatz, als ob ich die Sturmflut wäre.«

»Und wenn du eines Tages Schriftstellerin bist, über

welches Thema möchtest du dann gerne schreiben?«, hat Jerry gefragt.

»Ich schreibe doch nicht über ein Thema!«, habe ich erwidert. »Das macht man in der Schule. Als Schriftsteller, da stellt man Schrift in einen Raum und guckt, was passiert, wenn man das Licht verändert oder den Blickwinkel oder die Farbe der Tapete. Als Nächstes versucht man dann vielleicht, Worte umzustellen. Und man muss seinen Wortschatz zu schätzen wissen. Ansonsten wird das nichts. Ich habe zum Beispiel einen ganz langen Brief an April geschrieben, weil ich ganze viele Worte in meinem Kopf hatte, die alle erzählen wollten, was es bedeutet, einen Fänger im Wortschatz zu haben. Also jemanden wie dich: einen Literaturagenten.«

»Du schreibst über Literaturagenten?«, hat Jerry gefragt und das Stück Blaubeerkuchen auf seinem Teller neugierig hin- und hergeschoben.

»Klar«, habe ich gesagt. »Die Worte in meinem Kopf entstehen doch nur wegen dem ganzen Leben um mich herum. Und du bist doch auch um mich herum. Also kriegst du ein paar Worte. Ich kann bestimmt ein ganzes Buch schreiben über einen Literaturagenten, der durch Berlin rennt, mit seinem Schmetterlingsnetz, und ein Abenteuer nach dem anderen erlebt.«

»Aber das ist nicht so einfach, Phoebe«, hat Jerry mir da erklärt. »Denn Literaturagent ist kein besonders verbreiteter Beruf, und die Menschen wollen lieber Sachen lesen, die sie kennen, oder die sie sich vorstellen können – Sachen, zu denen sie einen Bezug herstellen können. Willst du nicht lieber über einen Schriftsteller schreiben, der durch Berlin streift? Auf der Suche nach Worten?«

»Nein«, habe ich gesagt. »Schriftsteller schreiben doch bestimmt ständig über Schriftsteller, weil sie den ganzen Tag lang nur schreiben und deshalb niemand anders kennen als sich selbst. Und ich will ja auch gar keine richtige Schriftstellerin werden. Weißt du, Jerry, meine Worte sind keine Kunst. Meine Worte haben ein Eigenleben. Sie machen, was sie wollen, deshalb kann ich nur das schreiben, was in meinem Kopf lebt. Und es ist mir egal, ob keiner weiß, was ein Literaturagent ist, dann gehe ich halt raus und erzähle es allen. Ich fahre doch so gerne mit dem Bus durch die Stadt. Unterwegs trifft man viele Leute.«

Dann musste ich erst einmal eine Redepause machen und nachdenken. Vor allem darüber, was Jerry über den Bezug gesagt hat, den die Menschen brauchen, wenn sie eine Geschichte lesen.

»Ich denke, wenn Gefühle mit den richtigen Worten auf Papier gemalt werden, berühren sie auch Menschen, die gar nichts mit der Geschichte zu tun haben«, habe ich schließlich gesagt. »Bücher schreiben, die schon jemand anderes geschrieben hat, kann doch jeder. Ich muss meine eigenen Sätze finden, zwischen all den Leerzeilen. Und manchmal muss man die Worte vielleicht einfach so stehen lassen, wie sie wollen, man darf sie nicht in eine andere Reihenfolge zwängen, denn Worte haben Gefühle, sonst könnten sie nicht so schön klingen. Ich meine, was ist ein Buch ohne Rückgrat? Eine Geschichte ohne Leben.«

»Ach, Phoebe«, hat Jerry da gesagt. »Ach, Phoebe.«

Und dann hat er nichts mehr gesagt. Aber ich wusste, dass er mich versteht. Weil ich die Stille kenne und weil ich weiß, wie sie funktioniert.

Manchmal sagt man am besten gar nichts.

Das reicht aus, um zu verstehen.

»Ich fange deine Worte im Ganzen ein«, hat Jerry schließlich versprochen und noch ein Stück von dem Blaubeerkuchen auf meinen Teller gelegt.

Und deshalb weiß ich jetzt, dass ich noch eine zweite Berufsmöglichkeit habe, falls ich doch keine Computer-Programmiererin werden will: Ich kann auch Schrift stellen. Und Jerry, der Fänger in meinem Wortschatz, er wird meine gestellte Schrift nicht bloßstellen – er wird meinen Worten Halt verleihen.

Siehst du, April, vielleicht falle ich doch nicht für immer.

Vielleicht fängt mich am Ende ein Wort.

Und wenn ich aufgefangen werde.

Dann fange ich dich mit.

Deine Phoebe

Liebe April,

heute regnet es, obwohl es auch schneien könnte.

Ich weiß noch, dass du oft gesagt hast: »Der Regen ist so wunderschön.«

Und ich habe jedes Mal gesagt: »NEIN! Die Sonne ist viel schöner!«

Und dann haben wir uns gestritten. Nicht wegen der Sonne oder dem Regen, sondern weil wir Schwestern sind und weil Schwestern manchmal wegen dummen Sachen streiten.

Ich gucke gerade aus dem Fenster und muss zugeben, dass ich Regen jetzt auch schön finde. Du hast recht gehabt. Und ich nicht. Es tut mir leid, dass ich früher so zickig war. Das habe ich wahrscheinlich von Mama geerbt, jedenfalls sagt Papa das immer. Und in letzter Zeit, wenn ich die Traurigkeit in meinem Bauch nicht mehr ertragen kann und wenn ich anfange, durchs Haus zu wüten und zu toben, weil keiner mich halten will, dann sagt Papa immer zu Mama: »Dieses hysterische Rumgekreische hat sie garantiert von dir!«

Mama erwidert darauf: »Nein! Das hat sie von dir!«

Und dann streiten die zwei von vorne los.

Ich glaube, ich habe es von beiden.

Aber ich bin nur halb so schlimm.

Tante Magda hat jetzt übrigens einen heimlichen Freund. Weil sie die Nase voll davon hat, dass Bernd immer so tut, als würde er Bowling spielen gehen, obwohl er stattdessen eine andere Frau küsst. Eine Frau, die Parfum benutzt und Lippenstiftflecken auf seinen Kragen macht.

Jeden Freitag geht Tante Magda mit diesem neuen Mann ins Theater. Er heißt Georg, wie der Präsident, über den Papa früher immer geschimpft hat.

Tante Magda lacht jetzt auf einmal sehr viel und verkauft nicht mehr ständig Sachen bei Ebay. Und seitdem sie diesen Georg hat, hat sie auch nie wieder gefragt, wie man illegale Filme entpackt. Ich könnte mir sogar vorstellen, dass Tante Magda Georg noch mehr mag als die Glückspillen, denn die hat sie alle in der Toilette runtergespült.

Ich habe immer noch keinen Freund. Weder einen richtigen, noch einen geheimen. Aber ich bin ja auch noch viel zu klein für die Liebe. Vielleicht im nächsten Jahr. Oder in vielen Jahren, wenn ich Brüste habe.

Paula hat gesagt, dass Jungen Brüste mögen. Aber mir ist das egal. Ich interessiere mich nicht so sehr für BHs wie Paula. Aber ich glaube, das liegt daran, dass Paulas Mama Schauspielerin ist und deshalb immer sehr hübsch und sehr schön zurechtgemacht sein muss. Und Paula will eben wie ihre Mama sein. Alle kleinen Mädchen wollen wie ihre Mamas sein. Nur ich nicht mehr. Weil unsere Mama nur noch traurig ist. Und ich will doch ein glücklicher Mensch werden!

Und du, bist du auch traurig?

Wahrscheinlich schon.

Wir sind schließlich alle traurig.

Zum Glück sind wir nicht im Fernsehen wie diese komischen Menschen, die erlauben, dass bei ihnen zu Hause gefilmt wird. Wenn wir im Fernsehen wären, dann hätten sicher alle Zuschauer Mitleid mit uns, weil wir so kaputt sind, und sie würden mit Kerzen bei uns im Garten herumpilgern und für uns beten. Und das wäre voll scheiße. In diesem Fall darf man *scheiße* sagen, finde ich. Aber Mama hat gemeint, ich würde in der letzten Zeit viele schlimme Ausdrücke benutzen.

»Woher kennst du denn all diese Flüche?«, hat sie mich gefragt und die Stirn dabei gerunzelt.

»Keine Ahnung«, habe ich erwidert.

Und dann hat Mama gesagt, sie würde sich wirklich fragen, warum ich in letzter Zeit so schrecklich jähzornig und ungeduldig und gefühlsverwirrt bin.

»Woher das wohl kommt!«, habe ich gebrüllt, weil ich fand, dass ich nun alt genug für Sarkasmus bin. »Es ist ja nicht so, dass irgendetwas mit dieser Familie nicht in Ordnung wäre! Im Gegenteil: Wir könnten einen Preis gewinnen, für die ordentlichste Küche, den saubersten Flur, den längsten Schal, den überfülltesten Kühlschrank, den arbeitsamsten Papa, die ruhigste Mama und die weißesten Lügen!«

Aber mein neuer Sarkasmus war zu viel für Mama.

Sie ist türenknallend in ihrem Zimmer verschwunden.

Früher hätte sie nie eine Tür zugeknallt, früher, als du noch hier bei uns warst.

Jetzt würde sie die Tür wahrscheinlich sogar aus den Angeln reißen und aus dem Fenster schmeißen, wenn sie nur stark genug wäre. Und dann würde sie auch gleich noch den Wohnzimmerschrank, den Schreibtisch von Papa und die hässliche Kommode aus dem Fenster schleudern. Und mich gleich mit, denn ich bin so etwas wie ein Anti-Feng Shui. Ich mache alles unruhig.

Aber vielleicht sind auch Mama und Papa schuld.

Ich meine, ich habe mich doch so sehr bemüht, alles zusammenzuhalten. Ich kaufe ohne zu murren das Hundefutter für Fork, wenn Mama es wieder einmal vergessen hat. Und ich gieße auch alle Blumen im Haus. Ja. Sogar deine Bettdecke schüttele ich auf, seit Mama damit aufgehört hat.

Ich glaube, du musst wirklich bald zurückkommen, April!

Denn ich bin nicht genug.

Sag Ana doch bitte, dass wir dich mehr brauchen als sie dich braucht. Sag ihr, sie soll sich eine andere Freundin suchen. Es gibt so viele Menschen. Und du magst uns doch auch mehr als Ana. Oder? Ich meine, wenn du wählen müsstest, so richtig, für immer und ewig bis zum Ende, dann würdest du doch Mama, Papa, Fork und mich wählen. Und vielleicht auch noch Sven.

So ist es doch.

Nicht wahr?

Du würdest dich niemals für Ana entscheiden.

Bitte, April, bitte, sag die richtige Antwort auf diese Frage. Denn es ist die wichtigste Frage auf der Welt. Ich kenne keine andere Frage mehr. Letztendlich laufen doch alle Buchstaben zu dir und ich renne hinterher und versuche, nicht so viel zu stolpern.

Diese Frage ist alles. Alles, was ich wissen muss.

Wirst du dich gegen Ana entscheiden.

Und für uns?

Wenn du nein sagst, dann geht alles kaputt.

Am meisten du.

Und ich.

Deine Phoebe

Liebe April,

es ist Februar. Ich weiß, ich habe lange nicht mehr geschrieben, fast zwei ganze Wochen nicht. Aber ich musste viel lernen, für die Schule. Und ich musste aufpassen, dass Mama und Papa sich nicht scheiden lassen oder irgendeinen anderen Blödsinn machen.

Ich habe einen Ratgeber gekauft über Depressionen, denn ich bin mir ziemlich sicher, dass unsere Eltern schwerkrank sind. Wenn du Mama und Papa sehen könntest, dann würdest du verstehen, was ich meine.

Eine freundliche Frau im Buchladen hat mir geholfen, das Buch aus dem Regal zu holen, weil es so weit oben stand, und dann hat sie mich gefragt, für wen ich den Ratgeber denn brauche.

»Für mich«, habe ich ihr erklärt. »Weil ich zwei unglückliche Eltern zu Hause habe und nicht alles noch schlimmer machen will. Deshalb lerne ich jetzt etwas über die Sachen, die in einem Gehirn passieren, wenn das Glück ausgesperrt ist. Außerdem ist es immer gut, wenn man sich mit der Seele auskennt. Der Umgang mit menschlichen Wesen ist nämlich schwierig und erfordert Geschick und Erfahrung. Vor allem der Umgang mit Erwachsenen.«

»Aber Kind«, hat die Buchverkäuferin gesagt, »du bist doch noch so jung! Kannst du das denn überhaupt schon lesen? Und hast du denn niemanden, mit dem du reden kannst?«

»Natürlich kann ich lesen!«, habe ich gesagt. »Ich kann auch ganz viel schreiben. Briefe um Briefe um Briefe. Sogar wenn keine Antwort zurückkommt. Und wenn das Buch zu schwer geschrieben ist, dann lese ich halt jede Seite so oft, bis ich sie am Ende doch verstanden habe. Man muss nämlich kämpfen für das, was man will! Und ich will meine Familie zurück. Alle drei: Mama, Papa und April! Und reden kann ich natürlich auch mit vielen Menschen: Mit Frau Ahrens, die gibt mir sogar immer Zitronenkekse, und ich darf dabei eine Schulstunde schwänzen, oder mit Frau Neumann, oder mit Tante Magda, oder mit meiner Freundin Paula, oder mit Paulas Eltern, oder mit Jerry, dem Agenten. Ich könnte mit allen Menschen auf der Welt reden, die deutsch sprechen, wenn ich wollte. Vielleicht sogar mit denen, die Englisch können, aber dann halt nicht so viel. Ich könnte alles erzählen. Ich bin nämlich nicht schüchtern. Und mein Wortschatz ist ziemlich ausgeprägt. Aber ich habe keine Lust mehr. Denn bald kommt der Frühling, und dann kommt der April. Und wenn der April ohne April kommt, dann will ich ihn gar nicht haben.«

Da hat die Buchverkäuferin mich an die Hand genommen, als wäre ich ein kleines Kind, das seine Mama verloren hat, und mich an die Kasse gebracht. Da durfte ich dann vor, obwohl ganz viele Menschen anstanden. Die Verkäuferin hat das Buch sogar extra billiger für mich gemacht – das ist bestimmt verboten. Ich hoffe, sie wird deswegen nicht gefeuert. Und dann hat sie mir auch noch einen bunten Bleistift, einen Mausradiergummi, zwei Bonbons und eine Packung Briefpapier mit Regenbögen darauf geschenkt.

Deshalb schreibe ich dir heute auf dem schönen Papier und mit einem Bleistift. Sonst schreibe ich ja immer mit den Buntstiften, damit du etwas Farbe in der Klinik hast. Aber ab jetzt werde ich in Grau schreiben, denn ich habe beschlossen, erwachsen zu werden. Vielleicht kaufe ich morgen auch einen Kugelschreiber.

Frau Neumann hat zwar gesagt, dass das nicht gut für die Handschrift ist, aber solange ich selbst lesen kann, was ich schreibe, ist mir das egal. Außerdem muss ich mit der Zeit gehen, schließlich bin ich noch jung und geistig flexibel. Und in der neuen Zeit schreiben alle E-Mails oder drucken ihre Briefe aus. Da kann man ruhig seine Handschrift verderben.

Das Buch über Depressionen ist sehr dick. Und es stehen viele Wörter darin, die ich nicht kenne. Aber dafür gibt es ja ein Lexikon und den Duden, wir haben in der Schule gelernt, wie man so etwas benutzt. Paula meinte, ich könnte auch googlen, aber Papa findet das nicht so gut.

Ich lese außerdem jeden Satz mehrmals. Damit ich ja nichts falsch verstehe und den Schaden ins Unermessliche ausweite. Ich will mich doch ab jetzt immer richtig verhalten, damit wir eine Zukunft haben.

Neulich hat Mama fünf Torten hintereinander gebacken, so richtig mit Sahnecreme und Verzierung und Streuseln und Puderzucker, obwohl niemand Geburtstag hatte. Und heiraten wollte auch keiner. Nicht einmal River, die immer noch mit ihrem John herumknutscht und mit ihm und Terminator 3 durch den Park läuft. Da John und ich jetzt Freunde sind, fände ich es eigentlich gar nicht mal so schlimm, wenn die beiden eine Familie werden würden. Seit ich John mit dem richtigen Blick sehe, weiß ich ja, dass er ein guter Mensch ist und dass es sich lohnt, wenn River ständig ihre Haare für ihn bürstet und den Himbeer-Lipgloss benutzt.

Wie auch immer. Als Mama jedenfalls fertig war mit ihren fünf Torten, da hat sie die Küche geputzt, bis alles wieder geglänzt und gefunkelt hat. Und dann hat sie den Tisch gedeckt mit dem restlichen Geschirr, das sie noch nicht zerdeppert hat.

Sie hat sogar Servietten aus dem Schrank geholt. Die buntgeringelten, die wir eigentlich nur an Geburtstagen benutzen. Dann hat sie Papa und mich gerufen, so laut, dass das ganze Haus gezittert hat. Wir sind genau zur gleichen Zeit in der Küche angekommen, aber das war kein Zufall oder Schicksal – das war einfach nur, weil wir uns beide nicht alleine in die Küche getraut haben und am Anfang vom Flur aufeinander gewartet haben, um das letzte Stück gemeinsam zu gehen.

»Könnt ihr bitte ganz viel von der Torte essen«, hat Mama gesagt. »Sonst wird sie schlecht und dann muss ich sie wegwerfen.«

»Wir sollen fünf Torten essen?«, hat Papa entsetzt gefragt. »Fünf?«

»Nein«, hat Mama erwidert. »Ihr sollt nur so viel essen, wie ihr wollt. Den Rest kann ich ja wegschmeißen.«

»Wird die Torte denn so schnell schlecht?«, habe ich gefragt.

»Ja«, hat Mama geantwortet. »Die wird sofort schlecht!«

»Aber du hast sie doch gerade erst gemacht«, habe ich gesagt. »Wie machen die das denn in einer Bäckerei? Die können doch nach einer Stunde nicht alle Torten wegschmeißen!?«

»Verdammt, Phoebe!«, hat Mama gebrüllt und auf den Tisch gehauen. Mehr hat sie nicht gesagt an diesem Abend, sie hat sich nur an den Tisch gesetzt und erwartungsvoll auf Papa, mich und die fünf Torten geblickt.

Es war schon spät, und weder Papa noch ich hatten Lust auf Torte, aber wir haben uns nicht getraut, das zu sagen, und deshalb haben wir uns schweigend an den Tisch gesetzt, so weit weg von Mama wie möglich. Und dann haben wir jeder drei Stück Torte gegessen, damit Mama nicht anfängt zu weinen.

Aber am Ende hat sie trotzdem geweint.

Und dann hat Papa die Torten an unsere Nachbarn verteilt. Die mögen uns jetzt alle noch mehr als vorher, weil Mama so gut backen kann. Aber Mama und Papa wollen keine neuen Freunde haben. Sie haben ja nicht einmal Zeit für ihre alten Freunde.

Sie wollen nur dich, April. Sie wollen, dass du nach Hause kommst.

Und ich, ich will das auch.

Du bist der Grundstein in meinem Wortschatz, für einen glücklichen Satz. Ohne dich habe ich keine Wortgemeinschaften. Ohne dich steht jedes Wort alleine in einem fremden Raum.

So wie ich.

Deine Phoebe

Liebe April,

du bist tot. Also muss ich dir nicht mehr schreiben.

Du bist tot. Einfach weg. Und gerade warst du doch noch da.

Vor einer Woche habe ich dir den letzten Brief geschrieben. Ob du den wohl noch bekommen hast? Ich weiß gar nicht, wie schnell die Post ist. Denn Menschen streiken doch ständig.

Aber all diese Fragen sind jetzt nicht mehr wichtig.

Du bist tot.

Es ist egal, wie lange die Post braucht.

Jetzt ist es für immer egal, weil ich nie wieder einen Brief schreiben werde.

Phoebe

Liebe April,

heute ist der erste Tag nach deinem Todestag.

Ich schreibe dir, obwohl man Verstorbenen keine Briefe schreibt. Ich weiß, dass es nichts bringt, Toten zu schreiben – denn Tote können nicht lesen. Aber was soll ich denn sonst machen? Das Buch über Depressionen habe ich schon durchgelesen. Es hat nicht geholfen. Denn jetzt weinen alle. Alle. Sogar Oma und Opa, obwohl die uns doch gar nicht kennen. Sie sind schließlich nur alle drei Jahre in Deutschland. Aber jetzt telefonieren die beiden mit Mama, und Oma hat so laut geheult, dass ich es ohne den Lautsprecher bis in den Flur hören konnte.

April?

Bist du wirklich tot?

Mama und Papa haben doch immer gesagt, dass du wieder gesund werden würdest!

Und als ich dich das letzte Mal gesehen habe, damals, vor Monaten, da hast du zwar schrecklich dünn ausgesehen, aber du warst doch nicht so schlimm krank, dass dein Herz davon einfach kaputtgeht und aufhört zu schlagen. Man stirbt doch nicht mit sechzehn! Man stirbt erst, wenn man alt ist, oder wenn man von einem Auto umgefahren wird, oder wenn man in einem See ertrinkt. Man schläft doch nicht einfach so ein, weil das Herz aufgibt! Mit sechzehn!

Das Leben ist so schön, April, das darf man nicht einfach aufgeben.

Aber dein Herz hat nicht bestanden.

Und die Ärzte konnten dich nicht mehr wiederbeleben.

Sie haben es versucht und versucht und versucht. Das hat Mama mir so gesagt. Aber du warst zu schwach und zu tot. Und dein Körper war längst leer, weil du weggeflogen bist, an einen anderen Ort, den wir nicht kennen.

April.

Ach, April.

Warum hast du denn nichts gesagt? Warum hast du mir denn nicht erklärt, wie schrecklich Ana ist? Ich dachte, sie wäre gemein und böse und schlecht. Aber ich konnte doch nicht ahnen, dass sie eine Mörderin ist.

Warum hast du mich denn nicht um Hilfe gebeten? Ich hätte dir doch etwas von meiner Kraft abgegeben. Und zusammen hätten wir es geschafft. Ich hätte dir geholfen.

Ganz bestimmt. Irgendwie.

Und ich hätte nie zugelassen, dass Ana deine Stimme wegnimmt und deinen Körper von innen auffrisst! Ich hätte dich aufgefangen, damit du nicht auf den Boden fällst und zerbrichst.

April.

Meine liebe April.

Mama und Papa haben mir nie verraten, dass Anas Geschichte die vom Tod erzählt. Und sie haben kein einziges Mal gesagt: »Du musst dich verabschieden, Phoebe, denn April wird nicht mehr zurückkommen. Sie ist so schwach, dass sie kaum noch atmen kann. Ana wird sie mit sich nehmen. Und du wirst April nie wiedersehen.«

Sie haben es gewusst, in den letzten Wochen.

Sie wussten, dass es zu Ende geht.

Aber sie haben es mir nicht gesagt.

Deshalb konnte ich dir keinen Abschiedsbrief schreiben. Und ich hatte nicht die Gelegenheit, ein Zugticket zu kaufen, um dich besuchen zu fahren. Ich wäre einfach abgehauen, mitten in der Nacht. Und ich hätte ganz alleine herausgefunden, wie ich bis zu deiner Klinik komme. Und wenn ich mich zehnmal verlaufen hätte, oder sogar hundertmal, ich wäre trotzdem irgendwann bei dir angekommen.

Und ich hätte dich wiedererkannt, auch nach all den Monaten. Obwohl du nur noch ein winziger Hauch von einem Mensch warst. Du hättest deine schwachen Augen geöffnet, und du hättest mich zurückerkannt. So wie wir uns lieben – hin und zurück und durch die Zeit.

Nur Ana stand dazwischen.

Aber für diesen einen Moment hätte ich es geschafft, Ana beiseitezuschieben. Ich hätte sie einfach von dir fortgerissen, mit all meiner Kraft! Und dann hätte ich meine Arme um dich geschlungen, ganz sanft, damit ich dich nicht zerbreche. Und du hättest meine Wärme gespürt und mein bebendes Herz.

Du hättest wieder gewusst, dass es einen Grund zum Leben gibt.

Du hättest dich erinnert. An Mama und Papa.

An Fork und an River.

Und an mich.

An all die wunderschönen Tage.

Und vielleicht. Ganz vielleicht.

Hättest du dich noch einmal umentschieden.

Vielleicht hättest du das Leben gewählt.

Und nicht Ana.

Deine Phoebe

Liebe April,

wir haben so sehr auf dich gewartet.

Im Sommer, im Herbst, und jetzt – in diesem kalten, kalten Winter.

Aber ich werde nie wieder in dein Zimmer stürmen können, um zu rufen: »Hey April, guck mal!«

Denn du wirst nie wieder gucken können.

Und ich brauche deinen Namen nicht mehr. Nur

wenn ich von dir erzähle, sage ich *April*. Aber ich kann nicht mehr reden. Denn wenn ich meinen Mund aufmache und etwas sagen will, dann kann ich nur schluchzen und husten. Die Worte sind alle weg.

Mama will mich trösten. Aber das kann sie nicht, denn sie ist genauso traurig wie ich.

Und Papa ist so unglücklich, dass er immer im Garten auf der Bank an dem zugefrorenen Teich sitzt und auf ein Wunder wartet. Er mag gar nicht mehr reinkommen, obwohl es so schrecklich kalt draußen ist.

»Es ist nicht kalt«, hat Papa gesagt. »Es ist kein bisschen kalt. Ich spüre die Kälte nicht.«

Und deshalb lässt Mama ihn jetzt in Ruhe.

Alle deine Freunde sind auch traurig. Am traurigsten ist River. Gestern war sie hier und hat sich in deinem Zimmer auf dem Fußboden zusammengerollt und geweint. Sie wollte nicht mehr aufstehen, bis ihre Mama gekommen ist, um sie abzuholen.

Und da hat River angefangen zu schreien. So wie ich manchmal geschrien habe, damals, als ich noch Worte in mir hatte und der Sturm in mir zu einem fürchterlichen Donnergrollen herangewachsen ist.

Nachdem River zehn Minuten lang geschrien hat, ist auch noch ihr Papa gekommen. Der war sehr weiß im Gesicht und wusste nicht, was er sagen sollte. Er hat sogar vergessen »Hallo« zu sagen. Er ist einfach zur Tür hereingekommen und hat sich neben Fork gestellt. Und dann standen die Eltern von River mit unserer Mama in deinem Zimmer und haben zugeguckt, wie River geschrien und geschrien hat, während Papa am Teich gewartet und gewartet hat.

Keiner wusste, wie man den Schmerz beenden kann.

Am wenigsten ich.

Deine Phoebe

Liebe April,

Mama und Papa streiten jetzt anders als früher. Sie hören mittendrin auf und gehen auseinander. Und obwohl ihre Augen sich gegenseitig suchen, finden sie sich nicht. Sie brüllen auch nicht mehr. Und Mama hat, seit du tot bist, keine einzige Tasse mehr kaputt gemacht, nicht einmal eine Untertasse.

Ich glaube, die Gefühle von Mama und Papa sind Matsch. Paula meinte zwar: »Gefühle können nicht Matsch sein, weil Matsch ist Materie. Und Gefühle sind keine Materie, sondern Menschlichkeit.«

Aber ich glaube, auch Menschlichkeit kann Matsch sein.

Seit ich wieder sprechen kann, habe ich schon einige Sätze gesagt. Nicht viele, doch es ist ein Anfang, und meine Klassenkameraden haben sich gefreut und mich in den Arm genommen und nette Sachen zu mir gesagt.

Ich bin vorsichtig.

Denn der Sturm kommt immer.

Und er zieht mich mit sich, bis hinab zum Meeresgrund, da ist es tief – so abgrundtief wie der Winter in meinen Knochen. Ja. April, du warst mein Grund. Seitdem du nicht mehr da bist, gehen meine Worte unter.

Heute habe ich Mama und Papa gefragt: »Werdet ihr euch trennen? So wie Paulas Eltern? Und wenn ja, darf ich dann in eine eigene Wohnung ziehen? Ich will nämlich bei keinem von euch beiden wohnen. Unter keinen Umständen! Nicht einmal, wenn ich mehr Taschengeld bekomme oder Schokoladenaufstrich zum Frühstück. Und Fork nehme ich auch mit!«

Da haben Mama und Papa mich ganz entsetzt angeguckt, wahrscheinlich weil sie beide Fork behalten wollten, und dann hat Papa sich aufs Sofa gesetzt und Mama auch und dann wollten sie, dass ich mich zu ihnen setze, aber ich wollte nicht.

»Phoebe«, hat Papa gesagt.

Dabei weiß ich doch ganz genau, wie ich heiße.

»Phoebe«, hat Mama gesagt.

Dabei hatte Papa das drei Sekunden zuvor schon einmal gesagt.

Also habe ich den Kerzenständer vom Wohnzimmertisch genommen und ihn aus dem Fenster geworfen. Mit voller Wucht. Das Fenster war leider zu und deshalb lagen auf einmal überall Scherben auf dem Teppich. Fork im Garten hat losgebellt, und die Nachbarn haben blöd über den Zaun geguckt. Aber Mama und Papa haben nur stumm dagesessen und mich angestarrt, als wäre ich das falsche Kind.

Als hättest *du* übrig bleiben sollen.

Und nicht ich.

Da habe ich auch noch ein Buch, die Schere, den Wasserkrug und den Serviettenhalter aus dem kaputten Fenster geschleudert, und dann habe ich gesagt: »So! Kann mir jetzt endlich jemand erklären, wie es weitergehen soll? Ich bin nämlich erst neun Jahre alt. Ich habe noch nicht einmal ein Konto! Wenn ich ausziehe, dann bin ich der jüngste Mensch auf der Welt, der alleine leben muss. Aber wisst ihr was: Das bin ich doch sowieso schon – alleine! Ihr seid nämlich beide nie hier! Manchmal sehe ich eure Körper. Aber die sind leer. So wie eure Gefühle. Die sind genauso tot wie April! Verant*wort*ung kommt von *Wort*! Aber keiner von euch sagt auch nur ein Wort zu mir, das von einer neuen Zeit erzählt. Das heißt wahrscheinlich, unsere Zeit ist jetzt für immer vorbei! Also können wir eigentlich auch alle schlafen gehen und nie wieder aufwachen. Oder wir schließen uns in diesem düsteren Haus hier ein und lauschen, wie draußen der Schnee auf den gefrorenen Boden fällt, wie die Kinder Schlitten fahren und jubeln, wie Schneebälle gegen die Fensterscheibe fliegen und Schneeflocken an die Hauswand tropfen. Es ist kalt, hier drinnen noch mehr als da draußen! Es ist Winter ohne April. Und das wird es auch immer bleiben.«

Als ich fertig war mit Reden, waren sämtliche Gegenstände, die auf dem Wohnzimmertisch gestanden hatten, durch das kaputte Fenster in den Garten gesegelt.

Mama ist aufgestanden. Und Papa auch.

Dann hat Mama sich wieder hingesetzt, weil ihre Beine wacklig waren.

Aber Papa ist zu mir herübergekommen und hat sich vor mir auf den Boden gekniet, als wollte er mir einen Heiratsantrag machen oder als wollte er sich wirklich mit aller Macht entschuldigen.

Er hat meine kleine kalte Hand in seine große warme genommen. Und dann hat er mir ein Versprechen gegeben.

»Phoebe«, hat er gesagt, »Mama und ich werden uns nicht trennen. Wir gehen nur beide völlig unterschiedlich mit dem Schmerz um, und deshalb können wir uns nicht so gut im Arm halten. Verstehst du das, Phoebe? Wir strecken unsere Arme in unterschiedliche Richtungen aus, und deshalb berühren sie sich nicht. Aber wir tasten trotzdem weiter.«

»Du meinst also, irgendwann wird der Schmerz besser und dann liebt ihr euch wieder zurück?«, wollte ich wissen.

»Wir lieben uns immer«, hat Mama vom Sofa aus gesagt. »Hin und zurück und gemeinsam zu dir.«

»Das ist gut«, habe ich erwidert. »Es ist sinnvoll, sein Kind zu lieben.«

Da ist Papa vom Fußboden aufgestanden und hat mich hochgehoben. So wie früher, als wir noch wussten, wie man eine Familie ist. Das war ein schönes Gefühl. Ich war schon lange nicht mehr so weit oben gewesen. Meistens war ich auf den kalten Dielen in deinem Zimmer, unter dem nackten Bett, bei dem kahlen Lattenrost.

»Das ist wirklich gut«, habe ich von da oben wiederholt. »Denn wenn ihr euch trennen würdet, in einer Zeit wie dieser, dann würde ich mich auch trennen. Von mir selbst. Und dann hättet ihr eine geteilte Phoebe. Einen Haufen zersplitterter Grundbausteine. Und mein Wortschatz, der würde in alle Richtungen auseinanderstieben und es würde Jahre dauern, um alle meine Worte wieder einzufangen und sie zu meiner Geschichte zusammenzufügen.«

Leb wohl, meine liebe April,
deine Phoebe

Liebe April,

das ist mein letzter Brief an dich. Diesmal meine ich es wirklich ernst, denn wenn ich nicht endlich aufhöre, dir zu schreiben, dann höre ich niemals damit auf. Und ich muss doch leben. Nicht nur Todesbriefe schreiben und darauf warten, dass du eines Tages zurückschreibst. Denn das wirst du nicht.

Das wirst du nie mehr.

Deine Beerdigung war grau und kalt und nass. Ja. Es ist Winter. Wir mussten dich in dem gefrorenen Boden vergraben. Da liegst du jetzt, aber ich sehe dich vor mir, als wärst du hier bei mir und ich will dich umarmen und festhalten und niemals gehen lassen.

Ich habe Angst davor, mit dem Schreiben aufzuhören. Ich habe mich so sehr daran gewöhnt, dir zu schreiben. Und wenn ich nachher den Stift zur Seite lege und das Blatt Papier in einen Umschlag stecke, dann ist es vorbei. Endgültig.

Dann bin ich ein Einzelkind.

Was mache ich dann mit all den letzten Briefen? Sie liegen versteckt in meiner Schublade, unter den Socken. Wo soll ich sie hinschicken? Du hast mir ja nicht einmal geantwortet, als du noch am Leben warst.

Wie trostlos Worte herumliegen können.

Aber vielleicht werde ich, wenn ich einmal erwachsen bin, ein Wörterwiederverwerter. Vielleicht bin ich dann nicht mehr verloren in dem Nachhall deiner Stille, und vielleicht weiß ich dann wieder, wie wertvoll sich Worte lesen lassen.

Ja. Ich könnte all die Briefe nehmen und daraus ein Buch schreiben.

Ein Buch für dich, April.

In Gedenken.

Heute hat Paula mich wie immer von der Klavierstunde abgeholt. Sie saß zitternd auf den Treppenstufen vor der Musikschule und hat ein Salbeibonbon für ihren Hals gelutscht, weil sie ein bisschen heiser war. Als sie mich zur Tür herauskommen sah, ist sie aufgesprungen und hat mich ganz glücklich umarmt. Dann sind wir losgelaufen, in Richtung Einkaufszentrum, denn wir wollten uns neue Anhänger für unsere Freundschaftsarmbänder aussuchen.

»Bist du dir sicher, dass du mich niemals umbringen würdest?«, habe ich Paula plötzlich gefragt.

Die Frage kam einfach so aus meinem Mund geschossen. Ich konnte die Worte nicht kontrollieren, und ich war genauso erschrocken darüber wie Paula.

Paula hat sich an ihrem Salbeibonbon verschluckt und sieben Mal gehustet, dann hat sie mich aus großen Augen angestarrt und gesagt: »Aber ich bin doch deine Freundin, Phoebe! Deine beste Freundin auf der Welt! Warum sollte ich dich umbringen!?«

Und da habe ich endlich, endlich, nach all der Zeit,

richtig weinen können. Ohne zu schreien und ohne zu brüllen, sondern einfach nur müde und erschöpft von dem kaltem Winter.

Paula hat mich in den Arm genommen und gestreichelt. Ihre Finger waren eiskalt und blau, aber sie hat sich nicht beschwert über den unpassenden Moment.

»Nicht alle Freundinnen sind so wie du«, habe ich zu Paula gesagt, nachdem die Tränen weggeweint waren. »April hatte auch eine Freundin – ihr Name war Ana. Und jetzt sind sie beide tot.«

»Aber ich bin doch nicht Ana!«, hat Paula da gesagt. »Und du bist nicht krank. Wir werden beide leben. Ganz sicher. Du wirst schon sehen!«

Und Paula hat meistens recht. So war es früher, als wir noch zusammen im Sandkasten gespielt und überlegt haben, wie viele Kastanien in ein Seestern-Buddel-Förmchen passen, und so war es in der ersten Klasse, als Hazel gefragt hat, ob in einem Meer voller Worte die hungrige Stille ertrinkt.

Und so ist es auch noch heute.

Heute.
Ohne dich.

Es ist Winter, der erste Winter ohne dich,
und er ist kälter als jeder Winter zuvor.
Aber wenn dieser Winter vorübergeht,
wenn er sich zurückzieht, mit seinen weißen Flaggen;
und wenn dann ein neuer Frühling kommt,
mit einem neuen April,
dann werde ich deinen Namen flüstern.
An jedem Tag.

Phoebe

Winterbones in April

Liebe Phoebe,

unsere Eltern stehen auf dem Hof vor der Klinik und starren ihr Auto an. Bewegungslos. Erfroren. Versteinert. Sie reden nicht miteinander. Sie erkennen sich nicht mehr. Mama guckt den rechten Seitenspiegel an, und Papa fixiert die blankgeputzten Felgen. Es ist Sommer, aber die beiden sehen aus, als würden sie frieren oder jeden Moment von einem heftigen Herbststurm beiseite gefegt.

Sie waren schon den ganzen Tag über so still. Aber das ist ja nichts Neues, unsere Eltern haben vor langer Zeit verlernt, mit mir zu sprechen. Ich habe mich längst an das hässliche Schweigen gewöhnt, und wenn sie etwas sagen, klingen ihre Worte hohl.

Mama sagt immer: »Du musst etwas essen! Du bist viel zu dünn!«

Und Papa sagt gar nichts. Er fragt mich nur manchmal, wie es mir so gehe. Aber wenn ich ihm dann antworte, hört er nicht hin, oder er sagt: »Hm. Ja. Hm. Aha.«

Manchmal fragt Papa mich auch: »Warum, April? Warum?«

Aber wenn ich ihm diese Frage beantworten könnte, dann wäre ich nicht hier, sondern gesund. Zumindest wäre ich dann nicht so einsam mit meinen verlorenen Worten, denn wenn man eine Stimme hat, um sich auszudrücken, dann braucht man nur noch die richtige Sprache und die passende Betonung, und schon bezeichnet man sich selbst. Aber ich habe es geschafft, mich mitsamt meiner Stimme auszuradieren, und jetzt bin ich ein nutzloser Buchstabe ohne Zugang zum Alphabet.

Weißt du, Phoebe, unsere Eltern sind wütend auf mich, weil ich seit Jahren nicht mehr mit ihnen rede. Dabei waren sie früher immer wütend auf mich, weil ich zu viel geredet habe. Als Kind hatte ich unendlich viele Fragen und einen Wortschatz voll unerforschter Wortgründe. Aber unsere Eltern haben mich immer nur stirnrunzelnd angestarrt und gesagt: »April, hör auf von Dingen zu reden, die du noch nicht verstehen kannst. Die Sonne scheint – geh raus und spiel mit den anderen Kindern!«

Das haben sie sogar gesagt, wenn es in Strömen geregnet hat. Ja, selbst wenn Hagelkörner, so groß wie Felsbrocken, vom Himmel heruntergekracht sind.

Also habe ich irgendwann aufgehört zu fragen.

Und dann habe ich aufgehört, Wörter zu erfinden.

Und erfundene Worte zu benutzen.

Am Ende habe ich ganz aufgehört zu sprechen.

Es hat drei Monate gedauert, bis Mama und Papa

begriffen haben, dass ich nicht mehr mit ihnen rede. Drei ganze Monate.

Papa hat gefragt: »April, bist du krank?«

Mama hat genervt hinzugefügt: »Was ist denn jetzt schon wieder los?«

Und du hast gesagt: »April redet schon seit Wochen nicht mehr mit euch, habt ihr das echt nicht gemerkt!?«

Da hat Mama angefangen mich anzuschreien, und Papa hat mitgeschrien.

Du hast dir deine Ohren zugehalten und die Augen verdreht.

»Meint ihr wirklich, das bringt etwas?!«, hast du irgendwann dazwischengebrüllt. »Ich bezweifel, dass April jemals wieder mit euch redet, wenn ihr sie den ganzen Tag lang anschreit! Und außerdem kann April *mir* ja alles sagen, was sie euch sagen will, ich leite es dann weiter. Ich bin gerne das Bindungsglied – das Familienbindungsmitglied.«

Da waren Mama und Papa auf einmal still.

Und ich war auch still.

Und du warst irgendwo dazwischen und wolltest helfen.

Aber die Stille ist nie wieder weggegangen.

Und jetzt bin ich hier: In einer Klinik für gestörte Jugendliche, die das Leben stören.

Das Verrückte daran ist, dass Mama und Papa bei dem Einführungsgespräch so getan haben, als wäre *ich* diejenige gewesen, die nicht mehr mit ihnen sprechen wollte, dabei habe ich es jahrelang versucht; ich habe jedes Wort benutzt, das ich kenne, um ihnen zu erklären, was ich weiß und was ich nicht weiß, was ich fühle und was ich nicht fühle, was ich mir wünsche und wovor ich Angst habe, was ich brauche und was ich ihnen nicht geben kann. Ich habe Sätze gebastelt,Worttürme und Wortgemäuer, ich habe alles versucht, um nicht in meinem Wortchaos zu verschwinden.

Um bei ihnen zu bleiben.

Ich war neun Jahre alt, so alt wie du jetzt bist, als ich meine Stimme aufgegeben habe. Mama hat damals zu mir gesagt: »Verdammt, April! Kannst du nicht einmal fünf Minuten lang wie ein ganz normales Kind sein?«

Und Papa hat hinzugefügt: »Du bist ein Wortungeheuer.«

Mehr haben sie nicht gesagt. Dann ist Mama mit dir auf den Spielplatz gegangen und Papa ist in seinem Arbeitszimmer verschwunden, um Akten zu sortieren.

Ich habe mich währenddessen in meinem Zimmer unter das Bett gelegt und den Lattenrost angestarrt. Dann habe ich meinen Mund geöffnet, um ein Wort zu finden, dass von meiner Einsamkeit spricht. Aber ich habe es nicht gefunden. Und da habe ich mich verloren.

Seitdem bin ich immer leiser geworden.

So leise, dass da irgendwann nur noch die Stille war.

Weißt du, Phoebe, du bist der einzige Mensch auf der Welt, mit dem ich gerne spreche. Sogar mit meiner besten Freundin River rede ich kaum – keine Ahnung, weshalb sie mich trotzdem noch mag. Wenn es dich nicht gäbe, dann wäre ich mittlerweile wahrscheinlich vollkommen verstummt.

Du bist alles das.

Was von mir spricht.

Das Einführungsgespräch war schrecklich.

Mama hat die ganze Zeit über kein Wort gesagt und wütend zwischen Papa und mir hin- und hergeguckt. Papa hat auch nicht viel gesagt – du kennst ihn ja – und stattdessen krampfhaft versucht, die wütenden Blicke von Mama zu ignorieren.

Der Psychologe hat mehr oder weniger Selbstgespräche geführt, aber das schien ihm egal zu sein. Wahrscheinlich reden die meisten Menschen sowieso am liebsten mit sich selbst, der Zeit und den angrenzenden Wänden. Schließlich hat er die beiden gefragt: »Wie würden Sie ihre Tochter charakterisieren?«

Mama hat aus dem Fenster gestarrt, als hätte sie nichts gehört, und Papa hat erst lange überlegt und dann gesagt: »Starrsinnig und unkooperativ.«

Daraufhin hat der Psychologe etwas in meine Akte gekritzelt, und Papa hat eine Notiz in seinen Kalender gemacht. Mama hat sich geräuspert. Und ich habe so getan als wäre ich nicht da.

Dann war das Gespräch vorbei.

Und ich wollte sterben.

Zu guter Letzt saßen wir zu dritt in einem Wartezimmer herum. Worauf wir warteten, ist mir bis jetzt noch nicht ganz klar. Jedenfalls fand Mama ihre Stimme wieder. »Sieh nur, was du angerichtet hast, April!«, hat sie gezischt. »Wie konnte es nur so weit kommen!? Was hast du dir bloß dabei gedacht!?«

Und Papa hat gemurmelt: »Unglaublich. Unglaublich. Unglaublich!«

Als ob ich ein einziger Fehler wäre.

Als ob alles gut wäre, wenn ich besser wäre.

Als ob ich den Schaden ganz alleine verursacht hätte.

Du kennst ja unsere Eltern, sie drehen alles so lange hin und her, bis allen Beteiligten schlecht geworden ist. Bis keiner mehr kann. Und keiner mehr will.

Okay. Vielleicht übertreibe ich ein bisschen. Aber das liegt wahrscheinlich daran, dass ich so verletzt bin. Ich bin zwar freiwillig hierher gekommen, aber es fühlt sich trotzdem an, als hätten die beiden mich abgeschoben. Es ist, als würden sie mich aufgeben, als würden sie mich endgültig für todkrank und lebensunfähig erklären.

Und während ich hier oben am Fenster sitze und mich von meinem Leben verabschiede, kommt es mir beinahe so vor, als hätten sie vielleicht sogar recht. Ich meine, ich würde mich auch nicht gerne als Tochter haben, ich hätte lieber ein anderes Kind.

Ich hoffe nur, dass die beiden dich gut behandeln, Phoebe. Sie haben zwar einen Schock gekriegt, als du angefangen hast zu sprechen und genau den gleichen Wortverbrauch an den Tag gelegt hast wie ich, aber dann haben sie einfach beschlossen, diesen Teil zu ignorieren und dich schrecklich zu lieben, ohne Wenn und Aber. Manchmal stehen sie etwas hilflos neben deinen Worten, klar, wie sollte es anders sein, doch abgesehen davon versteht ihr euch ja ganz gut. Und ich denke, dass die beiden sich um dich bemühen werden, denn du bist jetzt schließlich das einzige normale Kind, das sie noch haben.

Es ist schön, dass du in manchen Dingen das komplette Gegenteil von mir bist – dass du gerne redest und lachst und atmest, und noch schöner ist, dass unsere Eltern dir dabei zuhören. Ja. Ich bin so froh, dass wenigstens eine von uns meistens glücklich ist.

Weißt du, Mama und Papa behandeln dich ganz anders als sie mich früher behandelt haben. Als ich noch klein war, da hat Papa fast die ganze Woche über in München gearbeitet, und wenn er am Wochenende zu Hause war, dann haben die beiden sich viel gestritten. Ich glaube, wenn Mama nicht mit dir schwanger geworden wäre, dann hätten unsere Eltern sich damals getrennt. Aber als du geboren wurdest, da haben sie endlich wieder angefangen sich um einander zu bemühen und sich zu vertragen. Auf einmal wollten sie eine richtige Familie sein.

Papa hat sich selbständig gemacht und ist zurück nach Hause gekommen, und Mama hat sich einen neuen

Lippenstift und hübsche Kleider gekauft. Es war, als ob du das Glück zurück ins Haus gebracht hättest.

Und irgendwie hast du das auch.

Ach, Phoebe, ohne dich wäre ich wahrscheinlich schon vor einigen Jahren abgehauen. Denn du bist der einzige Teil unserer Familie, der funktioniert. Wir anderen sind alle so sehr mit uns selbst beschäftigt, dass wir uns ständig gegenseitig über den Haufen rennen. Wir können alle zusammen an ein und demselben Tisch sitzen und über dasselbe Thema nachdenken, aber trotzdem wird sich kein einziger unserer Gedankengänge kreuzen. Doch dann kommst du und sagst einen von deinen wunderschönen Sätzen, und alles ändert sich.

Ich hoffe, du wirst für immer wie ein Wirbelwind durch die beengten Räume unseres Hauses rennen. Ich hoffe, dass du an jedem einzelnen Tag so viel Krach machst, wie du hören möchtest, und ich hoffe, dass du jedes deiner Worte so oft sagst, bis es mit Sicherheit verstanden wird.

Unsere Eltern sehen fehl am Platz aus. Hier, mitten in der Einöde, umgeben von den hohen Klinikmauern. Sie sind die Einzigen, die sich gerade auf dem Hof befinden, und ich bin das einzige Mädchen, das heute angereist ist.

Jetzt kommt Bewegung in ihre erstarrten Körper: Sie steigen ins Auto, und Papa startet den Motor. Sie flüchten vor mir und vor diesem Ort.

Ich bin froh, dass sie endlich gehen, denn es tut weh, die beiden ganz nah bei mir zu haben und trotzdem zu wissen, dass ich sie niemals erreichen kann. Mama ist furchtbar sauer auf mich. Sie hat gesagt, dass ich mit Absicht krank geworden sei und dass ich das alles nur mache, um ihre Aufmerksamkeit zu bekommen. Sie wirft mir vor, egoistisch zu sein. Selbstsüchtig.

Zum Abschied hat sie gesagt: »April! Was auch immer du mit deinem Leben anstellst, halte deine kleine Schwester da raus! Du weißt genau, wie Phoebe ist. Sie hat ihren Kopf sowieso schon voll mit verrückten Gedanken! Und wenn sie jetzt auch noch anfängt, sich den ganzen Tag lang mit deiner albernen Magersucht zu beschäftigen, dann kommt sie nur auf dumme Ideen! Also werd endlich wieder gesund, April! Und lern, vernünftig zu essen! Herrgott, du bist sechzehn Jahre alt, du hast dein Leben noch vor dir! Also reiß dich gefälligst zusammen! Komm verdammt nochmal zur Vernunft! Und dann komm zurück nach Hause.«

Wir haben uns angestarrt, Mama und ich. Und in diesem Moment haben wir uns gehasst. Obwohl wir uns eigentlich lieben. Ja. Obwohl ich weiß, dass sie nur so zu mir ist, weil sie hilflos ist. Aber ich bin doch auch hilflos, noch viel hilfloser als Mama und Papa zusammen.

Mama hat geblinzelt.

Und dann hat sie gesagt: »April, du wirst KEINE Briefe an Phoebe schreiben! Du wirst ihr nicht von dieser kaputten Welt erzählen! Hast du das verstanden, April!? Phoebe ist zu klein dafür. Und du hast nun wirklich schon genug kaputtgemacht! Du hast es geschafft, unsere ganze Familie zu zerstören, das muss man erst einmal schaffen! Du bist untragbar für jeden hier!«

Das hat Mama zu mir gesagt. Sie hat es sogar noch einmal wiederholt. Damit ich es auf jeden Fall verstehe. Ihre Worte waren besser als jede handgreifliche Gewalt. Sie haben mich umgehauen, weggefegt, und dann sind sie auf mir herumgetrampelt, bis jeder Knochen in meinem Körper zersplittert war.

Schließlich hat Mama sich umgedreht und ist weggegangen, ohne sich zu verabschieden. Sie hat mich einfach stehen lassen. Im Regen. In meinem Regenschauer, der mich davongetrieben hat.

Vielleicht hätte Mama mich retten können, vielleicht hätte sie ihre Arme um mich schlingen und sagen können: »April, bitte werd wieder gesund! Wir lieben dich. Wir brauchen dich zu Hause! Du gehörst zu uns. Versprich mir, dass du gesund wirst. Ohne dich wird der Winter zu kalt!«

Aber Mama hat mich fallengelassen. Sie hat mich so herablassend angesehen und sie ist so gelassen davonspaziert, als würde sie mich für immer verlassen. Als mache es ihr nicht das Geringste aus, weil ich ohnehin nur ein Fehler bin.

Papa hat mir zum Abschied auf die Schulter geklopft.

Als wäre ich ein guter Bekannter. Oder ein Arbeitskollege.

»Bis bald«, hat er gesagt.

Als würden wir uns demnächst wieder sehen.

Er hat sich nicht getraut, mich zu umarmen, dabei hätte ich mich so gefreut, wenn wenigstens er versucht hätte, mich zu halten. Es wäre ein Stückchen Hoffnung gewesen, ein Stück Lebensbestand.

Aber Papa ist einfach Mama hinterhergegangen. Und die beiden haben sich kein einziges Mal umgesehen; sie haben mir nicht zugewunken, und aufmunternd gelächelt haben sie auch nicht.

Es war der letzte Augenblick.

In dem ich Eltern hatte.

Danach waren sie weg.

Liebe Phoebe, es ist wahrscheinlich vollkommen sinnlos, dass ich dir schreibe, denn ich kann dir die Briefe ohnehin nicht schicken. Mama würde sie sofort aus dem Briefkasten fischen und wegwerfen. Wahrscheinlich hat sie sogar einen Alarmchip im Briefkasten montiert, der sofort anfängt zu piepen, sobald ein Brief mit meiner Handschrift bei euch ankommt.

Ich könnte die Worte an River schicken und sie darum bitten, dir die Briefe heimlich zuzustecken, aber wer weiß, vielleicht hat Mama sogar recht, und ich sollte dich mit meiner Krankheit in Ruhe lassen.

Du hast ein schönes Leben verdient.

Du solltest dich nicht mit mir verlieren.

Also werde ich dir einfach schreiben und alle Briefe aufheben, anstatt sie abzusenden. In ein paar Jahren, wenn du kleines Genie vier Klassen übersprungen hast und wahrscheinlich die erste dreizehnjährige Literaturstudentin bist – dann gebe ich dir einen Schuhkarton voll mit diesen Briefen. Natürlich wirst du ganz empört mit den Augen rollen und sagen: »April, du blöde Kuh! Warum hast du sie mir damals nicht geschickt? Ich war so traurig, weil du mir kein einziges Mal geschrieben hast!«

Und dann werde ich sagen: »Frag Mama, die weiß alles.«

Du wirst erwidern: »Das bezweifle ich!«

Und dann würden wir zusammen lachen und uns in den gleichen Jungen verlieben, obwohl du sieben Jahre jünger bist als ich. Aber wenn du weiterhin mit deinen außergewöhnlichen Sätzen um dich wirfst und die Welt mit deinen Augen und Ohren verschluckst, dann werde *ich* demnächst diejenige sein, die zu dir kommt und dich mit Fragen überhäuft.

Ach, Phoebe.

Ich sitze hier und würde gerne weinen. Ich fühle mich so verloren. Das Klinikzimmer ist klein und hässlich. An den Wänden hängen zwei ziemlich gleich aussehende Kinderbilder, die irgendwelche bemitleidenswerten Wesen in ihrer Kunsttherapie zu Papier gebracht haben. Es sind Strudel aus bunten Kreisen und Schnörkeln mit verschmierten Kreuzen, und mittendrin ist jeweils ein explodierender Feuerball. Vielleicht sollen es aber auch einfach betrunkene Regenbögen oder Silvesterblitze sein.

Man kann sich in diesem Raum kaum bewegen. Abgesehen von zwei winzigen Schränken, zwei aneinandergequetschten Nachttischen, einem Schreibtisch mit zwei Stühlen, einem Mülleimer und zwei Betten gibt es hier nichts.

Das Badezimmer hat keine Tür, und die Fenster sind verriegelt. In den Steckdosen stecken Spezialsicherungen, die Luft riecht nach Desinfektionsmittel und Tod, und ab und zu piepsen gelangweilte Durchsagen und Aufrufe aus einem Lautsprecher im Flur.

Phoebe, meine liebe kleine Phoebe.

Ich hoffe, du wirst nie an einem Ort wie diesem sein.

Ich hoffe, du bist immer da, wo du hingehörst – im Leben.

Sei umarmt, ganz fest.

Deine April

Liebe Phoebe,

heute ist mein zweiter Tag hier und ich glaube, ich drehe bald durch. In der Nacht flog alle zwei Stunden die Tür auf und irgendeine Nachtschwester hat überprüft, ob ich noch am Leben bin oder schon versucht habe, mich mit einem Laken zu erhängen.

Ich teile mir das Zimmer mit einem anderen Mädchen. Isabella ist so alt wie ich und sehr hübsch mit ihren langen dunkelblonden Haaren, den grünen Augen und den winzigen Sommersprossen auf ihren Wangenknochen.

Ich habe die ganze Nacht über wach gelegen und den Klinikgeräuschen gelauscht. Heute früh hatte ich ein paar Untersuchungen und dann eine Therapie, in der ich nichts gesagt habe, weil mir nichts eingefallen ist, das irgendwem hätte helfen können, mich besser zu verstehen.

Jetzt sitze ich wieder auf dem Fensterbrett und versuche, die Zeit totzuschlagen. Aber ich glaube, bevor ich die Zeit schlage, schlägt die Zeit mich. Und da ich sowieso vor jedem Tag kapituliere, wird sie ein leichtes Spiel mit mir haben.

Ich darf dieses Zimmer nicht verlassen, es sei denn, ich habe eine Therapie oder irgendeinen Bastelkurs. Oder es gibt etwas zum Essen. Und Essen gibt es hier anscheinend den ganzen Tag lang: Um 8 Uhr, um 10 Uhr, um 12 Uhr, um 16 Uhr und um 18 Uhr.

Aber da ich nicht vorhabe, irgendetwas zu essen, kann mir das egal sein. Von mir aus können die mich gerne an ein Bett ketten und eine Infusion nach der anderen in mich hineinpumpen. Vielleicht geschieht ja ein Wunder und sie schaffen es, Ana aus meiner Blutbahn zu fluten. Dann wäre ich wieder ich: ein Mädchen, ein Körper, ein Verstand, eine Seele.

Nahtlos miteinander.

Verbunden.

Meine Betreuerin hat mir vorhin eine vier Seiten lange Liste mit Regeln in die Hand gedrückt. Dabei hat sie mich von oben bis unten gemustert.

»Man sieht alle deine Knochen!«, hat sie abfällig gesagt. Dann hat sie sich umgedreht und ist weggegangen.

Ich habe die Regeln angestarrt.

Und Isabella hat zu mir gesagt: »Die ist immer so unfreundlich. Ich glaube, sie mag keine kranken Menschen. Wahrscheinlich mag sie überhaupt gar keine Menschen. Und am wenigsten mag sie Mädchen wie uns. Mädchen, die zu blöd zum Essen sind.« Dabei hat sie auf den Fußboden geblickt und gezittert.

»Bist du schon lange hier?«, wollte ich wissen.

»Drei Monate«, hat Isabella gesagt. »Und ich habe schon sieben Kilo zugenommen. Aber mittlerweile bin ich so müde von diesem Ort, dass ich kaum noch klar denken kann. Ich esse nur, damit ich endlich hier rauskomme. Ich glaube nicht, dass ich danach noch irgendetwas zustande bringe.«

Isabella saß auf ihrem Bett und hatte ihre Arme um ihren knochigen Körper geschlungen. Sie hat ganz leise gesprochen und sah furchtbar zerbrechlich und unglücklich aus.

»Du bist so dünn«, habe ich zu ihr gesagt.

»Aber du doch auch«, hat sie erwidert.

Da haben wir uns angelächelt.

Weil wir beide wussten.

Wie krank wir sind.

Abgesehen von den unzähligen Regeln habe ich auch noch ein Rehabilitations-Tagebuch bekommen. Da stehen lauter merkwürdige Sachen drin, und man soll sich selbst Fragen beantworten, die man niemals irgendwem stellen würde. Außerdem muss man für jedes erreichte Kilo ein Kreuz machen, seine Gefühle auf einer Skala von eins bis zehn eintragen, jeden Tag ein Bild malen, und schließlich seitenweise *persönlichkeitsspezifizierende* Listen ausfüllen – und jetzt frag bitte nicht, was *persönlichkeitsspezifizierende* Listen sein sollen, ich glaube, das weiß kein Mensch.

Dann ist in dem Tagebuch auch noch eine Briefvorlage drin, die braucht man nur noch zu ergänzen, und schon kann man seiner Familie und seinen Freunden einen ganz und gar persönlichen Brief schicken: *Liebe/r… das Wetter ist … und es geht mir … Heute hatte ich folgende Therapie … Die Therapie war …, und ich habe Folgendes gelernt … Zum Essen gab es … Meine beste Freundin heißt …, und wir spielen gerne zusammen … Mein bester Freund heißt …, und ich mag ihn, weil … Nachher werde ich … Bis bald …*

Hast du schon einmal so einen dämlichen Brief bekommen? Ich glaube, ich werde Mama und Papa jeden Tag einen ausgefüllten Vordruck schicken, nur um die beiden zur Weißglut zu treiben.

Ach, Phoebe, ich vermisse dich jetzt schon. Du warst die Einzige im Haus, die mich zum Lachen gebracht hat, und die Einzige, die mein abgestumpftes Herz berührt hat. Weißt du eigentlich, dass die besten zwei Sekunden in meinem Leben die sind, die du brauchst, um in mein Zimmer gestürmt zu kommen und mir fünf Fragen hintereinander zu stellen, nur um anschließend gleich wieder zu verschwinden, weil dir plötzlich eingefallen ist, dass du vergessen hast, Fork seinen Hundeknochen zu geben?

Weißt du das, Phoebe?

Weißt du, wie wundervoll du bist?

Ich hoffe, du erkennst dein Dasein.

Und ich hoffe, du wirst nie so wie ich und vergisst, dass du einen Platz in diesem Leben hast. Denn du hast ihn aus einem Grund. Und was auch immer mein Grund sein mag – du bist hier, weil es sich lohnt, für dich zum

Stillstand zu kommen, um für einen Augenblick in deiner Nähe zu verweilen.

Also, pass gut auf dich auf.

Du bist von Bestand.

Ich habe dich lieb.

Deine April

Liebe Phoebe,

vier Tage bin ich nun hier und langweile mich jetzt schon zu Tode. Ich mache mir Kreuze in meinen Kalender, als gebe es ein konkretes Ziel, aber irgendwie ist das ziemlich sinnlos, denn ich weiß ja gar nicht, wann und ob ich hier je wieder rauskommen werde.

Was du wohl gerade machst?

Wahrscheinlich triffst du dich mit deiner Freundin Paula, oder du erzählst Mama und Papa Geschichten aus der Schule. Du konntest schon immer die besten Geschichten erzählen. Und wenn du niemanden gefunden hast, der dir zuhören wollte, dann hast du dich zu Fork auf den Fußboden gesetzt und ihm alles erzählt, was dir gerade so eingefallen ist. Fork hat dich aus seinen treuen Hundeaugen angeblickt und wahrscheinlich sogar jedes Wort verstanden.

Ich weiß noch, als du sechs Jahre alt warst und nach der Schule zum ersten Mal alleine heimgekommen bist, da hast du gesagt: »Ich habe heute einen riesengroßen gestreiften Tiger getroffen. Er stand an der Kreuzung, direkt neben mir, und hat darauf gewartet, dass die Ampel grün wird. Genau wie ich.«

»Du bist auf dem Schulweg ganz bestimmt keinem Tiger begegnet!«, hat Papa geschnaubt und den Kopf geschüttelt.

»Das ist *deine* Geschichte«, hast du entgegnet. »*Meine* geht anders.«

»Es geht hier nicht um Geschichten! Ich rede vom Leben – das ist ein verdammt großer Unterschied!«, hat Papa genervt gesagt und mit den Augen gerollt, wie er es immer tut, wenn du das letzte Wort haben musst und er dringend zurück zu seinen Aktenbergen will.

»Das ganze Leben ist eine Geschichte«, hast du erwidert. »Und wenn man sich Mühe gibt, sogar eine ziemlich abenteuerliche!«

»Nein!«, hat Papa streng gesagt.

»Was ist es dann?«, hast du gefragt.

Das konnte er dir allerdings auch nicht sagen.

»Also gut, Papa«, hast du gnädig hinzugefügt. »In deiner Geschichte kann das Leben ja gerne etwas anderes sein. Aber in meiner Geschichte ist es die größte Geschichte von allen. Einverstanden?«

»Was immer du willst«, hat Papa resigniert geseufzt

und seinen Kopf ganz schnell wieder in seinen Unterlagen versteckt.

»Ja, genauso macht man seine Geschichten«, hast du gesagt. »Wie man will und mit gestreiften Tigern. Solange man den Bezug zur Wirklichkeit nicht verliert, ist das ja wohl wirklich und definitiv erlaubt.«

»Sie benimmt sich nicht wie eine Sechsjährige«, hat Papa Mama zugeflüstert und dabei sehr beunruhigt geguckt. »So reden doch keine Sechsjährigen! Sie ist zu intelligent. Sie erinnert mich an April!«

»Sie ist *meine* Tochter«, hat Mama schnippisch geantwortet. »Nur, weil sie auch *deine* Tochter ist, heißt das noch lange nicht, dass sie deswegen gleich weniger intelligent ist.«

»Was soll das denn heißen!?«, hat Papa gebrummt.

»Lies einfach weiter deine dämlichen Dokumente!«, hat Mama unfreundlich gesagt, und dann haben die beiden sich böse Blicke zugeworfen. Davon hast du schon gar nichts mehr mitbekommen, weil du zu sehr damit beschäftigt warst, Fork deine geheime Zeichensprache beizubringen.

Und ich weiß auch noch, wie du mit Papa und mir am Wohnzimmertisch gesessen hast, irgendwann im Sommer, bevor du eingeschult wurdest. Papa blätterte in einer Akte, was ich gemacht habe, weiß ich schon gar nicht mehr, du hast jedenfalls deinen Kuscheltierfrosch in Plastikfolie verpackt, damit er sich länger hält. Mittendrin hast du aufgeguckt und Papa gefragt: »Was bedeutet *einen Bezug herstellen*?«

Papa hat geantwortet: »Das bedeutet, dass irgendwer einen Bezug für deine Bettdecke oder dein Sofakissen herstellt.«

»Papa, du bist einfach nicht hilfreich!«, hast du ihm darauf unglücklich geantwortet und mit dem Frosch in der Plastiktüte geraschelt.

»Warum?«, hat Papa gefragt und in seiner Akte herumgeraschelt.

»Weil *reiche Hilfe* wäre, dass du mir etwas sagst, was meinen Wortschatz bereichert«, hast du erklärt.

»Woher weißt du, was *bereichert* heißt?«, hat Papa gefragt.

»Das kommt von *reich*, wie in *hilfreich*«, hast du erwidert. »Und dann gibt es da übrigens auch noch das Sorgenreich. Das ist das Reich, in dem alle Sorgen haben. Da gibt es niemanden, der Hilfe reicht.«

Papa hat dich anglotzt, als hättest du sein Gehirn gefressen. Dann hat er sich die Akte unter den Arm geklemmt und ist ganz schnell in sein Arbeitszimmer geflüchtet. Er hat die Tür hinter sich zugeknallt und ist bis zum Abendessen nicht mehr herausgekommen.

Du hast ihm kopfschüttelnd nachgeblickt und dich dann an mich gewandt: »April, was bedeutet *einen Bezug herstellen*?«

»Das bedeutet, dass du den Zusammenhang zwischen

unterschiedlichen Dingen herstellen kannst«, habe ich erklärt.

Du hast kurz nachgedacht über diese Antwort und deinen Frosch durch die Plastiktüte hindurch gestreichelt. Es hat geknistert. Und ich habe die Gedanken in deinem kleinen Kopf hin- und herhüpfen gesehen.

»Also ist der Bezug wie ein Zug, den ich benutze, um zwei Punkte zu verbinden?«, hast du schließlich gefragt.

»Ja«, habe ich gesagt, »und wenn du zwischendurch ein paar Haltestationen einbaust, dann hast du sogar einen Zug, der gleich mehrere Punkte miteinander verknüpft.«

»Bist du ein Lexikon?«, hast du mich daraufhin mit großen Augen gefragt, und es lag so etwas wie Bewunderung in deiner Stimme.

»Wie kommst du denn darauf?«, wollte ich wissen.

»Weil du mehr weißt als Mama und Papa zusammen«, hast du ernst gesagt.

Ich habe den Kopf geschüttelt. »Nein. Ich bin kein Lexikon.«

Daraufhin hast du deinen Kopf schief gelegt und mich nachdenklich gemustert.

»Stimmt«, hast du schließlich gesagt. »Ein Lexikon ist dick und schwer. Und du bist dünn und leicht wie der Wind.«

»Ich bin der Wind?«, habe ich gefragt.

»Ein Wortwind«, hast du geantwortet und eifrig

genickt. »Du wehst durch meinen Wortschatz und machst, dass er funktioniert. Ohne dich würde ich nur Bettbezüge kennen und keine Bindungsbezüge.«

Ich habe dich schweigend angesehen wie ein Zauberwesen, das weiß ich noch, weil du mich so unendlich erstaunt hast, du kleines Mädchen mit deinen großen Gedanken.

»Warum redest du kaum mit Mama und Papa?«, hast du mich als Nächstes gefragt. »Du hast doch so eine schöne Stimme. Die könntest du ruhig öfter benutzen. Und außerdem weißt du viele gute Wörter!«

»Ich habe Mama und Papa schon alles gesagt«, habe ich erwidert. »Sie hören mir nicht mehr zu. Es wäre verschwendete Zeit, mit ihnen zu reden. Für sie und für mich.«

Darüber hast du kurz nachgedacht und gemeint: »Mama und Papa sind Wortflüchtige. Sie rennen immer weg, wenn wir zu viele Worte sagen. Aber du darfst deswegen nicht einfach deine Wortschatzkiste zuklappen!«

Dann hast du wieder nachgedacht.

Und ich habe schweigend aus dem Fenster geblickt.

»Weißt du was, April?«, hast du schließlich schulterzuckend gesagt. »Solange du wenigstens mit mir sprichst, finde ich es eigentlich okay, wenn du nicht mehr mit Mama und Papa reden willst. Dafür kann *ich* ja dann mehr mit den beiden reden. Ich kann nämlich den ganzen Tag lang reden! Ohne Pause und ohne

Wortvergehen. Ich werde nie heiser, und Halsschmerzen kriege ich auch nicht.«

»Das ist gut«, habe ich gesagt. »Hör ja nie auf zu reden.«

»Keine Sorge«, hast du gesagt. »Ich fange gerade erst an.«

Dann hast du dein Frosch-Paket aufs Sofa gesetzt und mit einer Decke zugedeckt, damit das grüne Ungeheuer auch ganz bestimmt nicht friert. Ich habe mich gefragt, warum du dein Lieblings-Kuscheltier unbedingt in Frischhaltefolie einwickeln wolltest, denn der arme Frosch sah ziemlich unglücklich und zerknautscht darin aus.

Du konntest meine Gedanken lesen und hast gesagt. »Ich glaube, ich werde langsam zu alt für Kuscheltiere. Ich weiß nicht mehr so genau, wie ich mit ihnen reden soll. Sie haben keine Antworten für mich. Aber vielleicht kommt ja noch einmal eine Zeit, in der ich wieder mit dem Frosch spielen will. Vielleicht habe ich im Moment nur eine spiellose Phase, die wieder vorbeigeht. Und deshalb will ich den Frosch zur Sicherheit konversieren, verstehst du, April?«

»Das heißt konservieren«, habe ich gesagt.

»Und was ist dann *konversieren*?«, wolltest du wissen.

»Keine Ahnung«, habe ich erwidert. »Vielleicht nennt man das so, wenn Menschen eine Konversation führen.«

»Warum führen Menschen Konversationen?«, hast du gefragt. »Und wo führen sie diese Konversationen hin?«

»Ich weiß nicht«, habe ich geantwortet. »Ich kenne mich besser mit der unbeweglichen Stille aus.«

Und du.

Du hast mit den Schultern gezuckt und leichthin gemeint: »Ach, man muss ja auch nicht alles wissen, sonst kann man schließlich nichts mehr lernen. Aber *konversieren* ist ein gutes Wort. Ich merke es mir, und irgendwann mach ich einen Satz daraus.«

Dann hast du deinen Frosch wieder aus der Plastikfolie gewickelt und ihn stattdessen lieber in den Gefrierschrank gelegt. Da lag er dann herum, bis Papa am Abend entsetzt gefragt hat, was bitte schön das grüne Stoffdings in der Gefriertruhe sei.

»Das ist mein Frosch«, hast du gesagt.

»Was macht er im Gefrierschrank?«, hat Papa gefragt.

»Ich mache ihn länger haltbar«, hast du erklärt.

»Warum?«, wollte Papa wissen.

»Weil die Zeit mich übereilt«, hast du entgegnet.

»WAS!?«, hat Papa laut gefragt.

»Weißt du denn nicht, was *übereilt* heißt?«, hast du verständnislos zurückgefragt.

»Doch!«, hat Papa gesagt.

»Und was verstehst du dann nicht an dem Satz?«, wolltest du wissen.

»PHOEBE!«, hat Papa ungeduldig gerufen. »Geh und hol den blöden Frosch aus dem Gefrierschrank!«

»Kann er nicht wenigstens noch bis morgen drinbleiben?«, hast du gefragt. »Nur für eine Nacht? Oder vielleicht sogar bis zum Winter?«

»Nein!«, hat Papa gesagt. »Da ist kein Platz.«

»Natürlich ist da Platz«, hast du gesagt. »Sonst hätte ich den Frosch doch gar nicht erst ins Gefrierfach reinsetzen können. Denn *kein Platz* bedeutet, dass nicht ausreichend Raum vorhanden ist.«

»NIMM DEN BLÖDEN FROSCH AUS DEM GEFRIERFACH!«, hat Papa daraufhin gebrüllt. »SOFORT!«

Da bist du kopfschüttelnd aufgestanden und hast deinen Frosch zurückgeholt.

»Er ist ganz kalt«, hast du gesagt, als du die Gefrierfachtür wieder geschlossen hast.

»Was du nicht sagst«, hat Papa gebrummt.

»Ach, solche Sätze verstehst du also!«, hast du vorwurfsvoll gemeint und ein ärgerliches »Phoebe!« geerntet.

»Warum sagst du eigentlich ständig meinen Namen?«, hast du gefragt. »Ich weiß doch, wie ich heiße. Ich heiße nämlich schon sehr lange so. Und ich habe auch noch nie anders geheißen.«

»Phoebe«, hat Papa gemurmelt.

»Siehst du!«, hast du gesagt. »Schon wieder. Vielleicht ist dein Sprachvermögen nicht sehr vermögend. Soll ich dir etwas von meinem abgeben? Das ist kein Problem. Ich bin nämlich sehr großzügig. Ich gebe dir gerne ein paar Worte ab. Welche willst du haben? Magst du lieber Adjektive oder Nomen? Ich kenne auch Bindewörter und Pronomen!«

»Ich mag keine Worte«, hat Papa gesagt.

»Dann solltest du vielleicht lieber still sein«, hast du nachdenklich gemeint.

Da ist Papa aufgestanden.

Und stand verloren herum.

Dann ist er wieder in sein Arbeitszimmer gegangen und hat die Tür hinter sich verriegelt und wahrscheinlich auch noch einen Schrank und seinen Schreibtisch von innen davorgeschoben.

Ach, Phoebe, ich hoffe, du sitzt gerade mit Mama und Papa am Küchentisch und überhäufst sie mit deinen Sätzen. Ich hoffe, du lässt alle Sprechpausen weg und knüpfst die Satzenden direkt an die neuen Satzanfänge.

Phoebe, du bist wortreich.

Du bist *das* Wortreich!

Das Reich, in dem all die Worte unbeherrscht nach ihren Satzzusammenhängen suchen können. In deinem Reich finden sie ihren Ausgangspunkt, ohne sich zu verrennen. Du hast die Gabe, jedes beschwerte Wort von seiner Last zu befreien, ohne dabei das Wortgewicht zu beschädigen. Bei dir können sich Worte auf der Suche nach einer neuen Formulierung in unbekannte Satzgestalten kleiden. Du hast die Wortgewänder und die passenden Absatzschuhe.

Versprich mir, dass du nie verstummst.

Auch wenn dir keiner zuhört.

Deine April

Liebe Phoebe,

heute habe ich den ersten Brief von dir bekommen, und ich habe mich so sehr darüber gefreut, dass ich angefangen habe zu weinen. Es ist immer eine komische Zeit, wenn die Briefe verteilt werden. Alle sind ganz still. Und warten und hoffen oder gucken aus dem Fenster.

Isabella bekommt jeden Tag einen Brief von ihrer Mutter. Sie liest alle Briefe mindestens dreimal hintereinander, und dann guckt sie ganz sehnsüchtig aus dem Fenster.

Ich glaube, sie wird es schaffen, noch ein bisschen zuzunehmen, und dann darf sie wieder nach Hause.

Natürlich vermisse ich dich auch, Phoebe. Sehr sogar!

Ich habe drei Fotos von dir in meiner Nachttischschublade. Auf dem einen siehst du aus wie ein wandelnder Pappkarton mit Elefantenohren. Das Foto wurde kurz vor Fasching aufgenommen, es ist schon ein paar Jahre her, und du wolltest dich damals unbedingt als Pappfant verkleiden. Weil jedoch keiner von uns wusste, was ein Pappfant sein könnte, hat Mama dir einfach ein Kostüm aus Pappkartons und Filzohren gebastelt.

Du hast die Verkleidung angestarrt und gefragt: »Was ist das!?«

Mama hat gesagt: »Das ist ein Pappfant!«

Da hast du sehr verzweifelt deinen kleinen Kopf geschüttelt und geseufzt. »Aber Mama, das ist doch kein Pappfant!«

»Bist du dir sicher?«, hat sie gefragt und dabei ganz enttäuscht geguckt.

»Natürlich bin ich mir sicher!«

»Schade«, hat Mama gesagt. »Ich dachte, es wäre ein Pappfant.«

»Was du manchmal für komische Sachen denkst«, hast du erwidert.

»Wieso? Ich finde, das sieht aus wie ein Pappfant!«

»Mama! Du hast echt keine Ahnung!«

»Und was machen wir jetzt?«, hat Mama unsicher gefragt, »soll ich die Ohren vergrößern? Oder den Rüssel?«

»Was!? Wozu?«

»Vielleicht sieht es dann mehr aus wie ein Pappfant.«

»Das war kein kluger Satz, Mama«, hast du daraufhin gesagt.

»Warum?«, hat Mama gefragt. »Wie sieht denn ein Pappfant aus!?«

»Na, wie ein Pappfant halt aussieht!«, hast du erklärt.

Mama hat geseufzt und Hazels Mama und Paulas Mama und noch fünf andere Mamas angerufen, aber keine von ihnen konnte ihr sagen, was ein Pappfant ist. Bis heute weiß niemand außer dir, was das sein soll. Aber letztendlich war es sowieso egal, denn du hast gelächelt und gesagt: »Ach, Mama, das ist eigentlich gar nicht so schlimm! Wenn du mir kein Pappfanten-Kostüm machen kannst, dann gehe ich halt als April.«

»Als der Monat?«, hat Mama gefragt.

Da hast du noch entsetzter geguckt als kurz zuvor wegen des filzohrigen Pappkarton-Pappfanten.

»Ich habe es englisch ausgesprochen!«, hast du schließlich augenrollend gesagt. »Das war doch wohl eindeutig genug! Und warum sollte ich als April gehen? Da würde ich doch lieber als Dezember gehen! Aber, nein, danke! Ich gehe doch nicht als ein Monat! Ich will April sein.«

»Willst du nicht lieber als gerupftes Huhn gehen?«, hat Papa gefragt, denn er kann sich nichts Schlimmeres vorstellen, als dass du wie ich sein willst. »So wie Paula letztes Jahr? Das war doch ein schönes Kostüm mit der ganzen Watte und so!«

»Papa!«, hast du gesagt. »Paula ist als Schneeflocke gegangen! Nicht als gerupftes Huhn!«

»Ach so«, hat Papa gemeint. »Ist das ein Unterschied? Ist doch beides weiß.«

Du hast geschnaubt. »Ich gehe als April!«

»Muss das sein?«, hat Mama gefragt.

»Muss das sein?«, hat Papa gefragt.

»JA!«, hast du gesagt. »Ich will nämlich außergewöhnlich sein!«

»Aber kannst du dann nicht als Alien gehen?«, hat Papa gefragt. »Mit blauen Hörnern oder so?«

»Oder als Tausendfüßler?«, hat Mama hinterhergefragt.

Da hast du den Kopf geschüttelt und die beiden böse angeschaut. »Also manchmal verstehe ich sehr gut, warum April nicht mehr mit euch reden will! Unsere Gespräche führen nirgendwohin!«

Mama und Papa haben dich stumm angesehen. Und dann haben sie mir ein paar böse Blicke zugeworfen, als hätte ich dir all das eingeflüstert.

Aber du hast plötzlich wieder gelächelt, und dann hast du mich gefragt, ob du in meinem Kleiderschrank herumwühlen dürftest, und noch bevor ich es dir erlauben konnte, warst du auch schon davongeflitzt und hast angefangen, alle meine Sachen durcheinanderzubringen. Du hast meine Lippenstifte auf dem Bett ausgeschüttet und meine Schuhe durchprobiert, und dann hast du dir mein schönstes Kleid angezogen und eine schwarze Perücke aufgesetzt.

»Sehe ich aus wie du?«, hast du erwartungsvoll gefragt.

»Viel schöner«, habe ich gesagt.

Doch davon wolltest du nichts hören. »Quatsch! Niemand ist schöner als du! Weil du so viel Herz hast – dein Herz kann man sogar bis Afrika sehen!«

»Danke«, habe ich gesagt.

»Bitte«, hast du geantwortet. »Afrika ist doch weit weg, oder?«

Ich habe genickt.

»Gut!«, hast du zufrieden gesagt. Dann hast du dich vor dem Spiegel gedreht und deine Gestalt begutachtet. »Muss ich jetzt ein bisschen abnehmen für Fasching, oder geht es auch so?«

»Es geht ganz wunderbar so!«, habe ich schnell gesagt. »Du bist doch superdünn.«

»Ja, ich weiß«, hast du erwidert. »Aber du bist noch viel dünner.«

»Das sieht nur so aus«, habe ich gesagt.

»Warum?«

»Weil meine Seele unglücklich ist.«

»Und dann sieht man dünn aus?«

»Manchmal.«

»Und wann wird deine Seele wieder glücklich?«, hast du gefragt und mich mit traurigen Augen angeschaut.

»Das weiß ich nicht.«

»Schade«, hast du gemeint. »Aber weißt du was, April – ich habe eine ganze Tonne voll glücklicher Seele! Ich kann dir ein Stück davon abgeben. Und die

Schokoriegel, die ich unter meiner Matratze versteckt habe, würde ich auch jederzeit mit dir teilen!«

»Du bist die beste Phoebe, die es gibt«, habe ich gesagt.

»Aber an Fasching bin ich April!«, hast du geantwortet und gegrinst.

Als Fasching dann schließlich vorbei war, hast du mir alle meine Sachen zurückgebracht und gesagt: »Es war schön, so wie du zu sein, April! Ich habe kaum gesprochen und ganz viel zugehört. Und jetzt weiß ich, dass die Welt anders klingt, wenn man sich selbst kaum hört. Nächstes Jahr gehe ich wieder als du! Aber bis dahin bin ich lieber ich. Ich habe nämlich noch viel zu sagen!«

Du hast meine Kleiderschranktür aufgerissen und das Kleid hineingeworfen, dann hast du die Tür ganz schnell zugeknallt, damit es nicht wieder herausfallen konnte.

Papa hat von unten gerufen: »Phoebe! Mach nicht so einen Krach! Ich arbeite hier!«

»Ich mache keinen Krach! Ich räume auf!«, hast du zurückgerufen. Und dann hast du dich zu mir aufs Bett geworfen und mir über die Schulter in das Buch geschaut, in dem ich gerade gelesen habe.

»Ganz schön viele Wörter«, hast du gesagt. »Passen die alle zusammen?«

»Ja«, habe ich gesagt. »Soll ich dir etwas vorlesen, oder willst du mitlesen?«

»Vorlesen!«, hast du gesagt.

Also habe ich dir vorgelesen, und du hast deine Augen zugemacht und ganz gespannt gelauscht.

Als ich das Buch schließlich zugeklappt habe, weil Mama uns zum Essen gerufen hat, hast du dich aufgesetzt und mich angelächelt. »Es ist schön, dass es dich gibt!«, hast du gesagt. »Wenn du nicht meine Schwester wärst und ich eine Einzel-Phoebe ohne April wäre, dann würde ich dich schrecklich vermissen!«

Das war das schönste Kompliment.

Das ich je bekommen habe.

Ich sitze hier übrigens gerade im *Unterricht*, aber eigentlich ist es nur so eine Art Beschäftigungstherapie. Wir haben eine einzige Lehrerin, die für uns alle zuständig ist. Sie ist total überfordert und rennt die ganze Zeit von einem Tisch zum anderen. Wir sind aus den unterschiedlichsten Jahrgängen, von Sonderschule bis hin zum Gymnasium.

Während ich dir diesen Brief schreibe, tue ich so, als würde ich an einem Deutschaufsatz arbeiten. Aber wahrscheinlich könnte ich genauso gut neunzigtausendmal das gleiche Wort schreiben oder die ganze Zeit über aus dem Fenster starren, es würde ohnehin niemanden interessieren. Solange ich mich still verhalte, ist die Lehrerin froh. Denn einige von den anderen Jugendlichen sind aggressiv, schreien herum oder werfen ihre Bücher durch das Klassenzimmer.

Ich habe mich in die hinterste Ecke neben Isabella

verzogen, hier bekommt man nicht ganz so oft ein Buch oder einen Stift an den Kopf geschleudert. Und wenn Timo anfängt mit Stühlen zu werfen, verstecken Isabella und ich uns zusammen unter unserem Tisch und warten darauf, dass einer von den Sicherheitsleuten kommt und Timo mitnimmt.

Ach, Phoebe, während ich hier in der Klasse sitze, muss ich ständig an dich denken. Ich weiß noch, dass du in deinem ersten Schuljahr fast jeden Tag weinend nach Hause gekommen bist, weil du meintest, niemand würde dich verstehen.

»Wenn ich etwas sage, dann kommt es nicht in einem anderen Kopf an, sondern bleibt in der Luft dazwischen stecken!«, hast du uns schluchzend erklärt. Und einmal hast du gesagt: »Keiner erkennt die Zusammenhänge, obwohl wir doch alle zusammenhängen. Und ich will nicht alleine an einem Worthaken hängen.«

»Was ist ein Worthaken?«, hat Papa gefragt.

Da hast du nur noch mehr geweint.

Und dann bist du an uns vorbei nach oben gerannt und hast dich im Badezimmer eingeschlossen. Ich bin dir gefolgt, um dich zu trösten, aber du warst untröstlich und voller trostloser Gedanken.

»In Papas Wortverkehr ist immer nur Wortstau!«, hast du durch die Tür hindurch gebrüllt. »Da stehen alle Worte bloß so rum. Kein einziges kommt vor oder zurück! Und wenn die Worte dann doch noch ankommen, ist es viel zu spät!«

»Ach, Phoebe –«, habe ich gesagt.

Weil du so recht hattest.

Inzwischen fingst du an, den Wasserhahn auf- und zuzudrehen, und dann hast du mit ein paar Zahnbürsten herumgeklappert und ein paar Handtücher gegen die Tür geworfen.

»Niemand versteht, dass meine Sätze an einer Wortkreuzung stehen und die Wortwege sich dort überschneiden!«, hast du geschrien. »Mit wem soll ich denn reden, wenn keiner meine Sprache spricht!«

»Phoebe –«, habe ich es erneut versucht, aber du hast mich unterbrochen.

»In dieser Schule kann ich nicht groß werden!«, hast du geweint. »Ich brauche doch jemanden, der mir alles erklären kann. Und wenn ich ständig meine Sätze erklären muss, dann habe ich keine Zeit und keine Worte, um neue Sätze zu sagen! Aber ich brauche ja auch gar keine neuen Sätze zu sagen, weil die alten ohnehin noch im Weg herumliegen! Ich bin ein Wortverwüster! Keiner versteht meinen Inhalt! Ich bin ein zusammengeklebtes Buch!«

»Phoebe, deine Seiten sind nicht verklebt«, habe ich gesagt. »*Ich* höre dir zu – und *ich* verstehe deine Worte.«

Da hast du angefangen so laut zu weinen, dass Papa aus dem Haus geflüchtet ist und Mama ihre Musik ganz laut aufgedreht hat, damit die Nachbarn dich nicht schreien hören.

»Warum weinst du denn so schrecklich, Phoebe?«, habe ich gerufen, um den Krach zu übertönen. »Hast du nicht gehört: Ich verstehe dich!«

»Aber du bist wie ich!«, hast du geheult. »Jetzt sind wir beide alleine! Und keiner wird uns finden! Wir stecken beide im Wortende!«

»Wir stecken nicht im Ende«, habe ich gesagt. »Wir sind doch noch ganz am Anfang.«

»Woher willst du wissen, wo der Anfang und wo das Ende ist?«, hast du gefragt.

»Das Ende kommt selten mitten im Satz«, habe ich geantwortet. »Meistens bekommt man ein paar Abschiedsworte. Und außerdem hast du doch noch so viel zu sagen. Wir werden zusammen auf deinem Wortfeld laufen, okay?«

»Und wo gehen wir hin?«, hast du durch die Tür gefragt.

»Wohin du willst.«

»Und wenn wir da einsam sind?«

»Dann gehen wir einfach woanders hin.«

»Dann müssen wir vielleicht ewig gehen«, hast du gemeint.

»Irgendwann kommen wir an«, habe ich erwidert.

»Versprochen?«

»Versprochen!«

Einen Augenblick lang war alles still dort drinnen bei dir.

Dann ein Schnäuzen. Ein Husten. Und schließlich

hast du die Tür wieder aufgeschlossen und bist aus dem Bad gekommen. Dein Gesicht war rot und deine Augen ganz nass vom Weinen, aber du hast gelächelt.

»Soll ich dir eine Geschichte erzählen?«, hast du gefragt.

»Klar«, habe ich gesagt.

»Eine lustige oder eine traurige?«, wolltest du wissen.

»Eine gemischte«, habe ich geantwortet.

»Okay!«, hast du gesagt. »Die mag ich auch am liebsten.«

Und dann haben wir uns mit Fork auf den Fußboden in deinem Zimmer gesetzt, und du hast mir die Geschichte von dem verbrannten Fragezeichen erzählt, das überall einen schwarzen Abdruck hinterlässt und deshalb ständig hinterfragt wird.

Seitdem muss ich jedes Mal an dich denken, wenn ich ein Fragezeichen setze.

Das ist schön – denn ich denke gerne an dich.

Alles Liebe,
deine April

Liebe Phoebe,

deine Briefe zu lesen ist wie Urlaub in Buchstaben machen. Du schreibst, als würdest du all deine Worte am Meer in den Sand zeichnen – mit einem verbogenen Ast, entgegen der Flut. Neben jedem Buchstaben sind deine Fußabdrücke, und man erkennt sofort die Stellen, an denen du abgesetzt hast. Der Wind verweht ein paar Endungen, und du erlaubst jedem Sandkäfer, deine Wortbahn zu kreuzen und seine fremdartigen Abdrücke zu hinterlassen.

Wenn die Flut kommt und nach deinen Sätzen greift, stehst du einfach ganz ruhig da und wartest auf das kalte Wasser. Du hast keine Angst, denn du hängst nicht an einer Formulierung oder an einem Ausdruck. Du siehst dir an, was die Strömung mit deinen Worten veranstaltet, und dann nimmst du die Überreste und erfindest einen neuen Satz. Mit jedem Sturm, mit jeder Welle und mit jedem Sandkorn malst du deine Geschichte. Deine Worte verirren sich nicht so schnell. Sie laufen nicht einfach davon, sie verlaufen sich nicht im Laufe der Zeit, und sie verlaufen sich auch nicht im Sand.

Phoebe, du bist ein Wortgeschenk. Du bist diejenige, die es schafft, ein Wort zu finden für die Lücke, die sich zwischen einer Wunde und einem Wunder befindet. Und ich finde es schön, was du mir über dich und deine Freundin Paula geschrieben hast: Dass ihr euch für die Wahrheit entschieden habt.

Die finde ich auch besser als jede Lüge.

Weißt du noch, vor einer Ewigkeit, da hast du mich einmal gefragt: »April, was ist ein Wortspiel?« Und du wolltest die Antwort in gesprochenen Bildern haben. »Sag es mit deinen Worten!«, hast du gesagt. »Nicht mit den langweiligen Sätzen, die Mama und Papa benutzen. Ich will fühlen, wie deine Buchstaben in meinem Kopf kribbeln.«

Ich habe kurz nachgedacht, während du mich neugierig aus deinen haselnussbraunen Augen gemustert hast. Fork ist zu uns gekommen und hat sich an deine Seite gesetzt. Er hat mit dem Schwanz gewedelt, aber er war ganz still, als wollte er die Worte nicht verschrecken.

»In einem Wortspiel treffen sich die unterschiedlichsten Worte«, habe ich schließlich erklärt. »Fremde Worte, bekannte Worte, laute und leise Worte. Sie stehen alle zusammen auf dem gleichen Spielfeld, doch jedes Wort bringt seine eigenen Regeln mit. Und dann kämpfen die Worte um einen Platz in einem Satzteam, aber sie kämpfen lachend und nicht mit Gewalt, denn es ist ja nur ein Spiel. Am Ende gehen alle Worte wieder zurück nach Hause und nehmen die Eindrücke des Wortspiels mit, um sie weiterzutragen. Bis hier hin – in die Zeit.«

Du hast mir nicht darauf geantwortet, und einen Moment lang dachte ich, ich hätte womöglich etwas Falsches gesagt, denn seit ich mich in meinem Schweigen verliere, habe ich verlernt, wie man Worte ausspricht, ohne sich daran die Zunge zu verknoten.

Fork hat den Kopf schief gelegt.

Und du auch.

Aber dann hast du dich so heftig in meine Arme geworfen, dass wir beide umgekippt und auf dem Fußboden gelandet sind. Es hat ziemlich laut gepoltert, und von unten hat Papa wieder einmal »Phoebe!« gerufen. Aber du hast ihm nicht geantwortet, du hast einfach deine kleinen Arme um meinen Hals geschlungen und mich ganz fest gehalten. Ich habe dich zurückgehalten mit meinen haltlosen Armen. Fork ist glücklich um uns herumgerannt, so lange, bis er keine Lust mehr hatte und lieber hinaus in den Garten verschwunden ist.

Aber wir beide sind einfach liegen geblieben. Hand in Hand, auf dem kratzigen Teppich. Und da wussten wir, dass wir uns verstehen, auch wenn wir nicht stehen, sondern am Boden liegen.

Wir sind zusammen aufgestanden. Du und ich.

In dieser wortlosen Sprache.

Ich vermisse dich,
deine April

Liebe Phoebe,

ich bin froh, dass ich Mamas Geburtstag verpasst habe. Letztes Jahr hatte sie schlechte Laune, weil ich nichts von ihrem Kuchen essen wollte. »Du bist unmöglich!«, hat sie gesagt. »Du siehst aus wie ein Knochengerüst!« und »Du bist der undankbarste Mensch, den ich kenne!«

Ich habe nichts darauf erwidert. Was hätte ich auch sagen sollen?

»Jetzt iss verdammt nochmal deinen Kuchen!«, hat Mama schließlich gefaucht, als ihr die Beschimpfungen ausgegangen sind.

Ich habe schweigend das Stück Kuchen auf meinem Teller betrachtet und bin in einem Zeitfehler erstarrt.

»APRIL!«, hat Papa wütend gesagt.

»APRIL!!«, hat Mama geschrien.

Dann bist du mit einem lauten Krach von deinem Stuhl gefallen, Phoebe. Mit voller Absicht, damit die beiden endlich aufhören zu brüllen. Und es hat funktioniert. Du hast dir nämlich deinen kleinen Finger gebrochen, und Papa musste mit dir ins Krankenhaus fahren.

Als ihr wieder zu Hause ankamt, hast du Mama einen Wattetupfer und einen Verband geschenkt, und dann bist du zu mir in mein Zimmer gekommen und hast dich neben mich auf das Bett gesetzt. Ich hatte ein furchtbar schlechtes Gewissen, weil ich wusste, dass alles meine Schuld war.

»Tut es sehr doll weh?«, habe ich dich gefragt.

»Das war es wert!«, hast du grinsend gesagt. »Ich habe Gummibärchen und Lakritzschnecken bekommen. Und Papa hat mir die ganze Autofahrt lang zugehört, hin und zurück! Er hat sich nicht getraut, das Radio anzumachen oder sich sein Telefonkabel ins Ohr zu stecken! Er hatte nämlich Angst, dass ich sonst anfangen könnte zu weinen.«

»Und dein Finger?«, habe ich gefragt.

»Der verheilt wieder«, hast du erwidert. »So wie deine Wortlücke.«

Ach Phoebe, ich muss die ganze Zeit an dich denken. Es ist so langweilig hier, und ich weiß nicht einmal mehr, was ich dir schreiben könnte. Abgesehen von kranken Menschen und Therapien gibt es hier nämlich nichts. Gar nichts.

Außerdem schreibe ich lieber von der Zeit mir dir als von der Zeit ohne dich. Und wenn du dann eines Tages meine Briefe liest, kannst du unsere gemeinsame Welt aus meinen Augen sehen. Vielleicht hast du dann ja beides: Etwas zum Lachen und etwas zum Weinen.

Und möglicherweise verstehst du dann.

Warum ich hier bin.

Ich weiß noch, Papa hat einmal zu dir gesagt: »Phoebe! Dein Verhalten ist nicht im Geringsten nachvollziehbar!«

Da hast du nur geschnauft und gesagt: »Na und? Wer will schon nachgezogen oder vollzogen werden? Laufen kann ich alleine!«

»Kannst du dich nicht einmal wie ein normales Kind benehmen!?«, hat Papa kopfschüttelnd gebrummt. »Kannst du nicht ein einziges Mal einen normalen Satz sagen, den jeder versteht!?«

»Und kannst du nicht einmal wie ein ganz normaler Papa sein!?«, hast du entgegnet. »Kannst du nicht ein einziges Mal einen guten Satz verstehen, ohne ihn zu hinterfragen!? Denn wenn du dich immer hinter deinen Fragen versteckst und dich nie vor den Hintergrund deiner Wortbekenntnisse stellst, dann wirst du nie eine eigene Antwort finden.«

Da ist Papa wütend geworden. So sehr, dass Mama dazugekommen und auch wütend geworden ist. Zu guter Letzt haben die beiden sich dann gegenseitig noch wütender gemacht. Wie immer. Und wie immer sind wir zwei einfach abgehauen und haben den ganzen Tag im Park und auf deinem heißgeliebten Abenteuerspielplatz zwischen den Indianerholzpfählen verbracht. Erst als es schon stockdunkel war, haben wir uns auf den Weg nach Hause gemacht. Wir waren beide sehr still, und kurz bevor wir in unsere Straße eingebogen sind, hast du nachdenklich gesagt: »Ich verstehe dich, April, manchmal will ich auch kein Wort mehr sagen. Denn wenn sowieso niemand zuhört, ist es leichter, still zu sein. Und vor allem ist es weniger anstrengend.«

Statt einer Antwort habe ich deine Hand genommen und du bist die letzten Schritte auf der Gartenmauer balanciert, während Fork vor Freude angefangen hat zu bellen.

»Wo zum Teufel seid ihr gewesen!?«, hat Papa zur Begrüßung gebrüllt.

»Auf dem Spielplatz«, hast du gesagt.

»Zehn Stunden lang?«, hat Mama geschrien.

»Neuneinhalb«, hast du erwidert.

»ZEHN STUNDEN!?«, hat Papa gebrüllt.

»Neuneinhalb«, hast du wiederholt.

»Auf welchem Spielplatz!?«, hat Mama gefragt.

»Macht das einen Unterschied?«, wolltest du wissen und hast die Augenbrauen hochgezogen.

»NEIN!«, hat Papa gebrüllt.

»DOCH!«, hat Mama geschrien.

»Nein!«

»Doch!«

»Also was jetzt?«, hast du gefragt. »Ihr müsst euch schon einigen, denn bei der Erziehung sollten Eltern immer am gleichen Strang ziehen – das sagt jedenfalls meine Klassenlehrerin.«

»Phoebe!«, hat Papa gebrüllt.

»April!«, hat Mama geschrien.

»Ihr könnt nicht einfach bis spät in die Nacht durch die ganze Stadt rennen!«, hat Papa gesagt.

»Wir sind nicht gerannt«, hast du erwidert. »Und die ganze Stadt haben wir auch nicht gesehen. Wir waren nur bei den Indianerholzpfählen. Und am See. Und wir sind gerutscht. Und haben geschaukelt. Und zwischendurch hat April mir etwas zu essen gekauft. Weil sie eine aufmerksame Schwester ist. Ich musste nicht einmal sagen, dass ich Hunger habe! Sie hat es auch so gemerkt.«

»Wir haben uns Sorgen gemacht!«, hat Mama geschimpft.

»Ihr seid erwachsen«, hast du gesagt. »Das gehört dazu.«

»Was?«, hat Papa gefragt.

»Na, hast du schon einmal einen Erwachsenen ohne Sorgen getroffen?«, hast du zurückgefragt. »Ich glaube nicht, dass es so etwas gibt.«

Da hatte Papa keine Lust mehr zu brüllen und ist stattdessen einfach schlafen gegangen. Und Mama hat dich hochgehoben und ist mit dir auf dem Arm im Badezimmer verschwunden, weil du Sand in den Haaren hattest.

Ich habe mit Fork in der Tür gestanden, und als ich gehört habe, wie Mama das Wasser im Bad aufgedreht hat, habe ich Fork über seinen gutmütigen Kopf gestreichelt. Er hat gewinselt, weil er ganz genau wusste, wie einsam ich war.

Dann habe ich mich umgedreht und bin wieder hinaus in die Nacht gegangen. Ich habe auf einer Bank im Park geschlafen und wäre beinahe erfroren. Am nächsten Tag bin ich direkt in die Schule gegangen, ohne

Unterrichtsmaterial und ohne vorher etwas zu essen oder zu trinken. Zwischen Mathematik und Biologie bin ich ohnmächtig geworden, aber niemand hat es gesehen. Als ich dann am Nachmittag nach Hause gekommen bin, habt ihr alle nur gedacht, dass ich ganz früh aus dem Haus geschlichen wäre. Keiner von euch hat gemerkt, dass ich die ganze Nacht nicht dagewesen bin.

Nur Fork wusste Bescheid.

Und der hat mich nicht verraten.

Von dieser Nacht an bin ich abends oft weggegangen und habe irgendwo im Park geschlafen. Es war mir egal, dass ich gefroren habe. Wenn man zu dünn ist, friert man sowieso die ganze Zeit. Und irgendwann gewöhnt man sich daran. Manchmal hast du mich am nächsten Tag gefragt, wo ich gewesen sei.

»Ich bin zu dir ins Bett gekrochen«, hast du gesagt. »Aber du warst nicht da.«

»Ich war weg.«

»Weit weg?«

»Nein.«

»Und kommst du immer wieder?«

»Ich denke schon.«

»Und wenn du dich verläufst?«

»Ich passe auf.«

»Und wenn du dich trotzdem verläufst?«

»Dann frage ich jemanden nach dem Weg.«

»Und wenn dir keiner helfen kann?«

»Dann rufe ich dich an und gebe dir ein paar Umgebungshinweise. Anschließend kannst du dir Fork schnappen und meine Spur verfolgen«, habe ich erwidert und dich angelächelt.

»Das könnte klappen«, hast du überlegt.

»Ja.«

»Aber du darfst nicht verschwinden!«

»Okay.«

»Darf ich in deinem Bett schlafen, wenn du nicht da bist? Oder soll ich dann wieder zurück in mein Bett gehen?«

»Du darfst in meinem Bett schlafen.«

»Und Fork auch?«

»Ja. Fork meinetwegen auch.«

»Aber geh nicht jede Nacht weg, April, hörst du? Ohne dich bin ich nämlich alleine im Haus.«

»Mama und Papa sind doch da«, habe ich entgegnet.

»Das zählt nicht«, hast du gesagt. »Aber *du* – du zählst.«

Ich liebe dich, Phoebe.

Du bist nicht einfach nur meine kleine Schwester.

Du bist mein Leben.

Deine April

Liebe Phoebe,

als du noch sehr klein warst und gerade herausgefunden hattest, dass deine Lieblingsbeschäftigung *ohne Pause reden* ist, da hat Papa einmal ganz laut über den Küchentisch gerufen: »Verdammt, Phoebe! Jetzt lass mich doch auch einmal zu Wort kommen.«

»Zu welchem?«, wolltest du neugierig wissen.

»Was?«, hat Papa verwirrt gefragt. »Wovon redest du?«

»Na, von dem Wort!«, hast du erwidert.

»Was für ein Wort?«

»Das Wort, zu dem du kommen möchtest. Ist es ein gutes Wort? Und wo ist es? Kann ich es auch benutzen? Wie schreibt man es? Hat es unterschiedliche Bedeutungen, je nachdem, in welchem Zusammenhang man es benutzt?«

»Ich habe Kopfschmerzen«, hat Papa gesagt.

»Das waren drei Worte«, hast du entgegnet. »Und die kannte ich alle schon.«

Da ist Papa aufgestanden und in sein Arbeitszimmer gegangen.

»Wieso ist er weggegangen?«, hast du Mama gefragt, aber die hat nur stur auf einer Gurke herumgehackt und nicht geantwortet.

»Wieso ist er weggegangen?«, hast du ein zweites Mal gefragt.

»Phoebe!«, hat Mama gesagt.

»Ja?«, hast du gefragt.

»Himmel, Phoebe!«, hat Mama gerufen. Dann hat sie das Messer auf den Küchentisch geknallt, die Gurke in den Mülleimer geschmissen und ist auch aus der Küche gegangen.

»Jetzt sind sie beide weg«, hast du festgestellt. »Wie die Gurke.«

Du hast eine Weile nachgedacht.

Und ich habe dir dabei zugesehen.

»War die Gurke schlecht?«, wolltest du dann wissen. »Oder waren meine Worte schlecht? Oder beides? Ich hätte übrigens gerne ein Stück Gurke gehabt. Ich habe nämlich Hunger. Mein Bauch knurrt.«

Da bin ich aufgestanden und habe dir einen Teller mit Gurkenscheiben und Butterbroten gemacht.

»Deine Worte waren nicht schlecht«, habe ich gesagt.

»Und die Gurke?«, wolltest du wissen.

»Die war auch nicht schlecht. Mama wirft nur gerne Sachen weg, wenn sie schlechte Laune hat.«

»Warum hat sie schlechte Laune?«

»Mama und Papa sind überfordert mit uns, Phoebe.«

»Was heißt das genau?«

»Dass Mama und Papa uns über ihre Grenzen hinaus fördern müssen, und daran scheitern sie.«

»Du meinst also, sie kommen nur bis zu ihren Grenzen, und dann ist Schluss?«

»Ja.«

»Kann man die Grenzen nicht erweitern? Ich will

nämlich nicht im Ausgrenzungsgebiet sein. Ich will lieber bei Mama und Papa im Familiengebiet sein.«

»Du kannst in beiden Gebieten sein«, habe ich erwidert.

»Ach, so«, hast du gesagt und für einen Moment deine kleine Stirn in Falten gelegt. Dann hast du ein paar Gurkenscheiben in Dreiecke geschnitten und auf ein Butterbrot gelegt. Anschließend hast du die übrig gebliebenen Gurkenschnipsel dazwischen gestreut und angefangen zu essen. »Das schmeckt lecker«, hast du gesagt. »Willst du auch etwas abhaben? Wenn du magst, kann ich dir ein rechtwinkliges Gurken-Dreieck-Brot machen. Oder lieber Quadrate? Tante Magda hat mir ganz viel Mathematik erklärt. Sie hat gedacht, dass ich nichts verstehen würde, weil ich noch ein Kind bin, aber ich weiß jetzt sogar, was eine Raute ist! Soll ich dir ein Gurken-Rauten-Brot machen?«

Ich habe den Kopf geschüttelt.

»Magst du Mathematik?«, hast du gefragt.

»Es geht«, habe ich geantwortet.

»Magst du Gurken-Brote?«

»Es geht.«

»Magst du mich?«, hast du gefragt.

»Natürlich.«

»Ich dich auch«, hast du gesagt und einen Augenblick lang nachdenklich mit deinen Gurkenscheiben herumgespielt und das Brot auf deinem Teller hin- und hergeschoben.

»Du machst mir oft etwas zum Essen, April«, hast du schließlich gesagt. »Und du bringst mir manchmal sogar ein Glas Saft auf mein Zimmer, wenn du merkst, dass ich vergesse zu trinken. Du bist sehr aufmerksam im Umgang mit Lebensmitteln – aber trotzdem umgehst du sie.«

»Ja«, habe ich gesagt.

»Magst du vielleicht ein bisschen Gurke ohne Brot?«, hast du noch einmal gefragt und mich dabei ganz hoffnungsvoll angesehen.

Da habe ich mich neben dich gesetzt.

Und ein paar Gurkenscheiben gegessen.

Sei umarmt, meine liebe Phoebe.

Ich vermisse dich.

Deine April

Liebe Phoebe,

natürlich darfst du alles in meinem Zimmer benutzen. Du kannst in jedem Buch lesen, du kannst alle Zeitschriften durchblättern, du darfst jedes Kleidungsstück tragen und sämtliche Lippenstifte verschwenden. Du darfst sogar in meinem Tagebuch lesen – es steckt hinter der Heizung, zwischen dem Schreibtisch und dem CD-

Regal. Du musst nur von der Seite aus mit irgendeinem langen Stock hinter den Heizstäben herumstochern, dann fällt es irgendwann heraus.

Aber sei vorsichtig, wenn du es liest. Denn dieses Tagebuch erzählt von längst vergangenen Tagen, die niemals enden. Es erzählt von meinen nackten Winterknochen und von der hungrigen Stille in mir. Vielleicht hilft es dir, mich zu begreifen, vielleicht hilft es der Zeit, zu verstehen. Aber versprich mir, Phoebe, dass du niemals so dumm sein wirst wie ich und deine Einsamkeit mit einer Krankheit teilst. Hörst du? Du darfst es nur lesen, auf keinen Fall irgendetwas nachmachen.

Weißt du, es ist anstrengend, jahrelang krank zu sein, denn man gewöhnt sich so sehr an die Folgen, dass man am Ende gar nicht mehr weiß, wie sich ein gesundes Leben anfühlt.

Mir ist seit ungefähr sechs Jahren jeden Tag schwindlig. Mittlerweile bekomme ich schon Herzrasen, wenn ich nur die Treppen zum ersten Stock hinauflaufe. Und ich habe überall blaue Flecken und Kratzer, die nicht mehr verheilen, weil mein Immunsystem kaputt ist. Jede noch so kleine Aufgabe ist zu einer Art Leistungssport geworden, sogar einen Brief an dich zu schreiben ist anstrengend für mich.

Ich kann mich nur schwer auf etwas konzentrieren, weil ich so müde bin, dass ich mich zwischendurch ständig auf den Boden sinken lassen will, um ein bisschen zu schlafen. Aber sobald ich mich hinlege, fällt mein Blutdruck ab, und dann kann ich nicht mehr aufstehen. Also versuche ich immer, irgendwie in Bewegung zu bleiben, auch wenn ich nur zwischen dem Bett und dem Fensterbrett hin- und herwandere.

Ja. Diese Krankheit ist ein ewiger Kreislauf.

Und je kränker man wird, desto weniger kann man sich vorstellen, wofür es sich lohnt, wieder gesund zu werden.

Schlaf gut, meine liebe Phoebe,
ich bin so müde.

Deine April

Liebe Phoebe,

letztes Jahr in der Vorweihnachtszeit hast du mir einen Weihnachtskalender gebastelt. Das war das schönste Geschenk, das ich je bekommen habe! Du hast eine schneeweiße Schnur quer durch mein ganzes Zimmer gespannt und mir für jeden Tag ein kleines Päckchen drangehängt. Nur am 5. und am 23. Dezember hast du mir sogar jeweils zwei Geschenke an die Schnur gebunden, weil du meintest, dass man an den Tagen vor Nikolaus und Weihnachten so aufgeregt sei, dass man unter allen Umständen zwei Päckchen zum Auspacken braucht.

»Phoebe!«, habe ich gesagt. »Das ist ja so lieb von dir! Aber das wäre doch nicht nötig gewesen.«

»Doch!«, hast du gesagt. »Natürlich ist das nötig. Denn ohne einen Weihnachtskalender kommt Weihnachten nicht! Und du willst doch, dass Weihnachten kommt, oder?«

»Ja«, habe ich erwidert. »Weihnachten ist schön.«

»Na siehst du!«, hast du gesagt. Und dann hast du dich ganz aufgeregt auf mein Bett geworfen, so heftig, dass du beinahe auf der anderen Seite wieder heruntergepurzelt wärst. Du hast dich in meine Bettdecke eingekuschelt und dabei zugesehen, wie ich das erste Päckchen geöffnet habe.

In dem Päckchen war ein Wort: Du hast helles Blütenpapier, das du im Sommer gemeinsam mit Paula geschöpft hattest, mit deiner sorgfältigen Handschrift beschrieben, um mir bis Weihnachten insgesamt sechsundzwanzig Worte zu schenken.

»Das sind Aprilblüten«, hast du mir erklärt, als ich das Papier mit den gelben und lilafarbenen gepressten Blüten in der Hand hielt. »Ich habe sie mit Paula zusammen gepflückt, kurz nach deinem letzten Geburtstag.«

Auf dem ersten Zettel stand *Mondschattenspiele*.

»Ich schenke dir meine liebsten Worte«, hast du gesagt. »Damit du wieder ganz viel sprechen kannst, so wie früher. Denn kein Schmerz der Welt ist größer als dein Verstand. Und keine noch so hungrige Stille hat das Recht, deine Stimme zu verschlucken.«

Ach, Phoebe, ich weiß noch, dass ich damals so gut wie gar nicht gesprochen habe, auch nicht mit dir. Ich war die meiste Zeit über nicht zu Hause, ich habe lieber irgendwo draußen herumgesessen und gefroren.

Du fandest das traurig.

Ich erinnere mich, dass du manchmal vor meiner geschlossenen Zimmertür hin- und hergeschlichen bist, weil du mit mir spielen oder reden wolltest, aber du hast dich nicht getraut zu klopfen, weil ich manchmal schlechte Laune hatte und dich wieder rausgeschmissen habe.

Es tut mir so leid, Phoebe, ich wollte dich nie verletzen. Und ich würde so ziemlich alles geben, wenn du jetzt hier vor dieser Kliniktür hin- und herschleichen könntest. Ich würde aus dem Bett hüpfen, die Tür aufreißen, und dich in meine Arme schließen! Ich glaube, ich würde dich nie wieder loslassen.

Deine Weihnachtszettel habe ich übrigens alle aufbewahrt. Sie stecken in einem Umschlag in einem meiner Bücher. Und ich weiß auch noch, was auf dem Heiligabendzettel stand: »Schwesternfürimmer«.

»Das schreibt man auseinander«, hat Papa gesagt.

»Das Wort gibt es nicht«, hat Mama hinzugefügt.

»Und was soll das überhaupt bedeuten?«

»Schreibst du so etwas auch in der Schule?«

»Du kannst nicht alle Worte miteinander verbinden!«

»Das ist falsch!«

»Ihr Erwachsenen habt nicht das geringste bisschen Wortverständnis«, hast du genervt gesagt und unseren Eltern einen bösen Blick zugeworfen.

Dann hast du dich zu Fork auf den Fußboden gekniet und ihm etwas in seine Schlappohren geflüstert – er hat zustimmend gebellt und dich mit seiner Schnauze angestubst.

»Was hast du zu dem Hund gesagt?«, wollte Papa skeptisch wissen.

»Nur zwei Sätze«, hast du geantwortet.

»Und welche?«, hat Papa nachgehakt.

»Das sage ich dir nicht.«

»Warum nicht?«

»Weil du es eh nicht verstehen würdest.«

»Ich verstehe alles!«

»Das war ja wohl der Witz des Jahrhunderts!«, hast du entgegnet und gelacht.

Papa hat seinen Mund geöffnet, um zu schimpfen, aber da hast du dir ganz schnell Forks Leine geschnappt und bist mit ihm zur Tür hinausgeschossen.

»Ich mache einen Weihnachtsspaziergang!«, hast du noch gerufen. »Ich komme erst wieder, wenn sich eure Stimmung verbessert hat!«

Und dann warst du auch schon weg.

Papa hat wütend vor sich hin gemurmelt, und Mama hat Tante Magda angerufen. Ich habe mich währenddessen im Badezimmer eingeschlossen und das Weihnachtsfrühstück erbrochen.

Du bist übrigens die Einzige, der ich schreibe. River vermisse ich zwar auch, aber mir fällt nichts ein, was ich ihr schreiben könnte. Und ich habe solche Angst, dass sie mich nicht mehr versteht, dass meine Worte und ihre nicht mehr zusammenpassen, dass sie sich fremd geworden sind.

Du hast ein Riesenglück, Phoebe, dass du Paula hast. Sie versteht deine Wortwasserfälle, und wenn sie dich einmal nicht verstehen kann, dann versteht sie das auch – dann lacht sie einfach und sagt: »Phoebe! Du bist so klug! Ich hoffe, das ist ansteckend!«

Und lass dir nicht von Papa sagen, dass du still sein sollst. Er meint das nicht böse, er ist einfach schnell genervt, weil er so viel arbeitet.

Zu mir haben Mama und Papa auch immer gesagt: »April, hör endlich auf, jeden Satz fünfmal zu fragen! Und verdreh nicht ständig alle Worte. Es reicht! Willst du nicht lieber mit den Legosteinen spielen?«

Aber als ich dann angefangen habe, mit meinen Legosteinen Buchstaben auf dem Teppichboden auszulegen, da waren die beiden auch nicht zufrieden. Und als ich aufgehört habe zu sprechen, waren sie noch viel weniger zufrieden.

Also nimm ruhig alle deine Worte und staple sie zu jeder erdenklichen Satzkonstruktion auf. Vielleicht kippen sie um und purzeln wild durcheinander, vielleicht laufen alle Menschen achtlos an deiner Aussage vorbei. Aber du musst trotzdem weitermachen. Hörst du, Phoebe? Du musst weitermachen! Denn wenn du deine Worte verlierst, hast du keine Chance, gehört zu werden.

Ich liebe dich, Phoebe.

Winterwassertief.

Deine April

Liebe Phoebe,

der Herbst tanzt durch die Bäume, und der Hof unter meinem Fenster ist über und über mit verwehten Blättern bedeckt. Isabella wurde gestern entlassen, und jetzt bin ich ganz alleine in diesem Zimmer. Die Ärzte haben gesagt, dass ich erst wieder eine Mitbewohnerin bekomme, wenn ich etwas zugenommen habe.

So läuft es hier den ganzen Tag: Du darfst das – wenn du zunimmst. Du bekommst jenes – wenn du zunimmst.

Und mit *das* oder *jenes* ist so ziemlich *alles* gemeint.

Von mir aus können sie mir jeden einzelnen Augenblick verbieten, das Einzige, worüber ich mich freuen würde und wonach ich mich wirklich sehne, ist ein

Besuch von dir. Aber das würde Mama sowieso nie erlauben, und deshalb versuche ich, nicht allzu viel davon zu träumen. Ich werde immer traurig dabei.

Und wie soll ich denn essen.

Bei all der Traurigkeit in meinem Bauch?

Danke für deine Briefe. Ich finde es schön, dass ich durch dich wenigstens etwas vom wahren Leben jenseits der Klinikmauern mitbekomme. Wenn man nämlich zu lange hier eingesperrt ist, vergisst man irgendwann, dass sich die Welt dort draußen weiterdreht.

Sogar Tante Magda dreht sich weiter, wenn auch nur im Kreis. Du beschreibst es ja ganz treffend, wenn du von ihr erzählst. Die Tabletten, die sie einnimmt, heißen übrigens Antidepressiva. Und ich glaube auch nicht, dass die helfen. Die Ärzte hier wollen mir immer welche andrehen, aber ich spucke sie jedes Mal wieder aus. Manche Krankenschwestern kontrollieren, ob ich die Tabletten auch wirklich schlucke; dann erbreche ich sie einfach, sobald ich wieder alleine bin. Das tut weh wegen der Magensäure.

Aber ich habe lieber Schmerzen.

Als unechtes Glück.

Ach, Phoebe, ich weiß noch genau, letztes Jahr, am Tag vor Weihnachten, da standen auf den zwei Blütenpapierzetteln, die Worte *Davonkommen* und *Satzanfang.*

»Warum magst du das Wort *Davonkommen* so gerne?«, habe ich dich mit den beiden Zetteln in meiner Hand gefragt. »Und warum hast du es mit *Satzanfang* zusammen verpackt?«

Um ehrlich zu sein, habe ich mir schon gedacht, was du damit ausdrücken wolltest, aber ich wollte hören, wie du es sagst – denn ich habe deine bunten Worte so gerne in meinen farblosen Räumen.

»*Davonkommen* ist mein Lieblingswort für dich!«, hast du erklärt. »Weil du von der Stille in deinem Kopf *davonkommen* musst. Sonst können wir nie wieder so lustig reden wie früher. Und wenn du nicht *davonkommst, kommst* du nirgendwo *an*. Eigentlich ist *Davonkommen* aber gar kein Wort, sondern ein Satzanfang. Denn wenn nach dem *Davonkommen* nichts mehr *kommt*, dann hat man es nicht geschafft. Wenn es nicht weitergeht im Leben, ist alles vorbei! Und dann ist das Wort sinnlos.«

»Sinnlos«, habe ich leise wiederholt, weil ich in diesem Moment über die Sinnlosigkeit des Verhungerns nachgedacht habe. Ich habe das Wort ganz leise vor mich hingemurmelt, aber du hast es trotzdem gehört.

Und da hast du gesagt: »Sinnlos ist, wenn der Sinn lose herumrennt und sich selbst verliert. Dann weiß man nicht mehr, was los ist, und wo der Sinn ist, weiß man auch nicht.«

»Ja, ich weiß«, habe ich gesagt.

»Ich weiß, dass du das weißt«, hast du erwidert.

»Ich weiß, dass du weißt, dass ich das weiß«, habe ich gesagt, und du hast gelächelt und Fork am Ohr gezupft. Dann hast du in deinen Hosentaschen gewühlt und ein gelbes Gummibärchen gefunden. Du hast es von allen Seiten betrachtet und es dann sehr zufrieden aufgegessen. Nach einer weiteren Streicheleinheit für Fork meintest du: »Aber man kann dem losen Sinn hinterherrennen und ihn wieder einfangen. Ich denke, wenn man geschickt ist und viele Sinne einfängt, dann hat man das Leben mit Sinn voll.«

Ach, Phoebe.

Du bist ein Satzzeichen.

Du setzt Zeichen. Mit deinen Sätzen.

Sei fest umarmt und gehalten.

Deine April

Liebe Phoebe,

weißt du eigentlich, dass du die kleinste Schrift hast, die ich je gesehen habe? Wie schaffst du es nur, so viele Buchstaben auf eine Seite zu quetschen? Ich habe immer nur bei Aufsätzen so klein geschrieben, weil meine Lehrer sich ständig darüber beschwert haben, dass ich ihnen Romane abliefern würde anstelle von Schulaufsätzen. Aber das kennst du ja, du schreibst auch zehn Seiten in fünfundvierzig Minuten. Und dann bist du traurig, weil die Stunde um ist und du gerne noch zwanzig Seiten mehr drangehängt hättest, auch wenn das Thema nur *Herbstferien* ist.

Sei nicht traurig, dass Mama und Papa schon wieder so viel streiten. Bevor du geboren wurdest, war es noch viel schlimmer – da haben die beiden sich nur am Wochenende gesehen, und dann haben sie von Freitagnacht bis Montag früh um fünf gestritten.

Sie haben sich angeschrien und Türen geknallt.

Obwohl sie sich lieben.

Aber das habe ich dir ja alles schon geschrieben. *Warum* sich die beiden stritten allerdings nicht. Meistens haben sie meinetwegen gestritten, Phoebe. Es tut weh, das zuzugeben, aber so war es. Ich habe mich oft gefragt, ob sie mich wohl lieben. Und das frage ich mich auch heute noch. Jeden Tag aufs Neue.

Dich lieben sie auf jeden Fall. Aber dich muss man schließlich auch lieben! Denn wenn du einen Raum betrittst, dann wird er zu einem Phoebe-Raum, selbst wenn er vorher ein Kellerverlies, eine verstaubte Kammer, ein Einkaufszentrum oder das Bundeskanzleramt war.

Sobald du anfängst zu reden, vergessen die Leute um dich herum, was sie gerade sagen wollten, und dann versuchen sie zu begreifen, warum du Schneemänner auf deinem Schlitten durch die Stadt ziehst. Dabei ist die Antwort so einfach: Weil du findest, dass selbst der hässlichste Schneemann einen guten Platz zum Überwintern verdient hat.

Ich weiß noch, dass du einmal einen winzigen Schneemann aus unserem Garten ins Haus geholt und in die Gefriertruhe gesetzt hast, weil es draußen angefangen hatte zu tauen.

»Phoebe, was ist das schon wieder in unserem Gefrierschrank?«, hat Papa gefragt.

»Was meinst du denn genau, Papa? Da sind so viele Dinge im Gefrierschrank. Fischstäbchen und Blumenkohl und Lasagne und Schokoeis.«

»Wie Fischstäbchen und Blumenkohl aussehen, weiß ich!«, hat Papa genervt gemeckert. »Ich meine das Ding, das ganz offensichtlich nicht in den Gefrierschrank gehört!«

»Ach, dann meinst du bestimmt meinen Schneemann. Der ist aber genau richtig im Gefrierfach, sonst würde er doch schmelzen. Draußen kommt nämlich der Frühling! Hast du das noch nicht bemerkt? Bald kommen die ersten Blumen. Und bald kommt der April.«

»Ja. Schön und gut. Und irgendwann kommt auch wieder der Winter, und dann kannst du dir einen neuen Schneemann bauen!«, hat Papa gebrummt. »Phoebe, du kannst nicht das ganze Jahr über diese blöde Schneekugel im Gefrierfach liegen lassen!«

»Das ist keine blöde Schneekugel!«, hast du empört gesagt. »Das ist Erwin. Und nach dem Frühling kommt übrigens erst noch der Sommer! Das ist jedes Jahr so! Das kannst du gerne in deinem Kalender überprüfen. Oder im Internet. Der Winter kommt erst nach dem Sommer!«

»Ich weiß, wie das Jahr funktioniert!«

»Gerade eben hast du es nicht gewusst!«

»PHOEBE!«

»Ja?«

»Erwin muss weg!«

»Warum? Er stört doch niemanden.«

»Das ist eine Gefriertruhe – mit Gefrierfächern, in die man Sachen rein macht, die man einfrieren möchte! Und Schneemänner sind nicht zum Einfrieren da. Sie sind zum Draußenbleiben da!«

»Wer sagt das?«

»Ich!«

»Aber du hast auch gesagt, dass Selbstzweifel Zweifel an sich selbst sind, und das war eine blöde Aussage, weil die schon in dem Wort enthalten ist. Also kann ich mich nicht darauf verlassen, dass deine Sätze stimmig sind, Papa! Vor allem, wenn du so verstimmt bist wie jetzt. Da kann es doch gut sein, dass deine Sätze genauso unstimmig sind wie du!«

»PHOEBE!«, hat Papa gebrüllt. »Jetzt nimm endlich den blöden Schneemann aus dem Gefrierfach.«

»Er heißt Erwin«, hast du gesagt und bist aufgestanden. »Du kannst wenigstens seinen Namen sagen, wenn du ihn schon vor die Tür setzt.«

»PHOE –«, hat Papa begonnen, aber da hast du gnädig abgewinkt.

»Ist schon gut. Ich stelle Erwin neben die Kastanie und bleibe bei ihm, bis er gestorben ist. Und übrigens hat April mir mittlerweile erklärt, was genau Selbstzweifel sind. Das sind nämlich die einzigen Zweifel, die man nur selbst beseitigen kann. Und da ich jetzt Erwin beseitigen muss, kannst du ja mal Tante Magda anrufen und ihr sagen, dass sie ihre Selbstzweifel nicht von den komischen Pillen lösen lassen kann.«

Papa hat es vorgezogen, darauf nichts zu antworten, sondern ist nur schnaubend aufgestanden und zum Telefon gegangen.

»Rufst du jetzt Tante Magda an?«, hast du interessiert gefragt.

»Nein«, hat Papa gesagt. »Ich rufe im Krankenhaus an und frage, ob die sich sicher sind, dass sie uns nach der Entbindung auch wirklich das richtige Kind mitgegeben haben.«

»Papa! Das war gemein! Stell dir vor, ich hätte keinen Humor, dann wäre ich jetzt verletzt und würde mir andere Eltern suchen.«

»Dann könntest du April ja gleich mitnehmen«, hat Papa gesagt. »Da sie sowieso nicht mehr mit uns redet, hätte sie bestimmt nichts dagegen.«

»Wenn es einen Test gäbe, den Eltern machen müssten, bevor sie Kinder in die Welt setzen dürfen, und wenn dieser Test die Kommunikationsfähigkeit in Konfliktsituationen mit Minderjährigen überprüfen würde, dann hättest du garantiert kein Kind!«, hast du wütend gerufen. So wütend, dass Papa dich mit dem Hörer in der Hand verwirrt angestarrt hat.

»Woher weißt du, was eine Konfliktsituation ist und was Kommunikationsfähigkeit bedeutet?«, wollte er schließlich wissen.

»Ich höre den Menschen zu«, hast du gesagt. »Und es gibt viele Menschen auf der Welt! Du brauchst nur aus dem Fenster zu gucken, dann siehst du, was ich meine. Überall Menschen, Menschen, Menschen. Und diese Menschen reden den ganzen Tag: Auf der Straße, im Café, in der Schule, um die Schule herum, am Kiosk, im Supermarkt, im Kino – überall reden sie! Man muss nur zuhören, dann versteht man viele Worte.«

Da hat Papa seinen Freund Bernhard angerufen und gefragt, ob er sofort und ganz lange auf ein Bier bei ihm vorbeikommen könne.

Fünf Minuten später war Papa weg.

Und wir beide waren alleine.

»Wir könnten Erwin auch ganz unten in der Gefriertruhe verstecken«, habe ich vorgeschlagen. »Hinter der Schoko-Eiscreme, die mag Papa nicht. Da wird er nicht suchen.«

Du hast einen Moment lang darüber nachgedacht,

aber dann meintest du: »Nein. Erwin will bestimmt nicht sein Leben lang versteckt hinter der Eiscreme bleiben müssen. Wenn man an einem Ort ist, an dem man nicht frei sein kann, dann sollte man weggehen und woanders frei sein. Und wenn es keinen einzigen Ort auf der Welt gibt, an dem man frei sein kann, dann ist es okay, wenn man irgendwann verschwindet.«

»Was ist mit dir?«, habe ich dich gefragt. »Bist du frei?«

»Manchmal«, hast du nachdenklich geantwortet. »Aber meine Einstellungen stehen nicht immer fest auf derselben Stelle. Weil ich noch klein bin. Ob das gut oder schlecht ist, kann ich nicht genau sagen. Und ich weiß auch noch nicht, wie man zu manchen Dingen stehen muss.«

»Bist du traurig – wegen Erwin?«

»Ja, schon. Aber weißt du, April, es wird ja zum Glück immer wieder Winter.«

»Da hast du recht.«

»Und nächsten Winter bauen wir beide zusammen einen ganz großen Schneemann!«, hast du gesagt. »Wir können dem Schneemann eine Akte unter den Arm klemmen und ein Handy ans Ohr kleben, dann sieht er aus wie Papa.«

»Okay«, habe ich zugestimmt.

»Und dann machen wir auch noch einen weinenden Schneemann«, hast du hinzugefügt. »Der sieht dann aus wie Tante Magda.«

Kurz darauf haben wir Erwin aus dem Gefrierfach genommen und uns gemeinsam mit Fork und Erwin neben die Kastanie gesetzt. Es war kalt und nass, aber wir haben beide so getan, als würden wir es nicht merken.

Fork hat gebellt. Irgendwo aus der Ferne hat ein Hund zurückgebellt. Und dann hat Erwin angefangen zu schmelzen.

Die Erwinpfütze hat sich zwischen uns ausgebreitet und Fork hat seine Nase in das Schneewasser gesteckt und anschließend seine Schnauze geschüttelt.

»Es wird immer wieder Frühling«, habe ich leise gesagt.

»Es wird immer wieder April«, hast du geflüstert.

Pass gut auf dich auf, Phoebe.

Du bist die Zeit.

Die bleibt.

Deine April

Liebe Phoebe,

ich hoffe, du bist nicht mehr so traurig – dein letzter Brief war ganz verschmiert, weil du beim Schreiben geweint hast. Es tut mir furchtbar leid, dass du dich meinetwegen schlecht fühlst. Wie gerne würde ich dich in den Arm nehmen, um dich zu trösten. Aber ich denke, wenn ich jetzt wieder nach Hause komme, wird alles nur noch schlimmer als vorher. Denn das mit dem Gesundwerden will einfach nicht klappen. Im Gegenteil, ich habe schon wieder abgenommen.

Ich mache mir so viel Gedanken darüber, was alles schiefgelaufen ist. Ich glaube, Mama und Papa konnten noch nie etwas mit mir anfangen, das spüre ich immer deutlicher, je länger ich darüber nachdenke. Und je länger ich darüber nachdenke, desto trauriger werde ich, und umso weniger kann ich essen. Die beiden sind liebe Menschen, das weiß ich ganz sicher, und sie geben bestimmt ihr Bestes, aber sie haben mich noch nie gesehen.

Kein einziges Mal.

In all den Jahren.

Weißt du, wie das ist, wenn man Eltern hat, die nur durch einen hindurchblicken? Mama hat mich immer weggeschickt, wenn ich ihre Hilfe gebraucht habe. Und wenn ich krank war und zu ihr gesagt habe: »Mama, es geht mir schlecht«, dann hat sie nur erwidert: »Leg dich hin, April. Und komm wieder, wenn es dir gutgeht.«

Bei dir sind die beiden ganz anders. Wenn du krank bist, sitzen sie an deinem Bett und Mama kocht dir Suppe, während Papa dir Geschichten vorliest. Sie heben dich hoch, sie halten dich fest. Und vor allem sagen sie dir nicht, dass du untragbar bist.

Also muss es irgendwie an mir liegen.

Ich weiß nicht genau, was ich falsch gemacht habe, aber ich glaube, ich war ein zu anstrengendes Kind. Du bist zwar auch manchmal so wie ich, und Mama und Papa stehen dann oft genauso hilflos neben dir wie sie mir gegenübergestanden haben, aber abgesehen davon versprühst du solch eine Lebensfreude und so viel Gefühlsintelligenz, dass man nie wirklich sauer auf dich sein kann. Außerdem möchte man dich immer beschützen. Du hast dieses liebliche Funkeln in deinen Augen, so sanft und zerbrechlich, dass man einfach nicht darum herumkommt, auf dich achtzugeben.

Phoebe, du brauchst dich nicht bei mir zu entschuldigen, ich war doch nie sauer auf dich, weil du meine Radiergummis geklaut hast. Und dass du mein Erdkundebuch ertränkt und anschließend versteckt hast, war zwar nicht gerade lustig, aber es war doch nur ein Buch. Du darfst niemals denken, dass ich deinetwegen krank geworden bin oder dass ich nicht zurückkomme, weil du ohne anzuklopfen in mein Zimmer gestürmt bist. Hörst du, Phoebe?

Und Fork ist übrigens nicht mein Hund – er ist *unser* Hund.

Deiner und meiner.

Er hat uns beide gleich lieb.

Ach, Phoebe, ich bin so müde. Und die Zeit.

Sie flüstert vom Schweigen.

Deine April

Liebe Phoebe,

ich habe, abgesehen von dir, noch nie von jemandem gehört, der seine Kommata an den Stellen setzt, an denen er seine Atempausen macht. Seit du mir das geschrieben hast, gucke ich immer, wo deine Kommata stehen, und wenn du ausreichend Satzzeichen gesetzt hast, bin ich beruhigt.

Lass dich von deiner Frau Neumann nicht ärgern. Deutschlehrer sind keine Schriftsteller; sie können nicht viel mit ungebundener Wortgestaltung anfangen – es sei denn, du hast schon zehn Bücher veröffentlicht. In diesem Fall darfst du deine Kommata wahrscheinlich auch mitten im Wort setzen, weil sie dann Ehrfurcht vor dir haben.

Ich habe in der Schule einmal einen Aufsatz über *Winterschatten* geschrieben. Er war glücklich und traurig, hungrig und sehnsüchtig und insgesamt siebzehn Seiten lang. Meine Lehrerin hat mir den Aufsatz weggenommen und ihn meinem Klassenlehrer gezeigt, woraufhin der meiner Deutschlehrerin den Aufsatz weggenommen und ihn dem Rektor gezeigt hat. Der wiederum hat den Aufsatz meinem Klassenlehrer weggenommen und ihn in seinem Schreibtisch weggeschlossen. Dann hat er Mama und Papa angerufen.

Mama hat schlechte Laune bekommen.

Papa hat schlechte Laune bekommen.

Und dann habe ich Anti-Hausarrest bekommen, was so viel bedeutet hat wie: *Geh raus und mach gefälligst das, was andere Jugendliche in deinem Alter tun – Partys feiern, Drogen nehmen, rauchen und rumknutschen.*

Mama hat tatsächlich zu mir gesagt: »Kannst du nicht einfach einmal betrunken nach Hause kommen? Oder Zigaretten unter deinem Bett verstecken!?«

»Was?«, habe ich gefragt.

»Sei einfach NORMAL!«, hat Mama geschrien. So laut und schrill, dass es mir in den Ohren weh getan hat.

»Aber –«

»April, geh ins Kino!«, hat Papa gesagt. »JETZT!«

Und da bin ich ins Kino gegangen und habe mir alle Filme, die gerade liefen, hintereinander angeguckt. Anschließend habe ich beschlossen, nie wieder einen vernünftigen Aufsatz zu schreiben. Und seitdem schreibe ich um jedes Thema herum oder reihe einfach sinnlose Sätze aneinander.

Manchmal wundert es mich, dass Mama so gut mit ihren Pflegekindern umgehen kann. Wenn sie von ihrer

Arbeit erzählt, kommt sie mir immer wie ein völlig anderer Mensch vor. Sie hat dann so viel Herzenswärme und Geduld, dass man denken könnte, sie hätte irgendeinen Sozialpädagogen-Parasiten in ihrem Kopf, der die Kontrolle übernimmt, sobald sie das Haus verlässt und sich um fremde Kinder kümmert.

Vielleicht ist es ja einfacher, für ein Kind zu sorgen, das man anschließend wieder abgeben kann. Und vielleicht hat man abends, wenn man nach Hause kommt und feststellen muss, dass dort noch so ein verlorenes Kind wartet, keine Lust mehr, die Welt zu retten. Dann will man nicht einmal mehr kochen.

Ich liebe deine Fragen, Phoebe. Ich weiß, ich beantworte sie nicht alle, aber ich hoffe, das kannst du verstehen. Und ich denke, die meisten Antworten findest du schneller selbst als sie dir irgendjemand geben könnte.

Eine Ersatzschwester auf Zeit habe ich hier übrigens nicht. Die meisten Patienten kommen und gehen. Und ich bin meistens sowieso alleine auf meinem Zimmer, weil mir doch alles verboten wurde.

Außerdem gibt es keinen Ersatz für dich.

Niemand ist so wie du, Phoebe.

Du bist die einzige Phoebe, die ich habe.

Und ich weiß ganz genau: Wenn das hier alles, alles zu Ende geht, dann wirst Du immer noch da sein.

Um deine Frage nach dem Verliebtsein zu beantworten: Mein Herz ist noch nicht vergeben. Erinnerst du dich, wie ich gesagt habe: »Mein Herz hat sich versteckt. Ich muss es erst wieder finden, bevor ich es vergeben kann«?

So ist das immer noch.

»Aber dein Herz ist doch da!«, hast du damals gesagt und deinen Kopf an meine Brust gepresst. »Ich kann es hören!«

»Das ist nur ein Echo«, habe ich gesagt.

»Und ein Echo reicht nicht aus?«

»Nicht zum Verlieben.«

»Und zum Leben?«

»Nicht ganz.«

»Mist!«, hast du geflucht. »Ich will aber, dass du ganz lebst! Nicht halb! Was machen wir denn jetzt? Brauchst du eine Transplantation?«

»Woher weißt du denn, was eine Transplantation ist?«, habe ich gefragt.

»Ich habe Fernsehen geguckt, als ich mit Mama beim Zahnarzt war. Sie hat gesagt, dass ich mit den Bauklötzen spielen oder mir ein Bilderbuch angucken soll, aber ich habe lieber zugehört, was der Mann im Fernseher erzählt hat. Der war nämlich Arzt und hat die Herzen von toten Menschen in lebende Menschen gesteckt – in Menschen, die ein kaputtes Herz haben.«

»Ich brauche keine Transplantation«, habe ich gesagt. »Mein Herz hat sich nur versteckt, es ist nicht kaputt.«

»Und taucht es wieder auf?«

»Ich hoffe es.«

»Ich auch«, hast du gemeint und mich lange angesehen. »April, du bist manchmal sehr blass«, hast du schließlich nachdenklich gesagt. »Du zitterst oft. Und dein Arm blutet ständig. Und deine Lippen sind blau. Und deine Finger auch.«

»Ich weiß«, habe ich gesagt.

Du hast nach meiner Hand gegriffen.

»Stirbst du?«, hast du plötzlich gefragt. Und ich habe die Angst in deinen Augen gesehen.

»Warum sollte ich denn sterben?«, habe ich dich aufmunternd gefragt. »Ich bin doch nur ein bisschen krank.«

»Aber du hast mir einmal gesagt, dass deine Seele krank ist. Und jetzt sieht man überall auf deinem Körper, *wie* krank deine Seele ist. Verstehst du, April – es breitet sich aus! Wie ein Virus! Vielleicht wird auch dein verschollenes Herz krank! Und dann brauchst du doch eine Transplantation! Aber das ist ein gefährlicher Eingriff, das hat jedenfalls der Arzt im Fernsehen gesagt.«

»Ich versuche, gesund zu werden.«

»Versprich es mir! Versprich mir, dass du alles versuchst, April!«, hast du geflüstert, und deine Stimme hat gezittert dabei.

Da habe ich dich hochgehoben und ganz fest an mich gepresst. Deine langen butterkeksblonden Haare haben sich mit meinen rabenschwarzen Haaren vermischt, und der Geruch von deinem Erdbeerkaugummi hat zu dem Rosenduft meiner Creme gepasst.

»April«, hast du mir ins Ohr gewispert. »April, ich brauche dich!«

Deine Arme haben sich so fest um meinen Hals geschlungen, dass ich kaum noch atmen konnte.

Ich habe dir das Versprechen nicht gegeben.

Und du hast mich nie wieder darum gebeten. Du hast es einfach verklingen lassen in der bitteren Stille. Denn du wusstest, dass ich dir nicht geantwortet habe, weil ich es nicht konnte. Du hast nicht verstanden, wie meine Krankheit heißt und wie hungrig sie an meinen Knochen nagt, aber du wusstest schon damals mehr als Mama und Papa und alle Ärzte zusammen. Du warst diejenige, die am dringendsten wollte, dass ich etwas esse. Und trotzdem bist du mir nie mit einem Brötchen in der Hand hinterhergejagt. Du warst immer zurückhaltend. Und egal, wie laut und stürmisch du manchmal warst, wenn es drauf ankam, war deine Stimme weich und vorsichtig.

Du hast nie ein falsches Wort zu mir gesagt, Phoebe, du hast es als Einzige geschafft, deine Worte an mich zu richten. Und nicht an meine Krankheit. Du hast mir zugeflüstert: »Vielleicht wird die Zeit wieder gesund. Vielleicht hat sie nur eine Erkältung, und wenn der Frühling eines Tages fröhlich über die Vorstadtwiesen rennt, dann kommt auch die Zeit zurück auf die Beine.«

Und solange es die richtige Zeit ist.
Kann ich mich gedulden.

Deine April

Liebe Phoebe,

ich finde auch, dass man gute Sätze zweimal hintereinander schreiben kann. Aber es gibt viele Menschen, die sind beim besten Willen nicht in der Lage, einen Wortbezug herzustellen. Papa zum Beispiel denkt bei *Wortbezug* wahrscheinlich wieder einmal nur an einen Bettbezug, auf den Buchstaben gedruckt sind. Ein Werbespruch oder so.

Ich weiß noch, dass du einmal mit deiner Bettdecke auf dem Wohnzimmerfußboden gelegen hast. Erst hast du dich darin eingekuschelt, und dann hast du die Decke mit aller Entschlossenheit von deinem Körper geschoben. Du hast die Zipfel ordentlich zusammengefaltet und bist unter der Bettdecke hervorgekrochen. Dann hast du gelacht und wieder von vorne angefangen. Nach dem fünften Mal hat Papa dich entnervt gefragt, was um Himmels willen du da eigentlich treiben würdest.

»Ich entfalte mich«, hast du gesagt und ihn angestrahlt.

»Was?«, hat Papa gebrummt und einmal mehr geschaut, als würde er nichts, aber auch gar nichts verstehen.

»Siehst du das denn nicht, Papa!?«, hast du gefragt und die Bettdecke über deinem Körper zur Seite gefaltet. »Ich entfalte mich!«

Papa hat daraufhin nur gemeint, dass du vielleicht lieber Papier falten solltest anstelle von Bettdecken, weil Bettdecken zum Schlafen da seien und nicht zum Fußbodenaufwischen. »Außerdem machst du ganz schön viel Krach bei deinem Umhergefalte«, hat er abschließend gesagt. »Du bist wie ein trampeliger Pappfant.«

»Du hast doch überhaupt keine Ahnung, was ein Pappfant ist!«, hast du entgegnet und dich dabei weiter entfaltet. »Ein Pappfant trampelt nicht. Er ist ein Phantasietier, und Phantasie kann auf der Seele trampeln, aber nicht im Wohnzimmer!«

»Phoebe!«, hat Papa gesagt. »Hör auf, über den Boden zu kugeln, ich will hier arbeiten!«

»Wieso gehst du nicht in dein Arbeitszimmer, wenn du arbeiten willst?«, hast du gefragt. »Da sind alle deine Ordner, und die magst du doch so gerne. Außerdem hat es einen Grund, warum das Arbeitszimmer *Arbeits*zimmer heißt. Da arbeitet man nämlich, und hier ist das *Wohn*zimmer. Hier wohnt man. Und wo man wohnt, da sollte man sich entfalten dürfen!«

»Phoebe!«, hat Papa gerufen. »Es reicht!«

»Jaja, schon gut!«, hast du gebrummt. »Dann entfalte ich mich halt in meinem eigenen Raum.«

Und dann hast du deine Decke genommen und sie durch das ganze Haus bis in dein Zimmer geschleift, um dort zur vollen Entfaltung zu kommen.

Eine halbe Stunde später habe ich an deine Zimmertür geklopft, weil ich mir ein bisschen Sorgen gemacht habe, dass Papa dich vielleicht zu sehr verletzt haben könnte. Aber du lagst neben deinem Kleiderschrank auf dem Fußboden, unter einem Berg von Klamotten, und hast dich still und friedlich auf jede erdenkliche Art entfaltet.

»Geht es dir gut?«, habe ich gefragt.

»Ich bin unverstanden«, hast du gesagt. »Aber das verstehe ich mittlerweile. Und ich kann alleine stehen. Nur manchmal wird mir schwindlig.«

»Mir ist auch manchmal schwindlig.«

»Dir ist bestimmt doppelt schwindlig. Weil du genauso viele Worte hast wie ich, aber du hast sie in deinem Kopf eingesperrt und benutzt sie nicht. Außerdem wiegst du sehr wenig, deshalb haben deine gefangenen Worte es leicht, dich aus dem Gleichgewicht zu bringen«, hast du erwidert.

Dann hast du dich unter drei T-Shirts hervorgefaltet und mir erklärt, wie menschliche Beziehungen funktionieren: »Menschen ziehen für gewöhnlich so lange an ihren Gefühlen herum, bis die Gefühle sich alle irgendwie aufeinander beziehen. Wenn sie aber zu heftig an sich und an anderen herumziehen, dann gehen die Beziehungen kaputt, und was übrig bleibt ist nichts weiter als ein ausgezogenes Gefühlsskelett.«

Du hast zwei Kleider weggefaltet. Anschließend hast du hinzugefügt: »In einer Beziehung muss man sich berühren, ohne in den Gefühlen von seinem Partner herumzurühren. Denn *berühren* kommt von *anrühren*, und nicht von *herumrühren*.«

Dann hat Mama zum Essen gerufen.

Du hast seufzend die restlichen Kleidungsstücke von deinem Körper entfaltet und bist aufgestanden.

»Komm, April«, hast du gesagt und mir eine Hand hingehalten. »Jetzt gibt es wieder einen Sandwichstreit, wie jeden Abend. So langsam kenne ich dieses Leben auswendig: Mama schummelt bestimmt irgendwelche Kalorien in deinen Tee, Papa liest zum dritten Mal die blöde Zeitung, und Fork freut sich, weil du dein ganzes Essen unter den Tisch fallen lässt.«

Ach, Phoebe. Du hast die Welt durchschaut. Ohne hinzugucken. Du bist der klügste Mensch, den ich kenne. Und der warst du auch schon, als dein Wissen noch so klein war wie deine winzigen ersten Schritte.

Aber Wissen hat sowieso nicht allzu viel mit Intelligenz zu tun. Ich denke, am Ende kann man so ziemlich alles wissen, wenn man sich nur lange genug damit beschäftigt. Aber Dinge verstehen, über die man kaum ein Wissen besitzt – das ist die Kunst, die etwas über einen Verstand aussagt. Und da du schon immer die richtigen Aussagen zu jedem noch so falschen Thema getroffen hast, wirst du dein Leben lang abseits von irgendeinem ausgeschilderten Bildungspfad deine eigenen Wege finden. Und wenn du über jedes dritte vergessene Komma stolperst und von einer Wortkatastrophe in den nächsten Wortaufstand deiner Gedanken fällst, du wirst immer einen Satz finden, der für dich steht.

Ja, meine liebe Phoebe, von dir habe ich gelernt: Isolation ist nicht die Höchstform von Existenz, und Stille nicht die Abhandlung von Zeit.

Ich vermisse dich,
deine April

Liebe Phoebe,

du konntest so früh laufen und sprechen. Mama und Papa haben dich ungläubig angestarrt und Papa hat leise geflüstert: »Sie ist wie April«.

»Nein!«, hat Mama gesagt und heftig den Kopf geschüttelt. »Sie ist ein ganz normales kleines Kind, das einfach sehr früh laufen und Worte plappern kann.«

»Bin *ich* denn nicht normal?«, habe ich gefragt.

»Doch, du bist auch normal«, hat Papa gesagt.

»Aber anders normal«, hat Mama hinzugefügt.

»Wie denn?«, habe ich gefragt.

Statt einer Antwort hat Mama vorgeschlagen, ob ich nicht auf den Spielplatz gehen wolle.

»Kommst du mit?«, habe ich hoffnungsvoll gefragt. »Wir könnten zusammen mit Phoebe rutschen.«

»Nein«, hat Mama gesagt. »Phoebe und ich bleiben hier.«

»Aber warum?«

»April!«, hat Papa gesagt. »Geh einfach raus spielen!«

Und da bin ich rausgegangen. Obwohl ich gar nicht rausgehen wollte, sondern viel lieber mit dir und Mama zu Hause gespielt hätte.

Als ich wieder zurückkam, gab es Abendessen. Mama und Papa haben dich mit Essen vollgestopft und du hast fröhlich gelacht und eine Erbse nach mir geworfen.

»Ich habe keinen Hunger«, habe ich gesagt.

»Doch, du *hast* Hunger«, hat Mama gesagt.

»Nein, ich habe keinen Hunger.«

»Dann geh schlafen«, hat Papa gesagt.

Also bin ich schlafen gegangen.

Am nächsten Tag ist Mama in mein Zimmer gekommen und hat gesagt: »April, was auch immer du da für ein Spiel treibst, du hast jetzt eine kleine Schwester, also reiß dich gefälligst zusammen und benimm dich normal, hörst du?«

Ich war acht Jahre alt. Und ich hatte gerade erst angefangen zu hungern. Ich wusste noch nicht, was Magersucht ist. Aber eines wusste ich: dass der nagende Schmerz in meinem Bauch besser war als die Einsamkeit in meinem Kopf. Und dass diese Einsamkeit nicht richtig war, wusste ich auch. Kein Kind sollte sich so alleine fühlen, wenn es zwei Eltern hat.

Ach, Phoebe, ich war furchtbar unglücklich. Schon damals, vor all den Jahren. Denn ganz egal, wie gut ich in der Schule war, und ganz egal, wie ordentlich ich mein Zimmer aufgeräumt habe, Mama und Papa haben sich nie über mich gefreut. Sie haben nie ein nettes Wort zu mir gesagt.

Ich glaube, sie hätten lieber ein anderes Kind gehabt. Eines, das andere Fragen stellt, oder am besten gar keine Fragen hat. Und dann bist du gekommen.

Von da an durfte ich zugucken, wie eine Familie funktioniert.

Nur mitmachen – das durfte ich nicht.

Als ich älter wurde und verstanden habe, wie meine Krankheit heißt, da habe ich eine Zeitlang darüber nachgedacht, ob es nicht vielleicht klug wäre, wieder gesund zu werden, bevor es zu spät ist. Doch da war es bereits zu spät. Ich hatte zu lange im Abseits gestanden. Und natürlich wusste ich, dass der Boden, auf dem ich laufe, der gleiche ist wie der, auf dem ich mich verliere. Es wäre so einfach gewesen, für einen Moment zum Stillstand zu kommen, aber meine Unbeständigkeit hat meine Fähigkeit zu fühlen gefressen. Und ich wusste nicht, was ich noch hätte sagen können.

Es ist schwer zu reden.

Wenn man nicht weiß, wofür.

»Du bist so egoistisch!«, hat Mama mich oft angeschrien. »Du machst die ganze Familie kaputt mit deinem ewigen Hungerstreik!«

»Es kann doch nicht so schwer sein, eine Portion Spaghetti zu essen!«, hat Papa dazwischengebrüllt und auf den Tisch gehauen. »Also iss!«

»Seht ihr?«, habe ich gesagt.

Aber ich habe es leise und still für mich gesagt. Denn Mama und Papa wollten ja schon lange nichts mehr von mir hören. *»Seht ihr? Jetzt müsst ihr mich ansehen, denn das ist euer Kind, das hier verhungert! Jetzt könnt ihr nicht mehr weggucken. Und solange ihr schreit und wütet und nichts versteht, werde ich nicht aufhören zu hungern.«*

»April! Wir reden mit dir!«, hat Mama geschrien.

»Du sollst deine Nudeln essen, verdammt nochmal!«, hat Papa gebrüllt.

Da hast du angefangen zu weinen.

Und auf einmal wurde es ganz still. Mama hat dich getröstet, und Papa hat angefangen, eine Geschichte zu erzählen. Ich habe währenddessen meine Spaghetti in einer Serviette verschwinden lassen und bin auf mein Zimmer gegangen.

Hätte Mama mich genauso in den Arm genommen wie dich, statt mir hinterherzubrüllen: »Ich will dich nie wieder sehen!«, und hätte Papa mir gezeigt, dass er mich lieb hat, anstatt zu sagen: »April, du bist unerträglich!« – vielleicht hätte ich es dann geschafft.

Aber vielleicht war es auch einfach ich.

Die verschwunden ist.

Phoebe, meine liebe Phoebe. Ich würde so gerne diesen Winter überstehen. Kein Mensch will mehr Fehler als Schönheiten begehen. Aber wo zieht man die Grenze zwischen sich selbst und dem Verfall?

Vielleicht reicht es aus zu wissen, dass man nicht alles wissen kann. Und dass man lebt, bis man tot ist. Auch wenn man es nicht immer fühlt.

Ich vermisse dich.

Deine April

Liebe Phoebe,

du hast mich gefragt, was ich einmal werden will. Ich weiß, du möchtest eigentlich wissen, ob ich eher Wärmegestalter, Wörterverrater oder Limonaden-Geschmack-Erfinder werde, aber wenn ich jetzt darüber nachdenke, dann fällt mir nur eine Antwort ein: Ich würde gerne erwachsen werden.

Damit meine ich nicht, dass ich groß und alt und weise werden will, und ich habe auch nicht das Bedürfnis, Aktienkursen beim Fallen und Steigen zuzuschauen, genauso wenig wie Präsidenten. Aber ich mag die Strömungen der Gezeiten, das Auf und Ab der unermüdlichen Wellen, und das Wachsen an sich selbst. Ich würde gerne größer werden als ich jetzt bin, damit ich die Chance habe, die Welt aus einer anderen Perspektive zu sehen. Ich würde gerne etwas über das Leben erfahren, das mir niemand erklären kann. Und ich würde gerne erleben, was es bedeutet, fröhlich zu sein und sich nicht ständig hinter einem Augenblick zu verlieren.

Es ist merkwürdig, dass du mir schreibst: »Alle, alle mögen dich!«, denn ich habe mein ganzes Leben lang das Gefühl gehabt, unsichtbar zu sein. Sogar in Rivers achtsamen Augen. Und um jemanden mögen zu können, muss man ihn doch zuerst einmal richtig sehen, oder?

Irgendwie bin ich immer alleine. Alleine mit meiner Traurigkeit. Alleine mit meinen Gefühlen. Alleine mit meinen Wünschen. So war es schon im Kindergarten. Damals habe ich alleine in der hintersten Sandkasten-Ecke gesessen und gehofft, dass ein Sandmonster unter dem Klettergerüst hervorgekrochen kommt, um mich aufzufressen, damit ich nicht mehr da sein muss.

Die Erzieher haben gesagt: »April, willst du nicht mitspielen?«

Aber wie hätte ich denn mitspielen können?

Ich habe die Spiele doch nicht verstanden.

Die Regeln waren an der falschen Stelle und das Ziel auch. Außerdem haben alle ständig gestritten, wegen ganz unbedeutender Sachen, und ich habe mich ausgegrenzt gefühlt wie der neue Lehrer an deiner Schule. Ich dachte immer, da sei eine Grenze, die um alle anderen Menschen herumführt; nur ich stehe draußen, und keiner lässt mich rein.

Ja. Die Regeln des Spiels sind leicht zu begreifen.

Sofern man weiß, mit wem man spielt.

Und wofür.

Weißt du, Phoebe, das geht mir bis heute so – ich kann einfach nicht verstehen, was die Menschen bewegt und warum sie solche Dinge tun wie wilde Geburtstagsfeten oder Abschlusspartys feiern. Irgendwie läuft doch immer alles auf dasselbe hinaus: ein paar oberflächliche Gespräche, Alkohol, Eifersucht, Sex, Gras und andere Drogen.

Manchmal ist es schön, dabei zu sein, aber ich weiß nie, was ich sagen soll. Ich habe nicht die richtigen Worte. Und ich bin nicht cool genug. Ich rede nicht gerne über andere, weil ich doch gar nichts weiß über irgendwen. Und auch Nächte wie Silvester verbringe ich lieber ganz ruhig und alleine für mich.

Ein paar bunte Farben in der Ferne reichen mir, um zu wissen, dass die Welt ein Facettenreich ist.

Du hast geschrieben: »Die Jungen stehen Schlange für dich!« Aber weißt du was, Phoebe, keiner von ihnen kommt am Ende bei mir an, denn sie stehen vor dem falschen Mädchen.

Ich bin ein Mädchen hinter dem Bild von einem Mädchen, das den Jungen gefällt, weil es ein hübsches Gesicht hat. Ich bin das Mädchen zwischen den Gefühlen einer unantastbaren Zeit.

Mit neun Jahren wusste ich, dass ich dieses Leben nicht bestehen kann. Ich habe mit meiner Kuschelente auf dem Sofa gesessen und zugehört, wie Mama mit Tante Magda über Erleuchtung gesprochen hat.

»Ich will die ganze große Welt mit offenen Augen sehen«, hat Mama gesagt.

Dabei konnte sie nicht einmal mich sehen, obwohl ich doch viel weniger kompliziert bin als die ganze große Welt.

Mit zehn Jahren wusste ich, dass ich ein Fremdwesen bin. Ein Fremdwesen in einem Fremdkörper, mit einer fremden Seele und einem fremden Verstand. Mama und Papa haben mich behandelt, als wäre ich ein Fremdkind, das immer nur in einer Fremdsprache mit ihnen kommuniziert.

Die Luft hat sich verändert, sie hat sich selbst in einem Atemzug verschluckt. Da wusste ich, dass ich nicht gut genug bin für diese Welt, nicht stark genug, nicht beständig genug. Also habe ich mit meinem stillen Rückzug begonnen.

Und irgendwann.

War ich einfach weg.

Bei dir ist das zum Glück anders. Als Mama und Papa gemerkt haben, dass du auch so komische Sätze von dir gibst und viel zu früh die wichtigen Fragen des Lebens stellst, da haben sie einfach beschlossen, so zu tun, als würden sie es nicht merken. Deshalb rennt Papa immer weg, wenn du zu kluge Sachen sagst. Und deshalb steht Mama ständig in der Küche und probiert neue Rezepte aus.

Bei mir war es jedes Mal ein Riesendrama, wenn ich solche Sätze gesagt habe. Nachdem die ersten Lehrer bei uns zu Hause angerufen hatten, wurde ich zu einem Psychologen geschleppt. Da musste ich einen Test machen, den dämlichsten Test, den ich je gemacht habe. Ich sollte Hieroglyphen abzeichnen und den Fehler auf einem Bild mit einem Regenschirm erkennen. Ich musste Worte wie Insel, Festland, Politik, Bundesstrafanstalt, Wissenschaft und Biolebensmittel erklären. Mir war langweilig, also habe ich nur gesagt: »Politik ist ein Spielplatz für Erwachsene, und Wissen schafft Macht.«

Dann sollte ich mir Zahlen merken, Zahlen wiederholen, Zahlen aufschreiben, Zahlen umschreiben, Zahlen beschreiben und Zahlen in Kästchen schreiben. Ich musste Bilder malen. Und noch mehr Bilder malen. Und dann sollte ich Bilder in der richtigen Reihenfolge ordnen; aber die hochintelligente Psychologin hat die

Kärtchen mit den Bildern so abgelegt, dass ich vorher sehen konnte, welche Zahl hinten auf die rechte Ecke gedruckt war, und so konnte ich die Bilder immer ordnen, ohne sie anzugucken. Die Psychologin war hin und weg. Sie hat mich nur mit offenem Mund angestarrt und gemeint: »Wow! So schnell hat das noch nie jemand geschafft!«

Am Ende hieß es dann, ich sei überdurchschnittlich intelligent, hochbegabt und missverstanden. Aber was sollten Mama und Papa mit dieser Aussage anfangen? Und so waren sie schließlich genauso schlau und überfordert wie vorher.

Alle haben mich angestarrt und von Kopf bis Fuß gemustert. Ich kam mir vor wie ein enttarntes Kuckucksei mit angeknackster Schale. Und dann hat die Psychologin auch noch lächelnd gefragt, ob sie eines meiner Bilder in ihrem Büro aufhängen dürfe.

»Können Sie mich gleich mit aufhängen?«, habe ich zurückgefragt.

Es sollte ein Scherz sein. Ein Wortwitz, um meine Gefühlslage auszudrücken, aber alle haben nur blöd geguckt.

»Himmel«, habe ich gesagt. »Wozu gibt es Kontext, wenn ihn keiner versteht.«

Es blieb totenstill im Raum und da wusste ich, dass die meisten Psychologen zu lange Psychologie studieren. Oder zu viele depressive Bekannte haben. Die besten

Psychologen sind wahrscheinlich sowieso diejenigen, die mitten im Studium in eine Lebenskrise geraten und ins Rechtswesen oder zu Naturwissenschaften wechseln.

Und überhaupt.

Wer erfindet eigentlich solche Tests?

Menschen, die hochbegabt sind, verbringen ihre Zeit doch bestimmt nicht damit, Tests zu erfinden, um ihresgleichen zu entlarven. Und Menschen, die nicht hochbegabt sind, woher sollen die bitte schön wissen, was für einen Test Hochbegabte bestehen müssen, um hochbegabt zu sein?

Das kann doch gar nicht funktionieren.

Aber vielleicht gibt es ja auch gar keine hochbegabten Menschen, sondern nur ziemlich viele tiefbegabte. Und falls es doch so etwas wie eine höhere Begabung gibt, dann steckt sie hoffentlich in einem Herzen und nicht in Zahlen und Hieroglyphen.

Wer weiß.

Vielleicht bedeutet hochbegabt sein aber auch, ein Stück von seiner Seele preisgeben zu können, ohne sie gleich zu verkaufen. Vielleicht bedeutet es, seinen Herzschlag mit dem Rhythmus der Zeit in Einklang zu bringen, ohne sich verstimmen zu lassen. Ja. Vielleicht erkennt man Hochbegabte daran, dass sie nicht alles verstehen, aber trotzdem immer darum bemüht sind, genug zu verstehen, um aufrecht zu stehen.

Meine liebe Phoebe, ich hoffe, dass du niemals so einen dämlichen Test machen musst. Und falls doch, dann lass dir ein paar gute Antworten einfallen. Wenn sie dich fragen, was ein Känguru ist, dann sag ihnen: »Das ist der Guru, zu dem Barbies Freund Ken geht, um auch die dunklen Seiten der scheinwerferüberfluteten Welt zu verstehen.«

Und wenn sie dich daraufhin fragen, ob du eventuell etwas zu negativ eingestellt bist, dann sag ihnen, du wärst die Relevanz des Inbegriffs der Nichtigkeit des Seins.

Aber verrate ihnen niemals.

Wie wunderschön du lächelst.

Denn es gibt Geheimnisse über dich und dein Herz, die du niemandem erzählen musst. Deine Freunde werden sie auch so verstehen. Und alle anderen entscheiden selbst, mit wie viel Achtsamkeit sie dir entgegentreten. Das ist die Grundlage, auf der du stehst, wenn du dich fallenlässt.

Meine liebe Phoebe. Du hast geschrieben, ich sei ein Glückswesen. Und das bin ich auch, denn ich bin das Wesen neben dir.

Und du bist das Glück.

Ich vermisse dich.

Deine April

Liebe Phoebe,

ich finde es sehr nett von dir, dass du Devon jeden Tag etwas von deinen Schulbroten abgibst. Aber du bist ja sowieso die Großzügigkeit in Person. Ich weiß noch, dass du mich einmal gefragt hast: »April, bedeutet *großzügig*, dass man Größe hinter sich herzieht?«

»Ja«, habe ich geantwortet. »Und so viel, wie du davon hinter dir herschleppst, ist es ein Wunder, dass du überhaupt vorwärts kommst.«

»Aber ich bin doch noch klein!«, hast du erwidert. »Wie kann ich da richtig großzügig sein?«

»Ich finde, dass du sehr groß bist.«

»So wie du?«

»Größer.«

»Warum?«

»Weil in deinem Kopf mehr Gedanken sind als in meinem.«

»So ein Quatsch!«, hast du gesagt und in deiner Spielzeugkiste nach irgendetwas gewühlt. »Wir sind beide gleich voll mit Gedanken. Du bist nur still und ich bin laut. Deshalb klingt es so, als hätte ich mehr Gedanken. Aber wenn man genau hinguckt, dann sind wir beide uns sehr ähnlich. Du bist halt gedankenverloren und ich bin gedankengefunden. Wir müssen nur zusammenbleiben, dann sind wir ein Ganzes. Der Rest ist egal.«

Dann hast du Forks Hundeknochen zwischen deinen Spielsachen hervorgezogen und bist damit in die Küche geflitzt, um Fork zu beweisen, dass du sogar an ihn denkst, wenn er gar nicht im selben Raum ist.

Hast du deinen Freund Devon mittlerweile eigentlich schon mal zu uns eingeladen? Wenn ja, dann hat Papa ihn bestimmt sehr skeptisch gemustert. Er glaubt nämlich allen Ernstes, dass sämtliche Jungs Piercings haben und den lieben langen Tag gemeingefährliche Musik hören. Papa denkt übrigens auch, dass Gangster-Rapper schuld an allen Teenager-Problemen und die Ursache jeglicher Form von Gewalt sind.

Lustig, oder? Ich meine, denk diesen Gedanken einmal zu Ende: Wenn es tatsächlich so wäre, wie Papa annimmt, dann müssten wir doch alle nur unsere Musikanlangen aus dem Fenster werfen und schon hätten wir den Weltfrieden.

Aber egal.

Lassen wir die Welt in Frieden.

Früher hattest du diesen lustigen Kindergartenfreund Bastian. Ich habe mich immer gefreut, wenn er bei uns zu Besuch war. Ihr habt es nämlich jedes Mal geschafft, innerhalb von einer Stunde ein derartiges Chaos anzurichten, dass Papa an Bastian-Tagen so lange in seinem Büro geblieben ist, bis Mama ihm telefonisch Entwarnung gegeben hat.

Und dann ist er immer zuallererst in sein Arbeitszimmer gestürmt, um nachzuprüfen, ob ihr beiden auch ja nicht seine Akten angezündet oder seine Unterlagen zu Pappmaché verarbeitet habt. Dabei wärst du nie an Papas Akten gegangen. Du wusstest schon damals, dass man Dinge, die anderen Menschen wichtig sind, mit Achtung behandeln muss. Deshalb hast du auch immer aufgepasst, dass Fork nicht über die Blumenbeete von unseren Nachbarn läuft, du hast einen großen Bogen um Tante Magdas Porzellan-Sammlung gemacht, und du hast niemals meine Bücher durcheinandergebracht.

Aber Papa hat das nicht begriffen.

Er hat nie verstanden, dass du viel mehr vom Leben weißt als er selbst. Und er hat auch nicht verstanden, warum du stundenlang mit Bastian auf der Kastanie in unserem Garten gesessen hast, nur um die Anordnung der heruntergefallenen Herbstblätter besser überblicken zu können.

Ach, Phoebe. Ich weiß noch, im letzten Winter, als ich gerade an meinem Lebenslauf geschrieben habe, da bist du in mein Zimmer gekommen und hast mir über die Schulter geblickt, um zu sehen, was ich mache.

»Lebenslauf«, hast du gemurmelt. »Ist der wichtig?«

»Kommt drauf an, wo man hin will«, habe ich gesagt.

»Brauchst du noch lange für dein Leben?«, hast du gefragt. »Oder hast du es schon fertig durchlaufen?«

»Ich bin fast fertig.«

»Das ist gut. Mir ist nämlich langweilig, und draußen wartet das richtige Leben.«

»Willst du auf den Abenteuerspielplatz?«

»Nein. Lieber irgendwohin, wo wir uns nicht auskennen. Vielleicht verlaufen wir uns, und dann finden wir gemeinsam zurück – das wäre ein richtiges Abenteuer.«

»Okay«, habe ich gesagt und das letzte Satzzeichen gesetzt. Dann habe ich den Stift aus meiner Hand gelegt und den Lebenslauf in eine Schublade.

»Komm!«, hast du gerufen und mich ungeduldig vom Stuhl gezerrt. »Komm schon, April! Wir gestalten unseren gemeinsamen Lebenslauf! Wir laufen durch den Lauf der Welt!«

Und dann sind wir rausgegangen in den kalten Winter.

Es hat geschneit und gestürmt, und am Nachmittag wurde es auf einmal so dunkel, dass man kaum noch etwas sehen konnte. Wir sind mit Fork durch die Stadt spaziert, durch drei verschiedene Parks, um zwei Seen herum, den Ku'damm rauf und runter und schließlich zurück nach Hause.

»APRIL!«, hat Mama gebrüllt.

»PHOEBE!«, hat Papa gebrüllt.

»PHOEBE!«, hat Mama gebrüllt.

»APRIL!«, hat Papa gebrüllt.

»Himmel!«, hast du gesagt. »Zum Glück habt ihr uns beiden schöne Namen gegeben! Stellt euch mal vor, wie würden Ulrike und Gloria heißen!«

Da haben Mama und Papa ziemlich blöd geguckt.

Und ich musste lachen.

»Wo wart ihr beiden denn jetzt schon wieder!?«, hat Papa schließlich wütend gefragt.

»Hier in der Stadt«, hast du erwidert.

Papas Augen sprühten Feuer. »Das ist mir schon klar!«

»Wieso?«, hast du gefragt. »Wir hätten doch auch einen Zug nehmen und ins Umland fahren können. Oder ein Flugzeug. Wir hätten es ziemlich weit geschafft. April weiß nämlich, wie man Geld aus einem Automaten holt. Man muss nur eine Karte reinstecken und eine Zahl eintippen. Es sollte aber die richtige Zahl sein. Sonst piept der Automat, und man bekommt kein Geld, sondern nur die Karte zurück.«

»April!«, hat Mama gebrüllt. »Du kannst mit deiner kleinen Schwester nicht einfach so abhauen! Kannst du nicht einmal dein Gehirn einschalten, bevor du wegrennst!?«

»Mama!«, hast du laut gesagt, weil du mich beschützen wolltest. »Wir sind nicht *abgehauen* und wir sind auch nicht *gerannt*. Sonst wären wir jetzt schließlich weg. Aber wir sind doch hier. Siehst du! Und es bringt nichts, wenn du April anschreist, sie redet nämlich nicht mehr mit dir. Schon seit Monaten. Eigentlich solltest du dich so langsam daran gewöhnen.«

Da hat Mama gar nichts mehr gesagt und ist einfach wortlos in ihr Zimmer verschwunden. Papa hat uns beide angesehen, als würde er am liebsten selbst abhauen; und ein bisschen sah er auch aus, als hätte er Angst vor uns.

»Auf dem Küchentisch steht noch das Abendessen für euch«, hat er nach einer Weile gebrummt. »Vergesst nicht, die Sachen wieder in den Kühlschrank zu stellen, wenn ihr fertig seid.«

»Okay«, hast du gesagt. »Machen wir. Wir stellen alles in den Kühlschrank.«

»Nur die Sachen, die in den Kühlschrank gehören!«, hat Papa gesagt.

»Das ist mir schon klar, Papa!«, hast du erwidert.

»Gut«, hat er gebrummt.

»Nein, das ist nicht gut! Das ist selbstverständlich. Weil es sich von selbst versteht. Verstehst du, Papa?«

Da ist Papa weggegangen und hat seine Arbeitszimmertür hinter sich abgeschlossen. Wir haben auf das Klicken gelauscht, und einen Moment lang sahst du sehr klein und sehr traurig aus. Aber dann meintest du: »Ich habe Hunger wie ein Pappfant.«

»Ist das viel?«, habe ich gefragt.

»Unendlich viel! Weil ein Pappfant doch Phantasie ist, und Phantasie ist unendlich!«

»Da hast du natürlich recht. Was für eine Frage!«

Und dann sind wir schweigend in die Küche gegangen. Du hast drei Brote mit Käse, Salami und Gurken gegessen, und danach noch einen Erdbeerjoghurt. Ich habe eine Tomate und ein Salatblatt gegessen.

»Hast du nicht mehr Hunger?«, hast du gefragt.

»Doch, eigentlich schon«, habe ich gesagt.

Denn du bist der einzige Mensch, den ich niemals anlügen würde.

»Warum isst du dann nicht mehr?«, hast du gefragt.

»Weil ich krank bin«, habe ich gesagt.

»Sehr schlimm krank?«

»Ich weiß nicht.«

»Eine Grippe? Werde ich jetzt auch krank?«

»Nein, keine Grippe. Und du wirst nicht krank.«

»Schade eigentlich. Sonst hätten wir beide die Schule schwänzen dürfen! Wir hätten hustend zusammen im Bett liegen können. Dann hätte Mama uns Hühnersuppe und Hustentee gekocht, und Papa hätte sich am Abend zu uns aufs Bett gesetzt und vielleicht sogar eine Geschichte erzählt.«

»Das wäre schön«, habe ich gesagt.

»Ja«, hast du bestätigt und den Joghurtdeckel in deinen kleinen Händen zusammengeknüllt. Dann wolltest du wissen: »Ist es dieselbe Krankheit, wegen der du jetzt immer so blass bist?«

»Ja.«

»Dieselbe Krankheit, die deine Seele kaputt macht?«

»Ja.«

»Dieselbe Krankheit, die du schon ewig hast?«

»Ja.«

»Also, das ist echt eine blöde Krankheit!«, hast du daraufhin wütend gemeint und eine Gurkenscheibe gegen die Wand geworfen. »Ich will nicht, dass du für immer krank bist!«

»PHOEBE!«, hat Papa aus dem Arbeitszimmer gebrüllt. »Schrei hier nicht so rum!«

»DU schreist doch selbst«, hast du zurückgebrüllt. »Und außerdem führe ich ein wichtiges Gespräch, um Abhilfe zu schaffen! Aber da du mir nicht dabei hilfst, April zu helfen, helfe ich wahrscheinlich auch nicht, weil ich zu klein bin, um die große Hilfe zu reichen!«

»PHOEBE!«, hat Mama von oben gebrüllt. »Geht das auch etwas leiser!? Ich versuche zu schlafen!«

»Schlafen! Na toll!«, hast du aufgebracht zurückgerufen und noch eine Gurkenscheibe gegen die Wand geworfen. »Du bist auch nicht gerade das Reich, in dem es Hilfe gibt, Mama!«

Da hat es oben sehr laut gepoltert, so als ob etwas zu Bruch gegangen wäre. Und Papa hat gebrüllt: »PHOEBE – es reicht!«

»So viel reich«, hast du gebrummt. »Und trotzdem sind wir arm dran.«

Du hast böse in Richtung Arbeitszimmer geschaut und kurz die Fäuste geballt, aber dann hast du angefangen den Kühlschrank einzuräumen, und ich habe die Gurkenscheiben vom Küchenfußboden aufgehoben. Als wir fertig waren, haben wir uns schweigend angesehen. Deine Augen haben immer noch geblitzt und gefunkelt.

»Weißt du was«, hast du schließlich gesagt. »Mir reicht es auch!«

Und dann hast du angefangen, das Brot, die Gewürze, ein paar Teller, vier Tassen, das Öl, die Chips, die Kekse, die Topflappen, Mamas Schürze, eine Handvoll Besteck und den Küchenwecker in den Kühlschrank zu stellen.

»So!«, hast du zufrieden gesagt, als du fertig warst und die Kühlschranktür gerade noch zuging. »Jetzt geht es mir besser! Jetzt ist ALLES im Kühlschrank. Papa wird sich morgen freuen! So, April! Von mir aus können wir jetzt schlafen gehen!«

»Wenn du willst, dann wecke ich dich morgen ganz früh«, habe ich vorgeschlagen. »Wir können uns aus dem Haus schleichen und zusammen in dem Café neben deiner Schule frühstücken.«

»Au ja!«, hast du gesagt, und deine Augen haben wieder fröhlich geleuchtet bei dieser Vorstellung. »Ich schlafe heute Nacht mit Klamotten, dann brauche ich morgen früh nur noch aus dem Bett zu hüpfen, wenn du mich weckst! April, du bist die hilfreichste Schwester, die man haben kann! Und du bist auch reich an Herz!«

Ach, Phoebe, ich würde jetzt so gerne zu dir in dein Zimmer schleichen und mit unter deine warme Bettdecke kriechen. Aber dein Zimmer ist so weit entfernt. Und ich komme hier nicht raus.

Du fehlst mir.

Deine April

Liebe Phoebe,

Mama und Papa verstehen nicht, dass du immer wieder zurück nach Hause kommst, wenn du wegläufst. Sie wissen nicht, dass du eigentlich gar nicht davonläufst, sondern einfach nur deinen Weg suchst.

Also sei nicht so traurig.

Es liegt nicht an dir, dass sie nichts begreifen.

Als wir beide früher gemeinsam durch die Gegend gestromert sind, rasteten Mama und Papa schließlich auch jedes Mal aus. Obwohl sie selbst schuld daran waren, dass wir weggegangen sind, weil sie ständig angefangen haben zu schreien und zu schreien und zu schreien. Und dass wir nie ernsthaft darüber nachgedacht haben, richtig zu verschwinden, das wollte ihnen einfach nicht einleuchten.

Aber wir, wir haben immer gewusst, dass wir am Ende zurück nach Hause gehen würden. Und du hast immer meine Hand gehalten, damit wir uns nicht verlieren.

Oh, Phoebe. Ich glaube, ich verstehe erst jetzt, was alles geschehen ist: Ich bin unsichtbar auf die Welt gekommen. Mama und Papa hatten es sich anders vorgestellt, ein Kind zu haben. Papa wollte sowieso nie wirklich Kinder, und Mama dachte, sie würde ein überglückliches, immer lachendes süßes Mädchen bekommen.

Aber stattdessen haben sie mich gekriegt.

Und auf einmal hat ständig irgendein Kindergartenerzieher angerufen, um sich zu beklagen: »Heute hat April *dies* gesagt, heute hat April *das* gesagt, heute hat April gar nichts gesagt, heute hat April geweint, heute hat April versucht, sich zu ertränken, heute hat April nichts gegessen, heute ist April umgekippt und wollte nicht mehr aufstehen, heute hat April ein Haus aus Büchern gebaut.«

Ich glaube, Mama hat ziemlich schnell begriffen, dass ich kein normales Kind bin; und da hätte sie mich am liebsten gegen ein Kind ohne Defekt eingetauscht.

Oder die Zeit zurückgedreht.

Weg von mir.

Und sie hat angefangen, den April zu hassen, obwohl es eigentlich immer ihr Lieblingsmonat war. Unser Haus wurde eine Festung der Stille, die Luft war kalt und erdrückend. Ich habe mich nicht mehr getraut zu reden, Papa war immer in München, und Mama hat angefangen, alle Bücher zu lesen, die es über Kindererziehung gibt.

Sie hatte zwei ganze Regale voll davon.

Und am Ende hat sie alle Bücher weggeschmissen.

Genau wie ihre Gefühle für mich.

Aber dann bist du gekommen, Phoebe. Du hast Papa zurück nach Hause geholt, und Mama wieder zum Lächeln gebracht. Du hast mir die schönsten Worte der Welt verraten. Alles das. In deinem Dasein.

Es ist ein Glück.

Dass es dich gibt.

Und das finden auch unsere Eltern, egal, was sie manchmal zu dir sagen. Papa hat aus einem anderen Grund gezögert, als du ihn danach gefragt hast. Er kennt die Gefühlsworte nicht, nach denen du dich sehnst. Aber wenn du sie ihm verrätst, dann wird er sie dir sagen.

Und weil du jeder Stille entgegentrittst, wirst du nie wie ich.

Und weil du zu deinen Worten stehst, wirst du dich niemals im Schweigen verlieren.

Ich liebe dich.

Deine April

Liebe Phoebe,

danke für die Geschichte mit dem Raben und dem Kaninchen. Ich finde, es ist ein achtsames Bild, wie die beiden zusammen am Fluss sitzen und dem Wasser beim Davonfließen in den Wald zusehen.

Wörterverrater wäre übrigens wirklich ein Job, der sehr gut zu dir passt. Ich kann mir nichts Besseres für dich vorstellen. Du bist nämlich die Erste, zu der ich gehen würde, wenn mir ein Wort fehlt oder wenn ich nicht wüsste, wie ich einen Satz verpacken soll.

Deine Freundin Hazel, von der du erzählst, das ist das Mädchen mit den langen goldbraunen Locken und den riesigen Kugelaugen, nicht wahr? Du hast sie ein paar Mal mit nach Hause gebracht. Ihr habt dann meistens irgendwelche Experimente in der Küche gemacht und gemeinsam mit Fork den Garten nach verborgenen Schätzen durchsucht.

Ich fand Hazel auf jeden Fall sehr nett. Sie ist ein ziemlich ruhiges Mädchen und sehr aufmerksam. Vielleicht werdet ihr beiden ja irgendwann noch engere Freundinnen? Das wäre schön, Phoebe, denn ich glaube, Hazel kann dich besser verstehen als du denkst. Sie hat mir erzählt, dass ihr Vater dafür sorgen würde, dass Worte in Büchern landen und auf dem Weg dorthin nicht kaputtgehen. Mehr hat sie nicht gesagt, als wir uns damals unterhielten, außer, dass sie furchtbaren Hunger auf Pancakes hätte. Das war Mamas Stichwort und sie hat sofort angefangen, haufenweise Pancakes zu machen. Das wiederum war mein Stichwort, und ich bin schnell weggegangen, bevor sie auf die Idee kommen konnte, mich zum Essen zu zwingen.

Meine liebe Phoebe, du hast mich gefragt, ob ich dich mitnehmen würde auf meinem Weg, wohin auch immer der führen mag. Und du hast geschrieben, dass wir für immer zusammenbleiben müssten. Das finde ich auch.

Ich hoffe, du weißt, dass ich dich überall mit hinnehmen würde – an jeden Ort, zu jeder Zeit. Für immer. Solange du bei mir sein möchtest. *Wenn* ich nur gesund wäre. Denn auf diesem Krankheitsweg, da darfst du nicht mitgehen, verstehst du das? Er ist ja nicht einmal ein richtiger Weg, sondern viel eher ein holpriger Pfad, der direkt an einem hässlichen Abgrund entlangführt. Und ich habe solche Angst davor, dass ich früher oder später abstürze. Ich fühle doch, wie mein Herz unruhig gluckert, weil es müde ist von den langen, langen Nächten.

Manchmal weiß ich nicht.

Ob ich wach bin oder schlafe.

Du hast mich mit einem Dinosaurier verglichen, wegen meiner hervorstehenden Rückenwirbel. Und dass sie um ihr Aussterben wussten, die Dinosaurier, hast du geschrieben. Ja. Du hast mich gebeten: »Pass auf dich auf, April, nicht dass du auch so ein Dinosaurier wirst! Denn du bist doch die Einzige deiner Art.«

Als ich das las, musste ich weinen, Phoebe, und ich konnte stundenlang nicht mehr aufhören.

Denn ich will nicht sterben.

Oh, Phoebe, ich will so gerne leben. Ich will bei dir sein. Ich will mit dir und Fork durch den Wald toben und all die schönen Farben sehen. Ich will, dass du mich mit deinen Worten überhäufst. Ich will, dass alles das, was um uns herum zerfällt, einen neuen Boden zum Wachsen findet. Und ja, von mir aus können wir den ganzen Tag lang Baumhäuser und Höhlen und Sandberge bauen – wenn ich nur endlich wieder gesund bin.

Du kannst dir nicht vorstellen, was für eine schreckliche Angst ich habe. Ich weiß doch, dass ich nur dieses eine Leben mit dir habe. Und dass ich dich nie wieder sehe, wenn es vorbei ist.

Niemand hat einen zweiten Versuch.

Und wenn ich es nicht schaffe, was hast du dann von all meinen Briefen, wenn du mir niemals darauf antworten kannst; was passiert mit all den Erinnerungen an mich – und was fehlt?

Was fehlt.

Wenn ich verschwunden bin.

Meine liebe Phoebe, ich will nicht mehr krank sein. Ich denke so oft an den Abend, an dem es mir so schlecht ging, kurz bevor ich in die Klinik gekommen bin. Da hast du dich nach dem Zähneputzen noch zu mir ins Zimmer geschlichen, obwohl Mama es dir verboten hatte.

Du hast mir zugeflüstert.

Schlaf gut.

Und wach wieder auf.

Das werde ich nie vergessen. Deine Stimme war so sanft wie die Schönheit der Zeit, und da wusste ich: Weiße Lügen sind wie Schnee. Sie zerschmelzen im Nachruf der Kälte, auch wenn sie uns im Winter noch so schön mit ihren unbefleckten Eiskristallen bedecken.

Du fehlst mir.

Deine April

Liebe Phoebe,

erinnerst du dich an den Sommer vor vier Jahren? Da waren wir alle zusammen in Spanien am Meer. Wir haben Muscheln gesammelt, und du wolltest unbedingt einen Hai kennenlernen, aber es ist keiner gekommen.

»Wo sind die ganzen Haie?«, hast du Papa gefragt.

»Im Wasser«, hat Papa geantwortet.

»Ach, nee! Ich dachte an Land«, hast du entgegnet.

»Sei nicht so frech!«, hat Papa gebrummt.

»Dann sag mir, wo die Haie sind!«

»Bei den Walen und den Delphinen.«

Da hast du Papa ungläubig angesehen. »Bist du dir sicher? Sind die denn alle Freunde?«

»Ja, Phoebe.«

»Ganz sicher?«

»Todsicher!«

Du hast kurz darüber nachgedacht und dann entschieden den Kopf geschüttelt.

»Das glaube ich nicht«, hast du gesagt. »Manche Haie fressen nämlich Delphine. Und manche Wale fressen auch Delphine. Und manche große Wale fressen kleine Haie. Und manche große Haie fressen kleine Wale. Wie soll man denn da zusammen sein, wenn man sich gegenseitig auffrisst? Das ist total unlogisch.«

»Dann sind die Haie halt rechts im Meer, die Delphine links im Meer und die Wale dazwischen«, hat Papa ungeduldig erklärt.

»Warum?«

»Weil das eben so ist.«

»Und wo sind die Grenzen?«, hast du gefragt. »Sind die Haie von *dir* aus gesehen rechts, oder von *mir* aus? Und warum sind die Wale in der Mitte? Sind sie diplomatisch?

»Phoebe«, hat Papa genervt gesagt. »Hast du nicht neulich erst ›Free Willy‹ geguckt? Dann weißt du doch alles über Wale.«

»Aber das ist doch ein Film!«, hast du erwidert.

»Der Wal war echt.«

»Na toll! Die Menschen auch!«

»Siehst du«, hat Papa gemeint.

»Ja, ich sehe«, hast du gesagt. »Aber du nicht.«

»Was sehe ich nicht?«

»Papa!«

»Was?«

Da hast du schweigend auf das Meer hinausgeblickt, mit verlorenen Augen. Der Wind hat deine langen

Haare zerwühlt, und an deinen Händen hat ein bisschen Sand geklebt.

»Ach, Papa«, hast du irgendwann leise gesagt. »Wenn du nicht weißt, wo die Haie sind, dann kannst du mir das auch einfach sagen. Ich weiß es schließlich auch nicht.«

Papa hat nicht geantwortet.

Und das Meer hat gerauscht.

Ich liebe dich, Phoebe.

Deine April

Liebe Phoebe,

Mama schreibt mir manchmal Briefe, in denen steht, dass ich endlich gesund werden soll. Sie schreibt: »April, ich habe gerade einen Anruf aus dem Krankenhaus bekommen! Du hast immer noch kein Gramm zugenommen, im Gegenteil: du hast sogar schon wieder abgenommen! Kannst du mir vielleicht mal erklären, was das alles werden soll? Findest du das lustig? Wir sitzen hier alle zu Hause herum und machen uns schreckliche Sorgen um dich! Deine Lehrer rufen ständig an und wollen wissen, wie es dir geht, deine Freunde rufen pausenlos an und wollen wissen, wann du zurückkommst, und deine kleine Schwester sitzt stundenlang in ihrem Zimmer und schreibt Briefe! Die ganze verdammte Welt dreht sich nur noch um dich, April! Reicht dir das immer noch nicht aus? Es gibt ja wohl keinen besseren Grund, um wieder gesund zu werden, als das Leben! Also hör endlich auf, dich von einem Apfel, einer halben Orange und einem Glas Wasser pro Tag zu ernähren, und werd erwachsen!«

Ja. Das schreibt sie mir.

Und ich schreibe nie zurück.

Was könnte ich ihr darauf auch antworten?

Aber ich schreibe dir.

Entgegen der Stille.

Deine April

Liebe Phoebe,

wie schnell das Jahr vergeht. Bald ist der November um, und ich bin immer noch hier. Es tut mir so leid, dass ich dich nicht sehen darf, aber Mama hat mir noch einmal ausdrücklich verboten, dass ich dich empfange, und deshalb bleibt mir nichts anderes übrig, als dir einen Brief nach dem anderen zu schreiben. Selbst in dem Wissen, dass es noch ewig dauern wird, bis du sie lesen kannst. Aber wenn ich dir schreibe, bin ich dir nahe. Und ich hebe alle Briefe für dich auf, auch wenn es noch Jahre dauert, bis du sie lesen kannst.

Eines Tages wirst du sie bekommen.

Und wenn du sie liest, dann verzeihst du mir vielleicht, dass ich krank geworden bin. So krank, dass ich dich mit Mama und Papa alleine gelassen habe. Obwohl wir uns doch versprochen haben, für immer beieinander zu sein.

Deine Idee, Programmiererin zu werden, finde ich übrigens toll, vor allem dein Programm für *Schriftsteller mit Schaffenskrise* gefällt mir. Aber vielleicht solltest du lieber selbst Schriftstellerin werden? Du kannst nämlich Worte an die richtige Stelle schieben, auch dann, wenn da eigentlich gar kein Platz mehr ist, oder wenn du nur die falschen Worte hast. Irgendwie bekommst du aus jedem elenden Häufchen zerstückelter Wortbrocken noch einen Satz zustande.

Du hast Talent, Phoebe.

Also verschwende es nicht. Denn wenn du es so machst wie ich, wenn du dich in deine engen Räume zurückziehst und deine Worte verlierst, wenn du aufhörst, deine Gefühle mit deinem Verstand und deinem Dasein zu verknüpfen, dann wirst du ziemlich traurig enden.

Dann verlierst du deinen Namen. Dabei ist es so wichtig, einen Namen zu besitzen – zu wissen, wer man ist und wer man sein wird. Auch dann noch, wenn sich alles, alles ändert.

Du hast ein Herz, Phoebe.

Ein Herz, das flüstert und tanzt und bebt.

Und du hast Freundinnen, die dich begreifen. Du hast Paula, die aus einem winzigen Augenblick eine ganze Welt erschafft. Du hast Hazel, die vielleicht nicht so viel redet wie du, aber dafür wunderbar zuhören kann. Und du hast Devon, der dich lieb hat, auch wenn er es noch nicht richtig zeigen kann.

Ja. Du wirst niemals alleine sein, Phoebe.

Da wird immer ein Mensch sein.

Der dich versteht.

Pass auf dich auf, mein kleines Wortwesen. Vergiss nicht, wie gerne du lachst und atmest und lebst und wie freundlich deine Halloweenkürbisse immer aussehen.

Ich wünsche mir so sehr, dass wir uns bald wiedersehen. Ich habe versucht, etwas zu essen. Ehrlich. Für dich und für mich – für uns. Aber mir ist so schlecht geworden, dass ich mich übergeben musste.

Die Ärzte haben gesagt, dass mein Körper kein Essen mehr gewöhnt sei und dass ich es einfach weiter versuchen müsse. Aber ich weiß nicht, ob ich das schaffe.

Manchmal bin ich so müde, Phoebe, so furchtbar müde.

Ich glaube, ich könnte einfach einschlafen, hier und jetzt, und nie wieder aufwachen.

Ich liebe dich.

Deine April

Liebe Phoebe,

schön, dass du eine gute Klassenreise auf deiner Burg hattest. Und ich bin übrigens wirklich froh, dass Devon nicht im Fluss erfroren ist. Hast du denn ein paar Fotos gemacht? Ich habe noch nie auf einer Burg geschlafen – das macht bestimmt Spaß.

Meine letzte Klassenreise war im Frühling. Wir sind an die Ostsee gefahren. Ich habe die ganze Zeit über kein Wort gesprochen, und alle haben sich Sorgen um mich gemacht. Aber was hätte ich denn sagen sollen? Irgendwie war es so still in meinem Kopf, dass es sich falsch angefühlt hätte, den Mund aufzumachen. Ja. Dort, an der Ostsee, habe ich begriffen, wie krank ich bin.

So krank, dass ich nicht mehr gesund werden kann.

Nie wieder.

Dort, an der Ostsee, wusste ich, dass ich bald in einer Klinik wie dieser landen würde. Und das Schlimmste an der Erkenntnis war die Gewissheit, dass mir niemand helfen kann. Weißt du, Phoebe, ich kenne mich zu gut, um nicht zu wissen, wo meine Grenzen sind. Und damals, auf der Klassenreise, da wusste ich, dass es vorbei ist.

Dass dies der Anfang vom Abschied ist.

Ich habe all die glücklichen Menschen um mich herum beobachtet. Ich habe gelauscht auf all das Lachen und Klingen, die hellen Stimmen, die tiefen Töne, das geheimnisvolle Flüstern, das dröhnende Lachen, das fröhliche Kichern und das Echo der verklingenden Worte. Meine Klassenkameraden waren so lebendig – das erste Mal, der schönste Kuss, die beste Freundin, der coolste Drink, der berauschendste Beat.

Ja. Es gibt unendlich viele Dinge auf dieser Welt.

Aber sie passieren.

So weit weg.

Weißt du, Phoebe, eigentlich war ich immer ein Mensch, der an etwas glaubt. Doch eines Tages habe ich in den Spiegel gesehen und festgestellt, dass ich nicht mehr da bin. Seitdem weiß ich, dass ich zwar an so ziemlich alles glauben kann, aber an eines nicht.

An mich.

Und wenn man jeden Tag mehrmals umkippt, dann kippt die Lebenserwartung und mit ihr all die anderen Erwartungen. Dann erwartet man nichts weiter als das lauernde Ende.

Man zählt die hungrigen Tage.
Bis man sich irgendwann.
Verrechnet.

Du bist mein Bestehen, Phoebe.
Vergiss das nicht.

Deine April

Liebe Phoebe,

ich erinnere mich auch noch ganz genau daran, wie Mama und Papa angefangen haben, mir mit belegten Broten hinterherzurennen. In den ersten Jahren hatten sie meine Krankheit einfach ignoriert, aber als ich dann so dünn geworden bin, dass die ersten besorgten Lehrer und Verwandten bei uns angerufen haben, da ging das Drama so richtig los.

Am Anfang hat Mama geschimpft und sich darüber aufgeregt, dass ich meinen Körper und meinen Verstand gleichermaßen verschwenden würde. Sie ist mit jedem Tag wütender geworden und hat immer lauter geschrien. Irgendwann hat sie dann einfach aufgehört zu schimpfen. Stattdessen hat sie mir diese eiskalten Blicke zugeworfen.

Ich glaube, wenn jemand die gesammelte Enttäuschung der Welt in einem einzigen Blick einfangen kann, dann ist das Mama.

Und ich erinnere mich, damals, als du noch ein Baby warst und unsere Eltern sehr damit beschäftigt waren, so zu tun, als gäbe es mich nicht, da habe ich oft stundenlang im Garten gesessen und den Teich angestarrt. Oder ich habe auf den Eingangstreppen zu unserem Haus gesessen und die Straße angestarrt. Zwischendurch habe ich auch manchmal aus dem Fenster oder durch Wände hindurch gestarrt.

An einem Wintertag, an dem ich ganz schrecklich gefroren habe, weil ich seit vier Tagen nichts gegessen hatte, und an dem mir so schwindlig war, dass ich kaum noch laufen konnte, da stand Mama im Flur, als ich gerade zur Haustür hereingewankt kam. Doch anstatt mich in den Arm zu nehmen oder mir über die Wangen zu streichen, hat sie nur genervt gefragt: »April, verdammt, was ist eigentlich los mit dir?«

»Ich glaube, ich sterbe«, habe ich geantwortet.

»So ein Schwachsinn!«, hat Mama gesagt und ungeduldig geschnaubt. »Du bist acht Jahre alt! Da stirbt man nicht! Es sei denn, man wird von einem Auto oder einem Zug überfahren.«

»Man kann in jedem Alter sterben«, habe ich gesagt. »Dazu braucht man kein Auto und auch keinen Zug.«

»Hör verdammt nochmal auf, vom Tod zu reden, April!«, hat Mama geschrien. »Wir leben!«

»Ja, ich weiß«, habe ich erwidert. »Aber ich glaube, ich bin krank. Ganz tief in mir drin.«

»Du hast Langeweile!«, hat Mama entgegnet. »Geh raus und spiel im Park mit deinen Freunden!«

»Ich habe keine Freunde.«

»Natürlich hast du Freunde! Hier ruft doch ständig jemand an und will sich mit dir verabreden. Und River ist auch jeden dritten Tag bei uns.«

»Aber ich habe keine Freunde, die mich wirklich verstehen! Ich kann niemandem erzählen, wie ich mich fühle. Und ich weiß auch nicht, wie Weltverständnis funktioniert.«

»April! Du bist ein Kind, du musst noch keine Ahnung von Weltverständnis haben!«, hat Mama daraufhin aufgebracht erwidert.

»Verstehst du die Welt?«, wollte ich wissen

»Ich verstehe nicht einmal dich!«, hat Mama geschrien.

Und dann ist sie weggegangen.

Ohne mich eines weiteren Blickes zu würdigen.

Da ist mir schwindlig geworden und ich bin umgekippt. Ich habe ohnmächtig auf dem Fußboden gelegen, bis Papa mich schließlich gefunden hat.

»Was machst du da?«, hat er gefragt. Seine Stimme kam von weit weg, und ich musste mehrmals blinzeln, um ihn zu sehen. Das Licht war komisch. Und mein Kopf hat weh getan.

»Was machst du da?«, hat Papa wiederholt. »Warum liegst du auf dem Fußboden herum? Ist dir langweilig, hast du nichts zu tun? Dann könntest du dein Zimmer aufräumen!«

»Papa«, habe ich geflüstert. »Mein Kopf tut so weh.«

»Natürlich tut dein Kopf weh!«, hat Papa geschimpft. »Das kommt davon, wenn man auf dem Boden herumliegt, anstatt sich wie ein normaler Mensch in ein Bett mit einem Kopfkissen zu legen!«

»Ich bin so müde«, habe ich gesagt.

Alles hat sich gedreht und gedreht, und meine Beine waren zittrig. Ich wollte mich aufsetzen, aber ich konnte nicht.

»Wenn du müde bist, dann geh ins Bett, April«, hat Papa genervt gesagt. »Aber lieg hier nicht mitten im Weg herum!«

Dann ist er weggegangen.

Er hat mich einfach alleine gelassen. Genau wie Mama.

Da bin ich aufgestanden und habe mich an der Wand entlang, die Treppe hinauf und bis zu meinem Zimmer getastet. Es war dunkel und leer. Genau wie ich. Aber auf dem Bett hat eine unsichtbare Gestalt gesessen, und eine Hand nach mir ausgestreckt. Sie hat nicht gelächelt, und sie hat auch kein einziges Wort gesagt. Sie hat mich nur angesehen und auf mich gewartet.

Ich wusste damals nicht.

Dass sie Ana heißt.

Deine April

Liebe Phoebe,

ich habe gerade deinen Brief gelesen und sofort Sehnsucht nach dem Teufelsberg bekommen. Ich würde so gerne mit dir die Sandgrube hoch- und runterrennen, aber ich bezweifele, dass ich mehr als zehn Schritte schaffe, ohne umzufallen und in eine Sandlawine zu mutieren.

Trotzdem wäre ich jetzt gerne dort. Wir könnten zusammen im Sand liegen und in die Bäume blicken. Nicht so melancholisch und geistesabwesend wie Papa, sondern einfach nur dankbar.

Für die Zeit. Die wir haben.

Ach, Phoebe, wenn du nur hier wärst. Ich bin schon so lange alleine, dass ich mir vorkomme, als wäre ich in einem Turm weggesperrt. Ab und zu kommt jemand und bringt mich in den Speisesaal oder zur Therapie, und manchmal unterhalte ich mich mit einem der anderen Mädchen.

Aber ich bin nie wirklich da.

Denn ich bin in meinem Kopf gefangen.

Und mein Kopf ist ein ziemlich hässlicher Ort.

Ich weiß noch, wie ich mit Mama auf dem Spielplatz in der Nähe von unserem Haus war; ich muss ungefähr vier Jahre alt gewesen sein, und ich bin auf den Steinen herumbalanciert, während Mama auf der Bank gesessen und auf mich gewartet hat.

Aber auf einmal war Mama weg.

Ich habe geweint und gerufen, doch sie ist nicht wieder aufgetaucht. Die anderen Eltern wussten auch nicht, wohin sie verschwunden war. Also bin ich alleine nach Hause gelaufen und habe weinend Sturm geklingelt. Ich hatte solche Angst, Phoebe, ich wäre beinahe durchgedreht.

Und weißt du, was dann passiert ist?

Mama hat die Tür aufgemacht und mich verständnislos angesehen.

»Warum weinst du denn?«, hat sie gefragt.

»Mama! Du bist einfach weggegangen!«, habe ich geschluchzt und mich ganz fest an sie gedrückt.

»Aber, April«, hat Mama gesagt und mich von sich weggeschoben. »Wir wohnen direkt neben dem Spielplatz! Und außerdem machst du doch sowieso immer alles alleine, da muss ich ja wohl nicht daneben sitzen.«

»Aber ich bin ein Kind!«, habe ich geweint. »Du kannst mich nicht einfach alleine auf dem Spielplatz lassen. So etwas machen Eltern nicht.«

»Nein – du bist kein Kind!«, hat Mama entgegnet. »Du sagst Sätze, die Kinder nicht sagen. Und du spielst auf dem Spielplatz auch nie mit den anderen Kindern! Du sitzt auf einem Stein oder malst komische Zeichen in den Sand! Also mach jetzt kein Theater, nur weil du die fünfzig Meter bis nach Hause alleine laufen musstest!«

»Aber ich weine doch nicht wegen der fünfzig Meter«, habe ich geschluchzt. »Ich weine, weil du weggegangen bist, ohne dich zu verabschieden. Ich hatte Angst!«

»April!«, hat Mama daraufhin genervt gefaucht. »Hör endlich auf zu heulen! Ich halte das alles nicht mehr aus!«

»*Was* hältst du nicht aus?«, habe ich gefragt.

Mama hat mich wütend angeblickt.

»DICH! April!«, hat sie dann geschrien. »Du bist eine Katastrophe! Kein Mensch weiß, wie er mit dir umgehen soll! Warum verschwindest du nicht einfach wieder nach draußen und wanderst weiter auf den Steinen hin und her und starrst Löcher in den Sandkasten!«

Da habe ich mir ein Taschentuch aus dem Bad geholt, um meine Tränen wegzuwischen, und dann bin ich wieder raus auf den Spielplatz gegangen und habe mich auf einen der Steine gesetzt.

Dort bin ich sitzen geblieben.

Den ganzen Tag.

Bis Papa irgendwann von der Arbeit gekommen ist. Zum Glück war Freitag, das war nämlich der Tag, an dem Papa abends immer aus München zurückgekommen ist, sonst hätte ich wahrscheinlich die ganze Woche lang auf dem Spielplatz sitzen bleiben müssen.

Papa ist zu mir gekommen und hat sich auf einen anderen Stein gesetzt.

Einen Moment lang war er still und wie ein Fremder.

Aber dann hat er gesagt: »April, komm ins Haus.«

»Mama hat mich rausgeschmissen«, habe ich erwidert.

»Sie hat es nicht so gemeint«, hat Papa entgegnet.

»Doch. Sie mag mich nicht, weil ich zu viel denke.«

»Nein, April. Sie liebt dich. Du machst ihr nur Angst.«

»Warum?«, habe ich gefragt. »Bin ich nicht normal?«

Papa hat sich geräuspert.

»Doch, das bist du«, hat er gesagt, »aber nicht immer.«

»Hast du auch Angst vor mir?«, wollte ich wissen.

Papa hat den Kopf geschüttelt, und dann hat er noch einmal den Kopf geschüttelt.

Er hat gelogen.

Zweimal.

»Lass uns reingehen, April«, hat Papa schließlich gesagt und ist aufgestanden. »Es wird schon dunkel, und dir ist bestimmt kalt.«

»Ich friere gerne«, habe ich gesagt.

»Kein Mensch friert gerne.«

»Ich schon.«

»Nein, tust du nicht!«

»Ich will aber lieber hier bleiben.«

»Du kannst nicht für immer auf dem Stein sitzen, April.«

»Doch, das kann ich.«

»Dann verhungerst du.«

»Das ist mir egal.«

»Nein.«

»Doch!«

»Verdammt, April! Es ist dir nicht egal.«

»Woher willst du das wissen?«, habe ich gefragt.

Papa wusste es nicht.

Und er weiß es auch heute nicht.

Er kann nicht verstehen, warum Mädchen wie ich anfangen zu verhungern, er kann diesem Schmerz keinen Namen geben, er kann ihm keinen Raum zugestehen, und er hat auch kein Verständnis für die Leere in mir.

»Nun komm schon, April«, hat Papa gesagt. »Mama wartet auf uns.«

»Sie wartet auf *dich*«, habe ich erwidert.

Da hat Papa mich einfach hochgehoben und ins Haus getragen.

»Na endlich!«, hat Mama zur Begrüßung gesagt und Papa und mich unfreundlich angesehen. »Das Essen ist kalt!«

»Ich habe keinen Hunger«, habe ich gemurmelt.

»Dann geh auf dein Zimmer«, hat Mama erwidert. Sie war immer noch sauer, das konnte ich an ihrer Stimme hören.

Also bin ich nach oben gegangen und habe mich auf mein Bett gelegt. Die Nacht war kalt. Und ich war müde. Aber die Stunden sind nicht vergangen.

Ich habe auf das Ticken der Uhr gelauscht.

Es war meine davonlaufende Zeit.

Ich habe sie ziehen lassen.
An mir. Vorbei.

Verliere dich nicht, Phoebe.

Deine April

Liebe Phoebe,

du hast mich nach meiner Kleidergröße gefragt. Um ehrlich zu sein, passt mir gar nichts mehr. XXS ist noch zu groß, und 30 schlottert auch um meine Knochen herum. Es heißt immer, dass Magersüchtige nicht begreifen können, wie dünn sie sind, weil sie ein verzerrtes Selbstbild haben. Aber ich weiß ganz genau, wie krank ich aussehe.

Das Schlimme daran ist, dass ich gerne zerbrochen aussehe. Denn wenn man so aussieht wie ich, muss früher oder später irgendjemand fragen, was los ist. Es können nicht immer alle vorbeigucken und so tun, als wäre alles okay. Und spätestens, wenn man zum dritten Mal mitten im Unterricht in Ohnmacht gefallen ist, muss irgendein Lehrer irgendetwas unternehmen. Und wenn man richtig, richtig viel Glück hat im Leben, dann erkennt jemand den Seelenschmerz im Ganzen, so dass man gerettet werden kann, bevor es zu spät ist.

Aber für mich ist der Zug abgefahren.

Ich habe längst verlernt, mir helfen zu lassen. Und ich will auch nicht mehr reden. Es reicht mir vollkommen aus, fünf Worte am Tag zu sagen, oder gar keine Worte zu benutzen. Ich brauche keine Stimme und auch keine tragenden Sätze.

Ich lausche einfach.

Der Stille hinterher.

Ach, Phoebe, es tut mir so leid, dass ich ständig traurige Sachen schreibe, aber seit einigen Wochen fühle ich mich furchtbar schlecht, und außerdem habe ich manchmal schreckliches Heimweh.

Ich würde so gerne abhauen von hier.

Das ist der schrecklichste Ort, an dem ich je gewesen bin.

Ich will nicht mehr, dass sich irgendwelche Psychologen Notizen über mich machen und versuchen, meine Seele zu interpretieren. Ich fühle mich wie ein Forschungsobjekt, und ich will nicht länger betrachtet werden, als wäre ich ein seltsames krankes Ding.

Ja. Ich würde so gerne wieder einmal in den Arm genommen werden, auch wenn es nur für einen winzigen Augenblick ist. Denn ich bin doch schon seit einer Ewigkeit nicht mehr gehalten worden. Du warst der letzte Mensch, Phoebe, der seine Arme um mich geschlungen hat.

Damals, zum Abschied.

Wie lange ist das nun schon her?

Aber du hast mich ja sowieso ständig umarmt, du brauchtest gar keinen Grund, und ich habe mich immer gefreut, deine Nähe zu spüren.

»Fühlst du mein Herz klopfen?«, hast du einmal gefragt, als ich dich im Arm hielt.

»Ja«, habe ich geantwortet, »ganz deutlich.«

»Meinst du, es ist ein gutes Herz?«

»Natürlich – das weißt du doch!«

»Nein. Nicht so richtig.«

»Du bist ein kleiner Witzgnom, Phoebe! Du hast das schönste Herz, das ich kenne. Es schlägt so laut und fröhlich, dass man es wahrscheinlich in ganz Berlin hören kann.«

»Jetzt übertreibst du!«

»Ja«, habe ich zugegeben, »Aber wenn man die Wahrheit sagen will und die Wahrheit so groß ist, dass man sie nur schwer in Worte fassen kann, dann darf man ruhig ein bisschen übertreiben.«

»Also habe ich ein weitreichendes Herz?«

»Du hast ein Herz ohne Grenzen.«

Da hast du mich losgelassen und gelächelt.

Und dann bist du davongerannt, um Fork von deiner Herzensgröße zu erzählen und von dem vielen, vielen Platz, der darin vorhanden ist.

Ach, Phoebe. Dein Herz ist nicht nur groß und schön.

Es liegt auch noch in deinen sanftmütigen Händen. Und du weißt, wie man es trägt.

Sei fest umarmt,
deine April

Liebe Phoebe,

lass dich nicht von Frau Neumann verletzen. Sie ist einfach nur überfordert, weil sie dich unterfordert hat und du daraufhin Forderungen gestellt hast. Damit hast du ihr Weltbild ins Wanken gebracht – und jede Form der Störung des Gleichgewichts ist bei Erwachsenen äußerst unbeliebt.

Wortgewalt bedeutet nicht, dass du gewalttätig mit Worten umgehst.

Wortgewalt bedeutet, dass du gewaltige Gefühle in deinen sanftmütigen Worten verpacken kannst, und gleichzeitig bedeutet es, dass du mit deinen Worten gewaltige Gefühle auslösen kannst.

Weißt du, meine Lehrer haben früher auch ständig bei uns angerufen. Ich musste nur den Mund aufmachen, und schon hatte ich etwas Falsches gesagt, oder ungeeignete Worte benutzt, oder zu viele, oder was weiß ich. Irgendwas war immer. Und wenn ich Aufsätze geschrieben habe, dann ist manchmal sogar irgendeine Konferenz einberufen worden, und alle haben so getan, als wäre ich ein abgestürztes Fallbeispiel. Meine Grundschullehrerin ist sogar einmal bei uns zu Hause aufgekreuzt und hat mit meiner Hausaufgabe über *Sandburgen* vor Mama und Papa herumgewedelt.

Dabei hatte ich nur darüber geschrieben, wie schnell alles zusammenbricht, auch ohne die Flut. Ein starker Wind reicht aus. Oder ein vorbeirauschender Regen. Und manchmal reicht auch schon eine Erschütterung aus der Ferne, die sich zu einem Nachbeben wandelt.

Meine Lehrerin wollte einen Kaffee. Und fünf Kekse. Sie hat sich in unserem Wohnzimmer ausgebreitet, als wäre es ein Klassenzimmer. Sie hat sich Zucker in ihren Kaffee getan. Und Milch. Und dann noch mehr Zucker.

Sie hat einen Keks zerbrochen.

Und dann hat sie gesagt, ich hätte literarische Wucht. Aber es klang eher so, als hätte ich literarische Sucht. Ja. Es klang, als müsste ich auf der Stelle einen Entzug machen.

Mama und Papa haben meinen Aufsatz angestarrt, und meine Lehrerin hat Mama und Papa angestarrt. Ich habe durch den Türspalt gestarrt, und Fork hat mich angestarrt. Alles war erstarrt.

Und dann hat meine Lehrerin angefangen, meine Worte in Einzelteile zu zerlegen, obwohl ich sie zusammengefügt hatte, damit sie zusammenstehen. Jeder Satz von mir wurde zerrissen. Am Ende ist die Lehrerin wieder gegangen, aber Mama und Papa haben weiter Worte zerrissen.

Und dann hat Mama meinen Aufsatz zerrissen.

Und Papa mein Herz.

Ich liebe dich, Phoebe.

Deine April

Liebe Phoebe,

in der Kunsttherapie sollte ich Weihnachtskram basteln. Also habe ich einen Tannenbaum gemalt und dann habe ich ihn in Flammen gesetzt – mit einem roten Stift. Ich hätte ihn lieber richtig angezündet, aber so etwas wie Streichhölzer und Feuerzeuge sind hier laut Regel Nummer neun strengstens verboten.

Regel Nummer zehn ist aber noch viel besser, die verbietet nämlich Handys, Ladegeräte, Radios, Radiowecker, MP3-Player, Fernseher, iPods, Gameboys, Spielekonsolen, Laptops, Computer, Pager …

Warum haben die nicht einfach *Elektrogeräte* geschrieben?

Das wäre doch viel einfacher gewesen.

Ich hoffe, du hast eine schönere Weihnachtszeit. Du liebst es ja, das ganze Haus mit Watteschneebällchen zu schmücken und an jedes Fenster so viele Weihnachtsbilder zu kleben, dass man weder rein- noch rausgucken kann. Ich sehe alles vor mir, als wäre es nebenan. Papa hat wahrscheinlich schon längst wieder seine übliche Jahresendkrise bekommen und schimpft jetzt die ganze Zeit nur herum.

»Was soll denn das alles sein!?«, hat er dich letztes Jahr gefragt und entsetzt die beklebten Küchenfenster betrachtet.

Du hast seelenruhig geantwortet: »Ein Rentier, eine Weihnachtsmaus, ein Schneehase, ein Weihnachtsgeschenk, ein Weihnachtsfrosch, der Weihnachtsmann, die Weihnachtswichtel, der Weihnachtsstern, ein Elch, eine Schneekugel, ein Schneeball, eine Winterfee, ein Glücksstern, ein Zimtstern, ein Winterstern, der heilige Stern, eine Sternschnuppe, eine Wunschliste, noch eine Wunschliste, zwei Winterelfen, ein Zauberschlitten, der Nordpol, eine Schneelawine, ein Schneebär, ein Schneefuchs, eine Schneegans, ein Schneeleopard, ein Schneetiger, ein Yeti, ein Tannenbaum, eine Fichte, eine Kiefer, siebzehn bunte Christbaumkugeln, ein goldener Engel …«

»PHOEBE!«, hat Papa an diesem Punkt gebrüllt.

»WAS!?«, hast du zurückgebrüllt. »Du wolltest doch wissen, was das alles ist!«

»Aber nicht ALLES!«

»Warum hast du dann gefragt: ›Was soll das ALLES sein!?‹ Du hättest mich fragen können: ›Was sollen die Sachen am rechten Fenster sein‹, oder ›Was ist das Grüne da oben‹ und ›Was für Sachen sind das, die du um den Weihnachtsmann herum gruppiert hast‹.«

»Woher weißt du, was eine Gruppierung ist?«

»Das Wort erklärt sich ja wohl von selbst, Papa! Und außerdem hat April mir gesagt, dass es viele Randgruppen gibt. Die stehen außerhalb von den Gruppen im Mittelpunkt – und die Insidergruppen gucken die Outsidergruppen immer ziemlich kritisch an. Dann gibt es unüberbrückbare Differenzen. Wenn es um Politik geht, gibt es manchmal sogar Krieg. Und wenn es um die Schule geht, dann gibt es Tränen und Schüler, die von der Schule abgehen, weil sie es nicht mehr aushalten, ausgegrenzt zu sein.«

»April!«, hat Papa da gebrüllt. »Was erzählst du deiner Schwester nur ständig für einen Schwachsinn!?«

»Schrei nicht meine April an!«, hast du geschrien.

»Sie ist nicht *deine* April!«, hat Papa zurückgeschrien.

»Natürlich!«, hast du gebrüllt und einen Papierschneemann, eine Zauberfee aus Filz und einen Schneeleoparden auf den Küchenboden geworfen. »Sie ist nämlich ganz bestimmt nicht *deine* April, und Mamas April ist sie auch nicht, weil ihr überhaupt keine Ahnung habt, wie man jemanden hat. Man kann jemanden nämlich nur haben, wenn man weiß, wie man ihn halten kann! Und wenn man jemanden nicht halten kann, dann lässt man ihn los. Wenn man das aber tut, dann hat man keine Besitzansprüche mehr. Außerdem kann man eine Person im Grunde genommen sowieso nicht besitzen! Aber ich darf sagen, dass April *meine* April ist, weil wir Schwestern sind! Und wir sind nicht nur Schwestern, weil wir zufällig beide aus Mamas Bauch gekrochen sind. Wir sind auch Schwestern im Herzen und im Verstand! Aber das kapierst du nicht, Papa! Du weißt ja nicht einmal, wie man einen Bezug herstellt. Wie willst du dich da auf uns beziehen!?«

Es war still in der Küche nach deinen Worten.

Nicht einmal Fork hat sich getraut zu bellen.

Und dann hat Papa seine Aktentasche genommen und ist ohne ein weiteres Wort zu sagen in sein Arbeitszimmer verschwunden. Wie immer.

Einen Moment lang hast du auf deinem Stuhl gesessen und die Tischplatte angesehen. Aber schließlich bist du aufgestanden und hast den Papierschneemann, den Schneeleoparden und die Zauberfee aufgehoben. Du bist auf das Fensterbrett geklettert und hast die drei an die letzte freie Stelle von unserem Küchenfenster geklebt. Dann hast du dich auf die Fliesen neben dem Kühlschrank gesetzt und angefangen zu weinen.

Ganz laut und herzzerreißend.

Aber Papa ist nicht gekommen, obwohl er dich auf jeden Fall gehört hat.

Und Mama hat nur kurz ihren Kopf zur Tür hereingesteckt und gefragt, was los sei.

»Ich habe einen Herzschmerz, der mich verschlingt!«, hast du geschluchzt.

»Ach so«, hat Mama gesagt. »Du benimmst dich jetzt also wie April! Na super!«

Dann hat sie mir einen bösen Blick zugeworfen und ist weggegangen.

Wir waren alleine.

Du und ich.

Und du hast so sehr geweint, dass ich gerne mit dir geweint hätte. Aber zu dieser Zeit hatte ich schon längst keine Tränen mehr. Also habe ich mich einfach neben dich auf den Boden gesetzt und dich in meine Arme genommen. Deine Haare haben nach Aprikosenshampoo gerochen und deine Haut nach der pinken Himbeercreme, die du so gerne magst.

Ach, Phoebe, dich zu halten war, als würde ich mich selbst in die Arme schließen; als ich in deinem Alter war, da habe ich auch auf dem Fußboden gesessen und geweint und geweint. Mama und Papa sind um mich herumgegangen, in immer größer werdenden Kreisen, damit sie mich ja nicht berühren müssen.

So unantastbar war ich.

Wie die Stille.

Irgendwann hast du aufgehört zu schluchzen. Dafür hast du angefangen zu zittern. Und dann hast du dein verweintes Gesicht aus meiner Schulter befreit und mich angesehen.

»April«, hast du gesagt. »April, werden wir es schaffen?«

Ich wusste, dass du das Leben meinst. Du wolltest wissen, ob wir daran wachsen, ob wir groß werden. Du wolltest wissen, ob wir die Kälte bestehen.

»*Du* schaffst alles!«, habe ich erwidert. »Du bist der stärkste Mensch, den ich kenne.«

»Und du?«, hast du mich gefragt. »Schaffst du es auch?«

Ich habe dir nicht geantwortet. Ich konnte es nicht.

Da hast du wieder angefangen zu weinen. Denn obwohl du ihn nicht greifen konntest, warst du die Erste und Einzige, die das Ausmaß meines Schmerzes begriffen hat. Und auch wenn du die Hoffnung in jede deiner sanftmütigen Bewegungen trägst, auch wenn du immer an das Gute glaubst, du hast geahnt, dass alles zerbricht.

Und jetzt schreibst du mir Briefe, die ein Unglücksbild von einem kleinen Mädchen aufzeichnen. Ich sehe dich vor mir, in dem großen stillen Haus. Mama und Papa sind auf der Flucht. Und du bist auf der Suche.

Du hast Mama gefragt: »Wird April wieder gesund?«

Und Mama hat gesagt: »Ja, April wird wieder gesund.«

Aber du weißt es besser.

Nicht wahr?

Ich liebe dich, Phoebe.

Deine April

Liebe Phoebe,

heute habe ich einen Brief von dir bekommen, der bestimmt noch länger war als alle anderen zuvor. Du hast mir von deinem geheimnisvollen Wortagenten Jerry erzählt. So eindringlich, dass ich dich vor mir sah, wie du mit deiner Freundin Hazel und ihrem Agentenpapa im Tropical Island herumgetobt bist; und wie du es geschafft hast, nahtlos von einer unbeschwerten Sandburg zu einem Wortaufstand der Satzbekenntnisse zu wechseln.

Ich freue mich für dich, dass du jemanden gefunden hast, der deine Wortgebilde auffangen kann. Ich weiß, dass du es nicht leicht hast, denn du redest und redest und sagst wichtige Sachen, aber Mama und Papa verstehen kein Wort.

Ich nehme an, du bist nach wie vor die Einzige mit Mut zu Hause. Wahrscheinlich hältst du alles zusammen, und bestimmt bist du auch die Einzige, die mit Fork spazieren geht.

Weißt du, Phoebe, mach nicht den gleichen Fehler wie ich. Ich habe irgendwann aufgehört zu sprechen, und dabei habe ich vergessen, dass man um Hilfe bitten kann. Nicht im Sinne von *bitte hilf mir*, sondern eher im Sinne von *ich kann nicht alles alleine tragen*. Denn das kannst du nicht, Phoebe, egal, wie klug du bist, und egal, wie viel du von der Welt verstehst.

Du bist neun Jahre alt.

Du bist ein Kind.

Und du musst auch noch eine Weile ein Kind bleiben dürfen.

Verstehst du mich, Phoebe? Ich habe alles falsch gemacht. Ich habe aufgehört, mit meinen Freunden zu spielen. Ich habe aufgehört, meine Geschichten zu erzählen. Ja, ich habe sogar aufgehört zu träumen, nur weil mich keiner verstanden hat.

Du musst es richtig machen, Phoebe. Geh zu deinem Fänger im Wortschatz und sag ihm, dass er nicht nur deine Worte einfangen soll, sondern dich gleich mit. Denn wenn du nicht gehalten wirst, dann fliegen deine Worte eines Tages in alle Himmelsrichtungen davon. Ich weiß das, weil ich auch einmal ein Gefühl dafür hatte, wie man Worte anordnet, um sie zum Ausdruck zu bringen.

Die Deutschlehrerin, die bei uns zu Hause gewesen ist, hat damals gesagt, meine Worte hätten Gewicht – mehr als ich selbst tragen könnte. Sie hat gesagt, ich würde über jedes Thema so ernsthaft und zugleich verspielt schreiben, als hätte ich keinerlei Bezug zu Worten und würde trotzdem irgendwie die richtigen finden.

Sie hat gesagt, mein Talent sei absurd.

Es klang, als wäre ich todkrank.

Mama und Papa dachten wahrscheinlich, ich sei ansteckend, denn sie haben daraufhin drei Wochen lang einen Sicherheitsabstand von mindestens zwei Metern zu mir eingehalten.

»Was soll nur aus dem Kind werden«, hat Mama vor sich hin gemurmelt.

»Vielleicht werde ich Schriftstellerin«, habe ich gesagt. »Ich könnte ein Buch schreiben, ich will sowieso nicht studieren.«

Mama hat erst mich angesehen, dann hat sie aus dem Fenster geblickt und am Ende hat sie Fork angeschaut. Schließlich hat sie die Augen geschlossen und gesagt: »April, du wirst zur Schule gehen und deinen Abschluss machen. Wie jeder andere auch. Und dann wirst du studieren.«

»Aber ich will schreiben!«

»Verdammt nochmal, April!«, hat Mama da gerufen. »Deine Worte haben vielleicht irgendein merkwürdiges Gewicht, aber bei deinem Körpergewicht spielt das sowieso keine Rolle! Sieh dich doch nur an – du hast eindeutig überhaupt keine Ahnung vom Leben. Und wenn man keine Ahnung hat, dann kann man auch keine Bücher schreiben!«

Sie hätte auch einfach sagen können: »Du stellst keine *Schrift* in *Bücher*, du stellst *dich* auf eine *Waage*. Das ist alles, was du kannst!«

In den ersten Jahren habe ich immer ganz viele T-Shirts und Pullover übereinander getragen, damit unsere Eltern nicht merken, wie dünn ich bin. Aber irgendwann ist mir klargeworden, dass die beiden mich sowieso kaum ansehen.

Also habe ich aufgehört mich zu verstecken.

Mama hat manchmal böse geguckt und gesagt: »Was kann so schwer daran sein, vernünftig zu essen, April? Seit du ein kleines Kind bist, schiebst du alle Lebensmittel auf deinem Teller hin und her, als wärst du total gestört! Kannst du nicht wenigstens einmal am Tag eine richtige Mahlzeit essen? Kein Mensch ernährt sich von Kiwis!«

Papa hat ab und zu die Stirn gerunzelt und gefragt, ob ich auch genügend frische Luft bekäme, weil ich so blass sei.

»Ich atme den ganzen Tag«, habe ich gesagt.

»Dann ist ja gut«, hat Papa erwidert.

»Aber die Luft ist leer«, habe ich hinterher geflüstert.

»Nein, sie hat mehrere Bestandteile«, hat Papa entgegnet und ganz schlau geguckt.

»Ich weiß: Stickstoff, Sauerstoff, Argon, Kohlenstoffdioxid und Wasserstoff. Aber sie schmeckt trotzdem leer.«

»Luft soll ja auch nicht schmecken! Luft ist zum Ein- und Ausatmen da!«

»Aber warum sollte man atmen, wenn die Luft nicht schmeckt?«, wollte ich wissen.

»Weil man leben will!«, hat Papa genervt erwidert.

»Aber warum sollte man leben wollen, wenn das Leben nicht schmeckt?«, habe ich nachdenklich gefragt.

Da ist Papa ganz nervös geworden und hat seine Zeitung zusammengefaltet und dann wieder auf.

»Hast du keine Hausaufgaben?«, hat er schließlich gefragt.

»Ich mache meine Hausaufgaben immer in den Schulstunden.«

»Wie bitte!? Im Unterricht sollst du zuhören und mitarbeiten, April!«

»Ja, aber ich kann doch nebenbei schon mal die Hausaufgaben machen, sonst wird mir langweilig.«

»Wenn du im Deutschunterricht deine Mathematikhausaufgaben machst, dann kannst du unmöglich vernünftig mitarbeiten und den Unterrichtsstoff mitbekommen!«

»Die Mathehausaufgaben mache ich immer in der kleinen Pause. Es lohnt sich nicht, den Ordner in einer Schulstunde rauszuholen, denn es sind ja nur Formeln, die gehen ganz schnell. Im Unterricht mache ich eher Englisch, Biologie und Geschichte. Und Erdkunde mache ich vor der Erdkundestunde, weil unser Lehrer immer sieben Minuten zu spät kommt – das reicht vollkommen.«

Papa hat seine Zeitung erneut zusammengefaltet.

Und dann wieder auf und wieder zu.

Mir ist ganz schwindlig davon geworden.

»Dann lern halt irgendetwas für deine Klausuren«, hat Papa schließlich gesagt.

»Aber ich habe doch im Unterricht zugehört«, habe ich gesagt. »Was soll ich denn jetzt noch lernen? Die Zusammenhänge sind irgendwo in meinem Kopf, ich muss sie nur noch miteinander verknüpfen, wenn ich sie brauche.«

»Dann geh in dein Zimmer und fang an, die Zusammenhänge zu verknüpfen, bevor sie verlorengehen!«, hat Papa geknurrt, als wäre er Fork an der Leine.

»Dir ist schon klar, dass ich diejenige bin, die zusammenhaltslos herumhängt und höchstwahrscheinlich demnächst verlorengeht!«, habe ich gesagt.

»Was?«, hat Papa gefragt.

»Ich falle. Siehst du das denn nicht?«

»Du bist blass und solltest mehr essen! *Das* sehe ich.«

»Aber das ist doch nicht der Grundfehler, Papa«, habe ich erwidert. »Das ist nur das Spiegelbild von meinem Schmerz.«

»Herrgott, April!«, hat Papa da geschimpft. »Geh in die Küche und mach dir etwas zu essen! Du bist viel zu jung für Depressionen.«

Versprich es mir, Phoebe. Versprich mir, dass du nicht so dumm sein wirst wie ich. Umgib dich mit Menschen, die dich mit Achtsamkeit behandeln.

Lass dich auffangen. Und lauf nicht vor dir selbst weg.

Ich umarme dich, ganz fest.

Deine April

Liebe Phoebe,

Weihnachten in der Klinik war schrecklich. Ich kann keine Weihnachtslieder mehr hören. Und wenn mir heute noch einmal jemand einen bescheuerten Zimtstern, ein Lebkuchenherz, oder einen grinsenden Schokoweihnachtsmann andrehen will, dann ertränke ich mich in meiner Nährstoffinfusion.

Frohe Weihnachten – das ist doch kein Satz, den man von einem Arzt hören will, der fünf Minuten zuvor noch gesagt hat: »Kind, wach auf! DU STIRBST, wenn du nicht endlich anfängst zu ESSEN!«

Wach auf!

Als ob ich schlafen würde.

Wie wenig manche Ärzte denken.

Mama und Papa haben mir ein Päckchen geschickt, aber ich wollte es nicht aufmachen. Es steht unter meinem Bett, und da kann es von mir aus auch bleiben. Die beiden schenken mir sowieso nur Sachen, mit denen ich nichts anfangen kann. Von Papa bekomme ich jedes Jahr ein Buch, das er eigentlich selbst lesen will, wenn er nur die Zeit dafür hätte, und Mama schenkt mir ständig Lippenstift und Schokolade. Ich habe eine ganze Schublade voll Lippenstifte. Dabei benutze ich so etwas doch gar nicht.

Und Schokolade habe ich genug für ein ganzes Leben.

Die lagert übrigens in den drei Schuhkartons unter

meinem Schrank. Wahrscheinlich ist die Hälfte davon längst verdorben, aber vielleicht magst du sie einschmelzen und eine riesengroße Schokoladenfigur daraus gießen?

Weihnachten war in den letzten Jahren irgendwie immer kaputt. Als ich zwölf war, habe ich mir am ersten Weihnachtsfeiertag die Haare schwarz gefärbt. Seitdem waren sie nie wieder butterkeksblond, so wie deine, sondern immer nur rabenschwarz.

Mama hat geschrien: »April! Was soll das!? Du siehst schrecklich aus!«

Papa hat geschrien: »Um Himmels willen! Kann man das irgendwie wieder rauswaschen!? Oder abschneiden!?«

Mama hat gefragt: »Hast du auch Piercings oder Tätowierungen?«

Papa hat gefragt: »Nimmst du jetzt Drogen, oder was!?«

Mama hat geschrien: »Was ist nur los mit dir, April!?«

Papa hat geschrien: »Wann wirst du endlich erwachsen!?«

Nur du hast nicht mitgeschrien, du bist einfach ganz aufgeregt zwischen uns hin- und hergezappelt und irgendwann, mitten in einer Redepause von Mama und Papa hast du gesagt: »Ich will auch so schöne schwarze Haare haben! Das passt zu dem Sturm in meinem aufgekratzten Herzen! Und ich will auch so hübsch aussehen wir April!«

»NEIN!!«, hat Papa gebrüllt.

»NEIN!!!«, hat Mama gebrüllt.

»April ist nicht hübsch!«

»April ist krank!«

»Du hast keinen Sturm in dir!«

»Und dein Herz ist nicht aufgekratzt!«

Da hast du angefangen zu weinen und bist ins Badezimmer gelaufen. Ich bin in mein Zimmer gegangen und in Ohnmacht gefallen. Mama und Papa haben sich währenddessen stumm neben den Tannenbaum gesetzt und die Kerzen angeguckt.

Frohe Weihnachten, Phoebe.

Ich vermisse dich.

Deine April

Liebe Phoebe,

als ich in deinem Alter war, bin ich auch manchmal ziellos mit dem Bus durch die Stadt gefahren. Mit zehn bin ich sogar eine ganze Woche lang durch Berlin gefahren und habe fast alle Stationen kennengelernt. Ich war in jedem noch so abgelegenen Bezirk und bin irgendwo im Nichts durch die Gegend gewandert. Aber dann hat die Schule bei uns zu Hause angerufen und gefragt, warum ich schon seit einer Woche unentschuldigt fehlte.

»April hat Grippe«, hat Mama gesagt. »Sie hat Fieber und halluziniert den ganzen Tag. Wir haben ganz vergessen anzurufen. Entschuldigen Sie bitte.«

Dann hat Mama aufgelegt und mich sehr böse angeguckt. »Wo warst du?«, hat sie gefragt.

»Ich war Bus fahren«, habe ich erwidert.

»Wohin?«

»Von einem Ende der Stadt zum anderen.«

Mama hat ausgesehen, als würde sie gleich explodieren. Sie hat gesagt: »Was bist du nur für eine Tochter!«

»Deine«, habe ich erwidert.

»Womit habe ich das verdient!«, hat Mama geflucht.

Und dann ist sie zu Tante Magda gefahren. Wahrscheinlich um gemeinsam mit ihr depressiv zu sein.

Ich habe mich währenddessen im Bad eingeschlossen und wollte mir mit Papas Rasierklinge die Pulsader aufschlitzen. Aber ich habe mich nicht getraut. Ich war doch erst zehn. Und ich wusste nicht, wie tief man schneiden muss, und ob es sehr weh tut. Also habe ich nur ein paar Kratzer auf meinem Arm gemacht und ganz erstaunt zugeguckt, wie mein Blut auf die Fliesen getropft ist. Es war gar nicht so schlimm, wie ich befürchtet hatte. Und es war ein anderer Schmerz als der, den Mama in meinem Kopf verursacht hat: Er hat gebrannt und gebebt. Und dann ist er langsam ruhiger geworden. Ich konnte zusehen, wie er vergeht. Am Ende hat er nur noch sanft gepocht.

Ich habe mich selbst verarztet.

Mit ein paar Kompressen und einem Verband.

Es war ein schönes Gefühl, mich wieder zusammenzuflicken; es war, als würde sich jemand um mich kümmern. Auch wenn es nur ich selbst war.

Seitdem habe ich mir immer die Arme aufgeschnitten, wenn ich den Schmerz in mir nicht mehr ertragen konnte. Mama und Papa haben es lange nicht gemerkt. Und als sie es dann doch irgendwann gesehen haben, hat Papa einfach so getan, als wäre er plötzlich blind geworden, und Mama hat gesagt: »April, du bist so dumm! Es ist unglaublich – wie kann man nur so bescheuert sein!?«

Da bin ich ins Bad gegangen und habe die Kratzer noch tiefer gemacht, bis mein ganzer Arm zerstört war. Dann habe ich den anderen Arm genommen. Und mir gewünscht, ich hätte noch ein paar mehr.

Ach, Phoebe, ich hoffe, du benutzt niemals in deinem Leben eine Rasierklinge. Weißt du, es gibt Enthaarungscreme, Kaltwachsstreifen, Warmwachszeug, Pinzetten, Epilierer und sogar Laser – man kann die Rasierklingen also mühelos umgehen.

Wenn man den richtigen Umgang mit ihnen findet, sind sie wahrscheinlich auch gar nicht so schlimm. Aber wenn man erst einmal eine Rasierklinge in seinem Arm stecken hat, dann kriegt man sie so leicht nicht mehr raus.

Also, probier die Creme aus, wenn es so weit ist, okay? Da gibt es eine, die nach Aprikosen duftet, genau wie dein Lieblingsshampoo.

Ich umarme dich,
deine April

Liebe Phoebe,

du schreibst viel von Liebe und von Glück, vom ersten Verliebtsein und vom Frühling. Aber ich glaube, dazu kann ich dir gar nicht viel zurückschreiben, denn ich werde mich nicht in Sven oder Christian verlieben. Ich kenne die beiden doch kaum. Wir gehen zwar in dieselbe Klasse, aber das ist so ziemlich das Einzige, was uns verbindet. Zugegeben, die beiden sind sehr nett. Aber gerade weil sie so nett sind, habe ich mich immer von ihnen ferngehalten. Weißt du, Phoebe, sich auf mich einzulassen, bringt nur Ärger.

Und natürlich würde ich manchmal gerne dazugehören.

Aber *manchmal* ist ein ziemlich vergängliches Wort, und wahrscheinlich bemühe ich mich deshalb nie ernsthaft, einen Anschluss zu finden. Weil ich doch meistens mit mir alleine zufrieden bin.

In deinem selbstgebastelten Weihnachtskalender war am 9. Dezember übrigens das gegenteilige Wort zu Vergänglichkeit.

Ewigkeit.

Du bist mit Fork durch mein Zimmer getobt und hast gesagt: »Alles geht vorbei, April, alles! Aber solange ich hier bin, wirst du in meinem Herzen sein, und was im Herzen ist, das ist für die Ewigkeit.«

Dann bist du über Fork gestolpert. Und Fork ist über dich gestolpert. Du bist zur Seite gekippt, und Fork ist auf dich draufgefallen. Zum Schluss habt ihr beide auf meinem Fußboden gelegen, und du hast so laut gelacht, dass Papa nach oben gekommen ist, um zu gucken, was so lustig sein könnte.

»Ist irgendetwas passiert?«, hat er gefragt und seinen Kopf durch meine Zimmertür gesteckt.

»Ich bin über Fork gestolpert«, hast du gesagt.

»Und das ist so lustig?«

»Ja!«

»Das kann ich mir kaum vorstellen.«

»Kein Wunder«, hast du gesagt. »Du bist erwachsen – deine Vorstellungen stehen *hinter* der Bühne. Du hast keine Ahnung von der riesigen Aufführung! Und das mit dem Pappfanten hast du auch nie begriffen!«

»Es ist NICHT lustig, über einen Hund zu stolpern!«, hat Papa gebrummt.

»Doch! Willst du es vielleicht auch einmal versuchen? Fork hat bestimmt nichts dagegen.«

Fork hat fröhlich gebellt, und da ist Papa schleunigst wieder in sein Arbeitszimmer geflüchtet.

»Wie schnell er manchmal rennen kann«, hast du nachdenklich gesagt.

»In der Tat«, habe ich erwidert.

»Meinst du, Papa war in der Schulstaffel, so wie ich?«, hast du gefragt.

»Wahrscheinlich«, habe ich gesagt.

»Mama war bestimmt im Weitwurf-Team«, hast du überlegt. »Weil sie doch so gerne Gegenstände durch die Luft wirft.«

Da musste ich lachen, obwohl das eigentlich alles ziemlich traurig war. Und dann haben wir beide uns gegenseitig umgestolpert, und anschließend sind wir gemeinsam über Fork gestolpert, und ganz am Ende, als wir genug vom Stolpern hatten, sind wir wieder aufgestanden.

Bevor du an diesem Abend ins Bett gegangen bist, hast du Fork noch schnell ein paar Hundecracker aus dem Küchenschrank geklaut, und dann hast du mir ganz leise in mein Ohr geflüstert: »Die Ewigkeit gehört uns, April! Wir dürfen sie nur nicht verlieren.«

John, der Freund von River, ist übrigens gar nicht so ruppig, wie er auf den ersten Blick erscheint. Er geht auch in unsere Klasse und er ist wirklich nett. Vielleicht lernst du ihn ja eines Tages richtig kennen, dann wirst du verstehen, warum River sich in ihn verliebt hat.

Weißt du, Phoebe, manchmal sind wir Menschen nicht so, wie wir auf den ersten Anblick erscheinen. Und manchmal sehen wir nur das, was wir gerade sehen wollen. Es kommt auch vor, dass wir Menschen lediglich das von uns zeigen, was wir gerade bereit sind zu teilen.

Alles andere verstecken wir.

Aber du wirst jemanden finden, der dich enthüllt.

Ohne dich zu verraten.

Ich habe dich unendlich lieb.
Vergiss das nie,
deine April

Liebe Phoebe,

das neue Jahr hat kalt und verregnet angefangen. Ich habe in meinem Bett gelegen und alle Raketen verpasst. Irgendwo auf dem Klinikgelände hat jemand ein paar Knallfrösche losgelassen. Es hat gerattert und geknattert. Aber Farben habe ich von meinem Fenster aus keine gesehen.

Ich hoffe, du hattest einen schönen Start in die neue Zeit.

Zeit. Das ist eines dieser Worte, das an jedem Tag anders klingt. Es ist ein Wort, das man vollkommen alleine stehen lassen kann, und trotzdem ist es so viel wert wie ein ganzer Satz. Ja. Zeit kann man in jeden noch so tonlosen Raum stellen, es wird immer irgendein Takt anfangen zu schlagen.

Denn die Zeit schlägt.

Alle Sekunden.

Mein neues Jahr hat damit begonnen, dass die Ärzte von der Visite mich sehr lange und sehr kritisch gemustert haben. Dann haben sie angefangen über mich zu reden, als wäre ich gar nicht da. Also habe ich aus dem Fenster gesehen und so getan, als wäre ich wirklich nicht da.

Schließlich haben die Ärzte angefangen in ihren Akten herumzukritzeln und kluge Notizen zu machen. Sie haben vor sich hin gemurmelt beim Schreiben. Sie haben sich gegenseitig zugenickt. Zwischendurch haben sie ihre Köpfe über mich geschüttelt. Und dann haben sie mit ihren Doktortitel-Stiften geklackert und mit dem Patienten-Papier geraschelt. Sie haben mir gesagt, dass ich erst wieder Besuch haben dürfe, wenn ich mindestens sechs Kilo zugenommen hätte.

Sie haben gesagt, dass Essen sehr wichtig sei.

Sie haben gesagt, dass Essen lebensnotwendig sei.

Dann war es kurz still.

Totenstill.

Und schließlich haben sie gesagt, dass ich sterben werde.

Dafür haben die sechs erfahrenen Ärzte fast eine Stunde und zwölf Seiten Papier gebraucht, dabei hätten sie auch einfach *mich* fragen können. Ich weiß doch selbst, dass ich sterbe.

Ich weiß, dass ich mein Leben verspielt habe.

Ich weiß, dass jetzt die letzten Wochen kommen.

Ja. Ich weiß es.

Das heißt dann wahrscheinlich, dass ich nie wieder irgendwen sehen darf, denn ich werde nicht mehr zunehmen, ich werde sogar weiter abnehmen. Und deshalb werde ich mich von niemandem verabschieden können.

Ich bleibe alleine. Bis zum Schluss.

Aber das bin ich ja schon seit Monaten.

Und da dieser Winter so kalt ist, dass ich längst vergessen habe zu frieren, da diese Krankheit so unnachgiebig in meinem Körper dröhnt, dass ich meinen Schmerz längst auswendig kenne – da kann ich meine letzten Tage auch mit Ana verbringen.

Ich hatte noch nie jemanden, der mich tragen konnte.

Es gibt Sargträger. Sie tragen die schwersten Lasten. Aber sie kommen erst, wenn man tot ist.

Ich werde dich für immer vermissen, Phoebe.

Du fehlst mir so sehr.

Deine April

Liebe Phoebe,

es ist ein komisches Gefühl, dass du da draußen bist, wo das Leben tobt, während ich hier drinnen bin, wo nichts und niemand tobt. Manchmal wütet ein Sturm, aber es ist ein weißer Krankenhausstrudel, der nichts mit der Welt dort draußen zu tun hat.

Die Luft riecht nach Desinfektionsmittel und steriler Bettwäsche, und man kann die Fenster nicht aufmachen, denn dafür braucht man einen speziellen Schlüssel, der im Schwesternzimmer weggeschlossen ist.

Regel Nummer siebzehn lautet, dass beides verboten ist: aus dem Fenster zu springen und aus dem Fenster zu klettern. Eine Anti-Selbstmord-Regel und eine Anti-Flucht-Regel. Zwei sinnlose Regeln in einem Satz. Aber wer sie brechen will, der macht keine halben Sachen, der springt mit Anlauf durch die Scheibe oder flüchtet durch die Kanalisation.

Ich darf keine Treppen mehr laufen und soll mein Bett nicht mehr verlassen. Nur zu den Mahlzeiten darf ich in den Speiseraum gehen. Aber ich esse ohnehin nichts, der Weg ist also sinnlos. Und dann bekomme ich Infusionen. Aber weil mein Körper zu krank ist, nimmt er die Nährstoffe aus den Infusionen nicht richtig auf.

Manchmal reiße ich mir auch den Schlauch aus dem Arm, dann schreien mich alle an und mein Arm blutet. Aber ich höre sowieso niemandem mehr zu, und das Blut ist mir egal.

Ich höre nur die weiße Stille.

Sie ist bitterkalt.

Und schön.

Ach, Phoebe, ich bin schon fast nicht mehr hier. Von mir aus können die Krankenschwestern den ganzen Tag und die ganze Nacht lang schreiend um mein Bett herumhüpfen, ich werde trotzdem nichts essen. Und selbst wenn alle Ärzte der Welt sich hier versammeln würden, um mir ihr Wissen zu unterbreiten, selbst wenn sie mir erzählten von der Anatomie eines kranken Körpers, selbst wenn sie mir die Verworrenheit meiner müden Seele erklären könnten oder den Schmerz an sich, was sollte sich dann ändern?

Ich werde den April nicht miterleben.

Denn in diesem Winter verliere ich mich.

Und wenn der Frühling kommt mit seinen bunten Farben, wenn der Schnee schmilzt und die Vögel ihre

Nester bauen, wenn alles blüht und grünt und die grauen Regenwolken über Berlin sich von ein paar weißen Schäfchenwolken vertreiben lassen – dann werde ich nicht mehr hier sein.

Dann kommt der Frühling.

Ohne mich.

Ich liebe dich, Phoebe.

Deine April

Liebe Phoebe,

ich habe ein paar Tage nichts mehr geschrieben, weil ich zu schwach war und ständig ohnmächtig geworden bin, aber heute geht es mir wieder besser, und ich konnte gleich zwei Briefe von dir lesen.

Es ist so schön, dass du mir schreibst, obwohl du nie eine Antwort von mir erhältst. Du bist der ausdauerndste Mensch, den ich kenne. Jeder andere hätte nach spätestens drei Monaten einen Wutanfall oder eine Enttäuschungskrise bekommen und sämtliche Briefbögen verbrannt. Aber du wirst mir wahrscheinlich noch schreiben, wenn ich längst tot bin. Du wirst Briefe auf meinem Grab stapeln, in der Hoffnung, dass ich die Worte vom Himmel aus lesen kann.

Und wenn es irgendwie geht, dann werde ich das auch, Phoebe.

Ich werde sogar einen Weg finden, um dir zu antworten.

Irgendwie.

Es war leichter, am Leben teilzuhaben, als ich noch nicht hier in der Klinik war. Solange ich in deiner Nähe war, Phoebe, solange dein Glück um mich herumgehüpft ist und ein paar Saltos geschlagen hat, solange ich dein warmes Lächeln auf meiner gezeichneten Haut spüren konnte, solange du meinen Namen geflüstert hast, ja, solange habe ich gewusst, wie schön es sein kann, zu atmen.

Bitte vergiss mich nicht, wenn ich sterbe.

Bitte erinnere dich an mich.

Deine April

Liebe Phoebe,

ich hatte heute Besuch, obwohl ich eigentlich niemanden sehen darf, weil ich ja immer noch viel zu dünn bin. Aber wenn man Glück hat, dann macht das Leben auch mal eine Ausnahme.

Ich saß gerade auf dem Fensterbrett, wie meistens, denn nach einem halben Jahr in einem Klinikzimmer sitzt man entweder auf dem Fußboden und hat sich mit einer der Wände angefreundet, oder man sitzt auf dem Fensterbrett und starrt in die verlorene Freiheit.

Ich habe zwei Monate lang auf dem Fußboden gesessen. Dann sind mir die Wände zu langweilig geworden, und ich bin aufs Fensterbrett umgezogen. Wenn ich nicht zu schwach bin, dann sitze ich den ganzen Tag lang dort und zähle Vögel und Schneeflocken.

Aber heute klopfte es auf einmal an der Tür. Eine Krankenschwester steckte ihren Kopf zu mir herein und sagte: »April, du hast Besuch.«

Zuerst dachte ich, es wäre ein schlechter Witz oder ich wäre gestorben und in den Himmel gekommen, ohne es zu merken.

Aber dann kam wirklich jemand durch die Tür.

Einen Moment lang haben wir uns schweigend angesehen. Es war ein seltsamer Augenblick. Aber die Stille war dankbar, und zum ersten Mal seit Wochen hatte ich das Gefühl, dass mich jemand ansieht, ohne durch mich hindurchzusehen.

Er ist auf mich zugekommen, und ich bin von dem Fensterbrett aufgestanden, obwohl mir schwindlig war.

Als wir schließlich voreinander standen, habe ich auf einen Schlag begriffen, dass ich die Welt verpasse. Ich habe es einfach gewusst. Von einer Sekunde zur anderen. Keine Ahnung warum.

Aber ich wusste es.

Er hat ausgesehen, als würde das Leben bei ihm zu Hause am Küchentisch sitzen und Obst für einen Fruchtjoghurt in Würfel schneiden. Er hat die stille Tiefe des Meeres in sich getragen, die ungebändigten Luftstreifzüge der Seeadler, und er kannte auch die aufgewühlten Wellen.

Er hat meinen Schmerz sofort erkannt, obwohl er ihn noch nie zuvor gesehen hatte. Er hat nicht geblinzelt, er ist nicht weggerannt, und nach all den langen Monaten war er der Erste, der es geschafft hat, mit mir zu sprechen.

»Ich bin ein Freund von Phoebe«, hat er gesagt.

Und da wusste ich sofort, wer er ist. Denn es gibt nur einen einzigen Menschen, den du in deinen Briefen so beschrieben hast, als könnte er mühelos deine ganze Welt zusammenhalten.

»Der Fänger im Wortschatz«, habe ich gesagt.

»Du liest Phoebes Briefe«, hat er erwidert.

Und dann hat er gelächelt.

Genau wie ich.

Meine liebe Phoebe, ist dir eigentlich klar, dass du das Glück der Welt mit deinen Buchstaben umschlungen hältst? Du hast es geschafft, dass jemand bis hierher gefahren ist, nur um sicherzugehen, dass deine Briefe gelesen werden. Ach, Phoebe, wenn irgendwer die Waage in den Händen hält, in die man seine Worte legen sollte, um sie anschließend ausgeglichen und wertvoll wieder zurückzubekommen, dann bist das ganz bestimmt du.

Wortgewicht trägst du mit Leichtigkeit.

Und Jerry, der Fänger in deinem Wortschatz, er hat schon längst damit angefangen, deine Worte zu verwalten. Er ist hierhergekommen, weil er wusste, dass deine Sätze nicht unbeachtet verlorengehen dürfen, er ist gekommen, weil er nicht wollte, dass du Briefe ins Nichts schreibst.

»Ich lese alle Worte von Phoebe«, habe ich leise gesagt. Und als ich deinen Namen ausgesprochen habe, da wäre ich vor Sehnsucht nach dir beinahe gestorben. Das ist keine Übertreibung. Mein Herz hat sich von innen gegen meine Rippen gepresst, und ich habe das Knacken gespürt.

Und dann habe ich auf einmal meinen Mund geöffnet und angefangen zu reden; es war, als würde ich all die verlorenen Worte für einen kurzen Augenblick zurückbekommen.

Meine Stimme war mir fremd, ich hatte ihren Klang längst vergessen, aber ich habe gespürt, wie die unsicheren Sätze über meine trockenen Lippen gestolpert sind, um dem Schweigen zu entwischen.

»Ich lese einen Brief nach dem anderen«, habe ich

gesagt. »Und dann fange ich wieder von vorne an. Das ist das Einzige, was ich noch mache, abgesehen von schlafen, verhungern und warten. Manchmal schaffe ich es auch, einen Stift in die Hand zu nehmen. Dann schreibe ich Phoebe zurück, obwohl Mama es mir verboten hat. Anschließend staple ich die beschriebenen Seiten in meiner Nachttischschublade, bis ich sie ihr endlich geben kann.

Aber mein Wortschatz ist nicht wie der von Phoebe, man kann ihn nicht benutzen, um all das auszudrücken, was zählt. Mein Wortschatz liegt vergraben an einem geheimen Ort, und wahrscheinlich habe ich ihn zu gut versteckt, als dass ihn irgendwer zurückfinden könnte.

Ach, Jerry.

Alle sagen zu mir, dass ich gesund werden müsse – das ist der einzige Satz, den ich Tag und Nacht zu hören bekomme. Ich könnte ein Buch voll mit diesem Satz schreiben. Und trotzdem würde ich nie wieder gesund werden. Denn ich habe nicht nur meinen Wortschatz vergraben, sondern auch meine Geschichte. Und wenn man keine Geschichte mehr zu erzählen hat, nicht einmal seine eigene, womit füllt man dann die Seiten seines Lebens?«

Meine Stimme stand flüchtig in diesem Raum, für einen Moment ist sie leise umhergetaumelt. Für einen Moment habe ich mich flüstern gehört. Und dann war ich auch schon wieder lautlos.

Ja. Sterben ist die stillste Zeit.

Die ich kenne.

Meine Beine haben gezittert. Und mein Herz hat angefangen zu gurgeln. Also habe ich mich auf das leere Bett gesetzt und meinen Rücken an die Wand gelehnt. Es war kalt, so winterkalt. Und ich habe die Decke um meine Schultern gezogen, ganz fest, als könnte sie mich halten.

»Darf ich mich zu dir setzen?«, hat Jerry gefragt.

Ich habe stumm genickt.

Da hat sich Jerry zu mir auf das weiße Krankenhausbett gesetzt, und wir haben zusammen aus dem Fenster geguckt. Ich kannte die Sicht längst auswendig – ich hätte noch mit geschlossenen Augen jedes Detail gesehen. Aber Jerry hat die Welt zum ersten Mal aus meinen Augen gesehen.

Er hat geatmet, genau wie ich.

Ich habe geatmet, genau wie er.

Als ob mein Leben in Berufung gehen würde.

»Du hast nicht nur die Worte von Phoebe«, hat Jerry schließlich gesagt, »du hast auch deine eigenen Worte. Es ist nicht zu spät.«

Da hat es angefangen zu schneien.

Und dann hat der Schnee sich in Regen verwandelt.

Die Tropfen haben gegen mein Fenster getrommelt, und ich habe zugesehen, wie sie in verschwommenen Linien die Scheibe entlanggeglitten sind. Es war ein kaputter Wintertag. Der Frost hat gekitzelt. Der Schnee hat gestreichelt. Und der Regen war mein versteckter Sturm.

»Es ist noch nicht zu spät«, hat Jerry wiederholt.

Ich habe ihn angesehen. Seine Augen wussten mehr als meine, und sein Herz hat einen sorgfältig ausgewählten Rhythmus geschlagen. Und dann. Dann hat Jerry meinen Namen gesagt.

Er hat mich ausgesprochen.

»April.«

Das ist mein Name.

Es war schön, ihn noch einmal von einer sanftmütigen Stimme zu hören. Und ich wollte Jerry sagen, dass ich ihm gerne glauben würde, dass ich auch gerne sagen würde: *Ja, es ist noch nicht zu spät*. Aber das wäre eine Lüge gewesen.

Und mein Körper kennt die Wahrheit.

Es tut mir so leid, Phoebe. Aber ich werde es nicht schaffen. Ich kann nicht mehr, ich bin so furchtbar müde, und ich spüre doch, dass mein Herz kaum noch schlagen kann. Ja. Ich weiß, wie diese Krankheit funktioniert.

Sie frisst mich auf.

Mit jedem Tag ein wenig mehr.

Ich habe meine Arme um meine Knie geschlungen. Mir war so entsetzlich kalt, dass der eisige Schmerz durch meinen ganzen Körper gekrochen ist. Der trommelnde Regen hat sich in ein leises Tröpfeln gewandelt. Die dunkelgraue Gewitterwolke ist von einigen hellgrauen Wolken vertrieben worden, und schließlich kamen auch die ersten weißen Wolken zurück.

»April«, hat Jerry gesagt.

Und da habe ich meine Augen von dem Fenster gewandt und zu Jerry hinübergesehen. Er hat die Schnitte auf meinen Armen betrachtet, er ist den roten Linien mit seinem Blick gefolgt, obwohl sie nirgendwohin führen. Und dann hat er meinen Arm berührt, als wäre es ein wertvoller Arm, als wäre die Haut, die ich gezeichnet habe, nicht schneeweiß und vernarbt und leichenblass, sondern voller Leben.

Es hat weh getan. Vor Glück.

Denn ich bin seit Wochen nicht mehr berührt worden. Nur von irgendwelchen Ärzten, die meine Knochen auf und ab, und hoch und runter, und hin und her getastet haben. Niemand hat versucht, mir nah zu sein.

Alle laufen weg vor mir.

Mama und Papa haben mich kein einziges Mal in den Arm genommen, als sie hier waren. Sie haben mich einfach angestarrt, und dann sind sie wieder gegangen.

Die Krankenschwestern reden auch kaum mit mir. Alle sind sauer auf mich, weil ich nicht gesund werde, sogar der Hausmeister und die Putzfrauen.

Alle sagen: »April! Was machst du da nur!?«

Aber das weiß ich doch auch nicht.

Woher soll ich wissen, was mit mir geschehen ist? Ich habe versucht, gesund zu werden, aber der Schmerz in mir ist größer als alles, was ich kenne.

Jerry hat mich nicht angeschrien.

Jerry hat nicht gesagt: »Du musst sofort etwas essen! Kalorien sind wichtig! Jeder Körper braucht Nährstoffe und Vitamine! Lebensmittel heißen aus einem Grund *Lebens*mittel!«

Er hat keinen von diesen Sätzen gesagt, die ständig jemand zu mir sagt, als wären es bahnbrechende Erkenntnisse. Er hat mir einfach zugehört, auch wenn ich nichts mehr gesagt habe. Und da habe ich begriffen, warum du dir ausgerechnet Jerry ausgesucht hast, um deine Worte zu fangen.

Phoebe, du wirst es schaffen, denn du hast jemanden, der dich findet. Zwischen all deinen Worten und jedem falsch gesetzten Komma. Und auch wenn du noch so viele Wortgewitter loslässt und deine Niederschläge das Papier durchweichen, bis alle Buchstaben ineinander überlaufen.

Hast du das verstanden, Phoebe? Jerry ist für dich hierhergekommen, denn er hat nicht nur erkannt, dass du erstaunliche Worte zusammenbringst, er hat auch gesehen, dass sie dich zerreißen, wenn keiner sie hält. Er wollte sichergehen, dass deine Briefe ihr Ziel erreichen. Und auch wenn ich nicht *davonkomme*, so werden deine Worte doch immer bei mir *ankommen*.

Phoebe, wenn irgendwer auf dieser Welt es hätte schaffen können, mich zu retten, dann wärst du das gewesen. Dein Lächeln kann man auch im Dunkeln noch sehen, und dein Herz – es schlägt jedes Schweigen.

Verzeih mir. Dass ich es nicht geschafft habe.

Verzeih mir die Winterknochen.

Und die hungrige Zeit.

»Meinst du, ich werde sterben?«, habe ich Jerry gefragt.

Denn ich wollte wenigstens einmal hören, dass jemand *nein* sagt. Ich wollte noch einmal Hoffnung aus einer Stimme hören, damit ich nicht vergesse, wie sie klingt.

»Ach, April«, hat Jerry gesagt. »Ich glaube, du bist stark. Du kannst gesund werden, wenn du nur willst. Du bist wie Phoebe – du bist voller Leben. Und wenn du es wirklich willst, dann schaffst du es.«

Das war alles.

Alles, was zu sagen bleibt.

Bessere Worte gibt es nicht. Denn die Wahrheit ist so einfach: Wenn ich wirklich gesund werden will, dann habe ich eine Chance. Wenn ich leben will, dann werde ich vielleicht leben. Aber die Wahrheit geht noch weiter: Ich will es nicht genug – ich habe aufgegeben, vor langer Zeit.

Ich habe Jerry angesehen und einmal geblinzelt.

Und da wusste Jerry, dass es vorbei ist.

Dass ich nicht mehr kämpfe.

Dass ich sterbe.

Ich habe meine Finger in meinen Arm gekrallt, so wie ich es immer tue, wenn ich mich verliere, wenn die Bilder in meinem Kopf mich überrennen. Das Blut hat unter meinen Händen pulsiert und geflüstert. Ich war so schwach, dass ich kaum noch aufrecht sitzen konnte, aber die Kraft, mich selbst zu verletzen, habe ich schon immer aus dem Nichts nehmen können. Es gibt keine Gewalt, die ich besser beherrsche als die gegen mich.

Jerry hat es gemerkt. Er hat meine Hand genommen.

Und da konnte ich endlich aufhören.

»Es ist okay«, hat er gesagt.

Und das war es auch.

Für einen Moment.

War alles okay.

Zum Abschied habe ich Jerry die Briefe für dich gegeben. Ich habe ihm den ganzen Stapel in die Hände gedrückt: jeden Satz, jedes Wort, jedes hilflose Geständnis.

Jerry hat mir versprochen, dass er auf meine Worte aufpassen wird, genauso achtsam wie auf deine. Er hat mir versprochen, dass du sie lesen wirst. Eines Tages, wenn du etwas größer bist. Und er hat mir auch versprochen, dass er keinen der Briefe vorher öffnen würde.

»Du kannst mir vertrauen«, hat er gesagt.

Und da habe ich geweint.

Denn der letzte Mann, der zu mir gesagt hat, dass ich ihm vertrauen könnte, war unser Nachbar. Damals warst du noch gar nicht geboren, und wir haben in dem hässlichen Haus am Grunewald gewohnt. Ich habe ihm vertraut, dem Nachbarn. Und das war der größte Fehler, den ich je gemacht habe.

Seitdem ist alles kaputtgegangen.

Und deshalb habe ich mir einen Hund gewünscht.

Weil ich jemanden wollte, der auf mich aufpasst.

Weil Papa doch nie da war.

Und weil Mama mir nicht zugehört hat.

»Lies die Briefe, bevor du sie Phoebe gibst«, habe ich zu Jerry gesagt. »Ich bin nämlich auch ziemlich schlecht in Kommasetzung.«

»Okay«, hat Jerry gesagt. »Das werde ich machen.«

»Und fängst du sie auf?«, habe ich gefragt.

»Ja«, hat er versprochen.

»Mit jedem Wort?«

»Und jeder Zwischenzeile.«

Bevor er gegangen ist, hat Jerry mir noch ein Stück, in Frischhaltefolie eingewickelten, Blaubeerkuchen auf meine Bettdecke gelegt.

»Phoebe und Hazel backen jetzt ständig bei uns zu Hause«, hat er gesagt. »Sie wollen jedes Mal einen Blaubeerkuchen und einen anderen Kuchen backen. Ich darf immer nur die Blaubeeren abwaschen und den

Backofen vorheizen, danach fliege ich aus der Küche und soll in mein Arbeitszimmer gehen, um Manuskripte zu lesen. Hazel sagt immer: *Papa, geh und such eine Zielgruppe oder positionier irgendwas – das machst du doch so gerne!* Und Phoebe sagt: *Jerry, fang ein paar Worte! Und vergiss nicht, die Gefühle mit einzubinden. Denn dazu ist ein Bucheinband da!* Wenn ich eine Stunde später wieder in die Küche kommen darf, ist der gesamte Fußboden mit Mehl bedeckt und die Wände sind mit Blaubeerflecken übersät. Hazel sitzt meistens auf dem Küchentisch und kratzt die Teigreste aus den Schüsseln, und Phoebe liegt auf dem Fußboden und schreibt mit ihrem Finger Sätze in den Mehlstaub.«

Jerry hat gelächelt beim Erzählen, und ich habe gelächelt beim Zuhören. Dieses Bild lag sanft in meinen Gedanken. Es war, als wäre ich bei dir.

Und als Jerry weg war, da habe ich den Kuchen gegessen.

Das ganze Stück.

Ich liebe dich, Phoebe.

Ich liebe dich so sehr.

Deine April

Liebe Phoebe,

ich würde gerne die gesamte Einrichtung aus dem Fenster werfen. Die Stühle und Tische, die Krankenhausbetten, die Akten und die Medikamente. Ich würde gerne fluchen und wüten und toben und den Schmerz aus mir herausbrüllen.

Aber ich bin viel zu schwach.

Ich kann nicht einmal mehr aufstehen.

Eine Krankenschwester hat alle deine Briefe für mich aufgehängt. Überall an den Wänden stehen jetzt deine Worte. Jeder Blick, der durch diesen Raum schweift, hängt früher oder später an einem Satz von dir.

Und ich hänge auch an dir.

Ja. Ich vermisse dich.

In jedem Augenblick.

Jerry war wieder da. Ich weiß nicht, was er mit der Krankenhausverwaltung abgesprochen hat, aber sie lassen ihn einfach so zu mir. Vielleicht hat er ihnen erzählt, dass er den Wortschatz der Welt in seinem Mantel versteckt hält, oder er hat seinen geheimnisvollen Agentenblick aufgesetzt. Vielleicht hat er aber auch einfach ein Foto von dir mitgebracht und gesagt: »Das ist Phoebe. Sie ist Aprils kleine Schwester. Und wenn ich die Worte der beiden nicht zusammenbringe, dann gehen sie alle beide verloren.«

Ich war diesmal zu schwach, um mit Jerry zu reden.

Ich habe nur dagelegen und ihm zugehört.
Er hat von dir erzählt.
Und es war schön.
Zu lauschen.

Deine April

Liebe Phoebe,

Mama ist heute Nacht zu mir gekommen. Sie hat an meinem Bett gesessen und geweint. Sie hat überhaupt nicht mehr aufgehört. Sie hat geweint und geweint und geweint. Ich wollte ihr so gerne sagen, dass sie nicht mehr weinen muss, weil es doch nichts mehr bringt. Aber ich war so müde, dass ich kaum meine Augen aufhalten konnte.

»Ich habe fünf Torten gebacken«, hat Mama schluchzend gesagt. »Schokoladentorte, Kirsch-Sahne-Torte, Himbeertorte, Marzipantorte und Orangen-Mandel-Torte. Keiner kann so viel Torte essen! Phoebe hat drei Stück geschafft und dein Papa auch, aber das haben sie nur für mich gemacht. Sie hatten beide keinen Hunger, sie hatten nur Angst, dass ich ausraste, wenn sie nichts essen. Und dann hat Papa die Torte an unsere Nachbarn verteilt. Aber ich habe etwas für dich aufgehoben, ich wollte dir auch etwas von der Torte abgeben. Denn du bist doch mein kleines Mädchen, April. Oh, April! Ich liebe dich! Hörst du – ich liebe dich! Meine kleine April, was ist nur passiert? Was habe ich getan? April … April… April …«

Mama hat meinen Namen so oft gesagt.

Ich dachte schon, der Frühling kommt vielleicht doch mit mir.

»April«, hat Mama geflüstert. Sie hat meinen Namen wiederholt, bis sie nicht mehr konnte, bis der Nachhall in ihren Tränen versunken ist. Dann hat sie ihren Kopf auf meine Bettdecke gelegt und einfach weitergeweint.

Das Bett hat gebebt.

Und Mamas Schmerz war auch mein Schmerz.

Es war der erste Schmerz, den wir geteilt haben. Der erste verstandene Schmerz, nach all den langen Jahren.

Aber wir konnten uns nicht berühren. Mama konnte nicht einmal nach meiner Hand greifen – solche Angst hatte sie davor.

Wir waren uns trotzdem nah.

Irgendwie.

Und ich wollte mich entschuldigen. Ich wollte zu Mama sagen: »Du kannst nichts dafür. Es ist nicht deine Schuld. Ich habe mir selbst ausgesucht, mich zu verlieren. Und ich habe dir längst verziehen, dass du mich nicht halten konntest. Ich weiß doch, wie schwer ich zu tragen bin, ich habe mich oft genug auf eine Waage gestellt.«

Ich wollte Mama sagen, dass ich sie auch lieben

würde, hin und zurück und durch die Stille. Ich wollte sagen: »Mama, ich liebe dich so sehr!«

Aber ich war zu schwach.

Um meine Worte zu finden.

Und ich wollte so gerne die Torte essen. Für Mama. Und für Papa. Und für dich, Phoebe! Vielleicht auch ein kleines bisschen für mich.

Aber ich konnte es nicht.

Die Nacht ist vorbeigezogen. Sie war dunkel. Wie jede Nacht. Hin und wieder haben die Krankenschwestern unruhig zu uns hereingeblickt, weil eigentlich keine Besuchszeit war. Aber alle wussten, dass ich es nicht schaffen würde.

Alle wussten, dass Mama sich nur von mir verabschieden wollte.

Und deshalb durfte Mama bleiben.

Die ganze Nacht.

Als die Morgendämmerung schließlich anbrach, hat Mama ihren Kopf wieder von meiner Bettdecke gehoben. Sie hat mich angesehen. So wie damals, als ich noch ein kleines Kind war und mit Grippe im Bett lag und so hohes Fieber hatte, dass die Welt nur ein verschmierter Farbklecks ohne erkennbare Formen war. Die Sorge in ihren Augen hat geflackert wie eine Kerze im Wintersturm.

Und ihre Angst war bitter und flehend.

Für eine winzige Sekunde hat Mama meine Hand berührt, so flüchtig, dass ich es kaum spüren konnte. Dann ist sie aufgestanden und einen Schritt von dem Bett zurückgewichen. Ihre Augen haben sich an mich geklammert, so fest, als würde sie auf ewig bleiben.

Aber dann ist Mama noch einen weiteren Schritt zurückgegangen.

Und noch einen. Immer weiter. Bis zur Tür.

Sie hat nicht mehr geweint.

Sie war ganz still.

Mama war so verzweifelt, dass sie ihre Stimme verschluckt hat. Am Ende konnte sie sich nicht einmal von mir verabschieden, obwohl sie wusste, dass sie mich nie wiedersehen würde – obwohl sie wusste, dass es unser letzter gemeinsamer Augenblick war.

Einen Moment lang hat sie noch gezögert.

Einen Moment lang dachte ich, sie würde sich zu mir auf das Bett werfen und mich so fest halten, dass die Zeit stehenbleibt und ihre Todeszeiger in eine andere Richtung wendet als direkt auf mein Gesicht.

Aber dann hat Mama sich umgedreht und ist zur Tür hinausgestürzt.

Ich wollte aufspringen und ihr hinterherrennen. Ich wollte rufen: »Mama! Mama! Lass mich nicht alleine! Bitte Mama, nimm mich mit nach Hause. Ich will noch nicht sterben! Mama!«

Aber ich konnte mich nicht bewegen.

Ich lag einfach nur da.

Vergiss mich nicht, meine liebe Phoebe.

Ich vergesse dich auch nie.

Deine April

Liebe Phoebe,

in den letzten Tagen war ich ständig ohnmächtig, aber ich bin immer wieder aufgewacht, mit rasendem Herzen und bebenden Lungen.

Vorhin musste ich Blut husten, dann kam eine Krankenschwester und hat sich um mich gekümmert. Sie war nett. Und sie hat ganz viele Sachen zu mir gesagt, aber ich habe keinen einzigen Satz verstanden. Ich habe einfach nur genickt.

Mir war so schlecht.

Alles war ein einziges verzerrtes Chaos – grau in schwarz, und weiß in grau, und nebelregen Finsternis.

Ich kann den Stift kaum halten, und das Papier verrutscht ständig unter meinen Händen, aber ich will dir so gerne noch einmal schreiben. Damit du weißt, dass ich immer an dich denke, auch wenn meine Gedanken sich verlaufen, und ich laufe und laufe, im Rücklauf der Zeit.

Ich hoffe, du kannst meine krakelige Schrift entziffern. Ich habe das Gefühl, dass ich die Hälfte mit geschlossenen Augen schreibe. Aber wenn jemand die Worte der Welt versteht, egal, wie unordentlich sie aneinandergereiht sind, egal, wie haltlos sie herumwirbeln, egal, wie schief sie auf dem Papier stehen.

Wenn jemand ein Wort erkennt.

Dann bist das du, Phoebe.

Ich liebe dich.

Deine April

Meine liebe Phoebe,

der nächste Frühling kommt ohne mich. Ich weiß, das ist ein Satz, den du nicht lesen möchtest, und ich mag ihn nicht schreiben. Aber ich verliere mich in diesem viel zu langen Winter. Und wenn der April im Winter verlorengeht, dann wird der Frühling eine zerstückelte und unvollständige Zeit.

Phoebe, du wirst die Tage zusammenpuzzeln müssen.

Stück für Stück.

Ohne mich.

Es ist so kalt hier. Ich liege unter drei Decken, aber ich friere so sehr, dass ich weinen könnte vor Schmerz. Es ist eiskalt, Phoebe, so entsetzlich kalt. Und mein Körper fühlt sich fiebrig an.

Ich bekomme Infusionen.

Aber sie helfen nicht.

Ich liebe dich,
deine April

Liebe Phoebe,

heute war Jerry ein letztes Mal bei mir. Wir haben nicht viel geredet, denn es war alles schon gesagt. Er hat mich im Arm gehalten. Und ich wusste, dass er meinen Dinosaurier-Rücken spüren konnte. Ich wusste, dass ich verloren habe.

Und er wusste es auch.

Ohne Worte.

Wir haben nicht versucht, die Stille zu vertreiben oder die Realität in einen Abschiedstraum zu verschieben. Wir haben einfach aufgehört, meinem Leben hinterherzujagen, den Worten, den Sätzen meiner Geschichte.

Denn das Ende stand auf einmal.

Mittendrin.

Ich habe meine Arme um Jerrys Hals geschlungen und mich festgehalten. Ich wollte noch einmal irgendwem nahe sein; so nah, dass ich mein Herz vor Glück schlagen spüre und nicht vor Schmerz.

Es war schwer, denn ich war entsetzlich müde und hatte kaum noch Kraft. Aber das war es wert, denn ich habe ein letztes bisschen Wärme gefühlt, in diesem kalten, kalten Winter. An diesem regengrauen Tag.

Es wäre schön gewesen, wenn Mama und Papa auch noch einmal bei mir gewesen wären. Aber ich glaube, das hätten die beiden nicht durchgestanden. Ich denke, niemand will sein Kind so sterben sehen. Niemand möchte eine Tochter haben, die sich zu Tode hungert. Niemand will dabei sein, wenn der Tod die letzten Fäden aus einer unverheilten Wunde zieht.

Aber Jerry ist gekommen.

Entgegen der Zeit.

Vielleicht weil er weiß, dass du ihn eines Tages nach mir fragen wirst, Phoebe, weil er der Fänger in deinem Wortschatz ist. Und der Fänger in meinen Abschiedsworten.

Und wenn Jerry eines Tages meine Briefe in deine Hände legt, wenn er meine Worte zu dir nach Hause bringt – dann wird er dir dabei helfen, meine Schrift zu entziffern und die unleserlichen Lücken zu füllen. Er wird die beschriebenen Seiten mit dir gemeinsam tragen, Phoebe. Er wird die zerknickten Ecken glattstreichen.

Und wenn ein Wort sich verrennt.

Dann holt er es zurück.

Ich habe meinen Kopf in Jerrys Hemd vergraben und die Luft angehalten. Der Nebel in meinen Gedanken war durchsichtiger als sonst; er hat Platz gemacht für ein Stück von dem sonnenbeschienenen Weg, auf dem ich früher so oft mir dir gelaufen bin.

Ach, Phoebe, kannst du auch die Farben unserer Bilder sehen?

Erinnerst du dich, wie wir gemeinsam balanciert sind?

Erinnerst du dich, wie wir gerannt sind?

Erinnerst du dich, an unseren *Lebenslauf*?

Ich kann dein Lachen in meinen Gedanken hören. Es ist warm und erobernd und so wunderschön.

Dieses Glück – es gehört dir.

Nach einer Weile habe ich wieder angefangen zu atmen, denn ich wollte meine letzten Luftzüge nicht verlieren. Ich wollte sie spüren, in meinen löchrigen Lungenflügeln, ich wollte etwas von dem Winterwind schnuppern, den Schnee schmecken, und die frische Luft berühren. Jerry hat über meinen Rücken gestrichen und irgendetwas hat sanft in meinem Nacken gekitzelt. Es war still. Wie so oft in meinem Leben. Aber ich mochte diesen Klang, ich konnte ihn sehen. Und dann habe ich meinen Kopf noch fester an Jerry gepresst, so nah, dass ich sein Herz schlagen hören konnte.

Es war ein schönes Geräusch.

Ehrlich und uneingeschränkt.

So wie dein Herz, Phoebe, mit offenen Türen und großen Räumen. Auf den ersten Blick leise, auf den zweiten Blick noch leiser, aber wenn man sich weiter vorantastet, dann hört man das Flüstern der bedeutsamen Geschichten.

Jerrys Hand hat auf meiner Schulter geruht und meine bleiche Haut berührt. Es war Geborgenheit, die er mir geschenkt hat, verborgen in dem lautlosen Wintersturm, der unermüdlich vor meinem Fenster getanzt hat.

Ich wusste, es ist die letzte Berührung.

Die letzte, bevor ich sterbe.

Phoebe, meine liebe Phoebe, versuch niemals, deinen Schmerz ganz alleine zu tragen. Denn wenn du Pech hast, dann trägt er dich davon.

Und davon kommst du nicht mehr los.

Davonkommen: Da von kommen die Worte.

Vergiss das nicht.

Deine April

Liebe Phoebe,

das ist mein letzter Brief an dich. Denn wenn ich nicht bald aufhöre, dir zu schreiben, dann sterbe ich mitten in einem Wort – und ich finde, du hast einen Abschiedspunkt verdient.

Letztes Jahr im Sommer, einen Tag bevor ich in die Klinik gekommen bin, da hast du auf der Kastanie in unserem Garten gesessen und dieses Kinderlied gesungen. Du hast geflüstert, dass immer wieder ein neuer Frühling kommen würde. Immer, und immer wieder. Du hast gesungen, dass dieser Frühling Licht in unsere Herzen bringen würde. Immer, und immer wieder. Irgendwann hast du angefangen, den Text umzudichten, so wie du es meistens machst, wenn du einen Satz oft genug gesagt hast und findest, dass man die Worte ein bisschen verschieben könnte.

Ich habe dich von meinem Fenster aus gesehen, und es war ein schöner Anblick, wie du zwischen den Ästen herumgeklettert bist, in deinem weißen Kleid und mit deinen verwuschelten, butterkeksblonden Haaren. Du hast mir zugewunken, so überschwänglich, dass du beinahe von dem Baum gefallen wärst. Und da bin ich barfuß zu dir hinaus in den Garten gelaufen und habe mich unter die Kastanie gestellt.

»Kommst du auch hoch?«, hast du gefragt.

Ich wäre gerne zu dir auf den Baum geklettert, aber

ich war viel zu schwach, um mich an einem der Äste hochzuziehen. Also habe ich mich einfach auf den Rasen gelegt und zu dir hinaufgeschaut. Du hast es dir auf dem größten Ast gemütlich gemacht und deine Arme hinter dem Kopf verschränkt. Deine weißen Kleiderzipfel sind in der Luft umhergeflattert und du sahst aus wie eine kleine Waldfee oder eine Zauberbaumelfe.

»Bist du schon lange da oben?«, habe ich gefragt.

»Den ganzen Tag«, hast du geantwortet. »Seit dem Frühstück. Und ich komme erst wieder runter, wenn Paula anruft oder wenn Mama die Feuerwehr holt.«

»Warum?«, wollte ich wissen.

»Weil ich Angst habe«, hast du gesagt.

»Wovor?«

»Vor den Abschiedsworten«.

»Aber wir sehen uns doch wieder«, habe ich entgegnet.

»Weißt du das ganz sicher?«, hast du gefragt.

Ich habe den Kopf geschüttelt. »Niemand weiß ganz sicher, was die Zeit bringt.«

»Der April kommt in jedem Jahr«, hast du erwidert. »Aber ich will ihn nicht alleine haben, ich will ihn nur mit dir!«

»Ich habe auch Angst vor den Abschiedsworten«, habe ich gesagt.

»Warum?«, hast du gefragt.

»Weil ich keine Worte habe, um dir zu sagen, wie

sehr ich dich vermissen werde«, habe ich geantwortet. »Und weil ich nicht weiß, wie einsam das letzte Wort vielleicht klingt.«

Du hast geschwiegen und an der Baumrinde herumgezupft. Du hast eine Raupe über deinen Finger spazieren lassen. Du hast die Raupe auf ein grünes Blatt gesetzt.

Und dann hast du gefragt: »April, was wirst du mir zum Abschied sagen?«

Ich habe nachgedacht.

Und du auch.

Mir ist nichts eingefallen.

Und dir auch nicht.

»Ich halte dich einfach wortlos fest«, habe ich schließlich leise gesagt.

Da hast du ein kleines schiefes Blatt gestreichelt und die grüne Raupe angestupst. Du hast gelächelt. Traurig. Aber wunderschön.

Und dann. Dann bist du von dem Baum gesprungen, der Boden hat ganz leicht gebebt, als du direkt neben mir ins Gras gefallen bist. Du hast mir eine Blüte in mein Haar gesteckt, eine dunkelrote, du hast sie fest verflochten, damit ich sie nicht verlieren konnte. Dann hast du dich an meine Seite gekuschelt und in den Himmel hinauf geblickt.

»Ich sage auch kein Wort«, hast du geflüstert. »Ich bin ganz still.«

Und so haben wir uns am nächsten Tag einfach schweigend in unsere Arme geschlossen. Es war das letzte Mal, dass wir uns gesehen haben.

Ohne ein einziges Abschiedswort.

Aber dein klopfendes Herz.

Hat mir alles gesagt.

Es ist Winter, der erste Winter ohne mich,
und er ist kälter als jeder Winter zuvor.
Und wenn dieser Winter vorübergeht,
wenn er sich zurückzieht, mit seinen weißen Gewändern,
und wenn dann ein neuer Frühling kommt,
mit einem neuen April.
Dann werde ich nicht mehr hier sein,
um deinen Namen zu flüstern.
An keinem Tag.

Aber vielleicht, ganz vielleicht,
hörst du mich wispern.
In der Ferne.

April

Danksagung

Hans-Peter Übleis – deine Haimat ist das DroeMeer, aber du bist aufgetaucht, aus den Tiefen, um Fischer von meinen Worten zu erzählen, damit auch meine Jugendromane einen Ort zum Verweilen finden.

Danke für deine Größe, Raum in Zeit zu verwandeln. Und Zeit in Achtsamkeit. Und Achtsamkeit in einen Menschen.

Almut Werner – du hast mir geschrieben, die unsichtbaren Worte deiner Geschichte, weil du meine gelesen hast und wolltest, dass ich mich niemals nackt fühlen muss, wenn ich vor dir stehe.

Eva Kutter und Antje Keil – ihr habt mich bei Fischer empfangen, als wäre ich schon im Meer dabei gewesen. Für einen Moment habe ich vergessen, dass es Augenblicke gibt, an denen ich scheitere, noch bevor sie begonnen haben.

Danke für die Courage.

Und das Glück zu wachsen.

Ulrike Metzger – Phoebe würde auf der Stelle bei dir einziehen und sämtliche Mauern in Wortgewänder verwandeln. Sie würde sagen: »Sieh nur, die kaputten Tage, die längst vergangenen Nächte. Und doch tragen sie den Raum.«

Und du. Du würdest sie halten.

Durch den Winter.

In die Zeit.